AF398339

Kerstin Sonntag
Bis sie sich irgendwann den Traum vom rosenumrankten Cottage am Meer erfüllt, lebt Kerstin Sonntag mit ihrer Familie in einem kleinen Ort an der Bergstraße. Hier entstehen die Ideen für ihre herzerwärmenden, gefühlvollen Geschichten, die vom Leben und der Liebe erzählen.

KERSTIN SONNTAG

Wo die Küste unser Herz berührt

ROMAN

Überarbeitete Neuausgabe April 2025

Copyright © 2025 dp Verlag, ein Imprint der
dp DIGITAL PUBLISHERS GmbH
Made in Stuttgart with ♥
Alle Rechte vorbehalten

Wo die Küste unser Herz berührt

ISBN 978-3-98998-963-4
E-Book-ISBN 978-3-98998-969-6
Hörbuch-ISBN: 978-3-98998-958-0

Copyright © 2016, Verlagsgruppe Droemer Knaur GmbH & Co. KG

Dies ist eine überarbeitete Neuausgabe des bereits 2016 bei Verlagsgruppe Droemer Knaur GmbH & Co. KG erschienenen Titels Whispering Love – Frühling in Maine (ISBN: 978-3-42621-551-7).

Copyright © 2022, dp Verlag, ein Imprint der dp DIGITAL PUBLISHERS GmbH

Dies ist eine überarbeitete Neuausgabe des bereits 2022 bei dp Verlag, ein Imprint der dp DIGITAL PUBLISHERS GmbH erschienenen Titels Neuanfang in Angel's Cove (ISBN: 978-3-96817-918-6).

Covergestaltung: ArtC.ore-Design / Wildly & Slow Photography
Umschlaggestaltung: ARTC.ore Design
Unter Verwendung von Abbildungen von
stock.adobe.com: © lovelyday12, © Allan Wood Photography
firefly.adobe.com: © Christin Peulecke
Korrektorat: Daniela Pusch
Satz: dp DIGITAL PUBLISHERS GmbH
Druck und Bindung: Books on Demand GmbH, Norderstedt

Vorwort

Einfach himmlisch, zum Abtauchen und Wegträumen!
(Leserstimme)

Liebe Leserinnen, liebe Leser,

wie wunderbar, dass meine Geschichte *Wo die Küste unser Herz berührt* mit dieser Neuauflage noch einmal in neuem Glanz erstrahlen darf!
Schon immer war New England, und besonders Maine mit seiner wildumtosten Küste, den langen, feinsandigen Stränden, felsigen Inseln und hübschen Holzhäusern, eins meiner Sehnsuchtsorte. So wagt auch meine Hauptfigur Samantha nach einem Schicksalsschlag einen Neuanfang an der Küste Maines …
Und wenn ihr dieses Buch lest, dann wünsche ich mir, dass ihr ebenso wie Sam euer Herz nicht nur an das malerische Städtchen Angel's Cove, sondern auch an diese Geschichte verliert.

Zauberhaft-romantische Lesestunden wünscht euch
Kerstin Sonntag

Dieser Roman enthält potentiell triggernde Inhalte:

Schwangerschaft und Fehlgeburt

Kapitel 1

Samantha

»Du packst?« Um ein Haar wäre mir der heiße Kaffee im Becher übergeschwappt. Wie versteinert blieb ich im Türrahmen stehen. Ich fühlte mich, als ob mir jemand eine stählerne Faust in den Magen gerammt hätte, als ich Ethan im Schlafzimmer über eine offene Reisetasche gebeugt entdeckte.

Er drehte sich zu mir um, ein Ausdruck der Resignation im Gesicht und ein zusammengefaltetes Sweatshirt in der Hand. »Wie du siehst.«

Mir verschlug es die Sprache. Panisch versuchte ich, meine wild durcheinanderwirbelnden Gedanken zu sortieren. »Du triffst heimlich Vorbereitungen, dich aus dem Staub zu machen, während ich mir nichts ahnend in der Küche meinen Morgenkaffee hole?«

Ethan atmete tief ein. »Heimlich? Komm schon, Sam, tu nicht so erstaunt. Ich sagte dir doch, dass mich das hier tierisch nervt.«

»Ja, du bist genervt. Das hast du oft genug betont. Stell dir vor, ich bin ebenfalls mit den Nerven am Ende.« Mein Pulsschlag beschleunigte sich. Ich bemühte mich, das dumme Zittern meiner Kinnpartie zu unterdrücken.

»Dann wirst du verstehen, dass ich raus muss. Ich kriege keine Luft mehr.« Er wandte mir den Rücken zu, um ein weiteres Shirt zusammenzulegen.

»Aber –« Ich streckte einen Arm nach der Wand aus, als würde ich dort Halt suchen. »Warum, Ethan?«

»Warum, warum.« Er knurrte. »Ich brauch eine Auszeit. Versteh das doch.« Auf die ihm eigene sorgfältige Art legte er das Shirt in die Tasche. Hatte er dies hier etwa geplant?

Mir wurde heiß. Dann eiskalt. Meine Knie wurden weich, und ich stand wie gelähmt, konnte mich nicht rühren. »Wohin?«

»Zu meiner Schwester nach Baltimore. Hab mir ein paar Tage freigenommen«, erklärte er beiläufig.

Fassungslos starrte ich auf seinen Hinterkopf mit dem stylish geschnittenen Haar. Als Inhaber eines Fitnessstudios legte Ethan viel Wert auf eine gepflegte Erscheinung. »Können wir nicht noch einmal darüber reden?« Mein Herz klopfte wild und unregelmäßig. Sollte ich jetzt auch Ethan verlieren?

»Wir haben doch schon tausend Mal darüber gesprochen, Sam. Ich kann nicht mehr. Ich brauche einen Tapetenwechsel.« Er betonte die Worte der zwei letzten Sätze überdeutlich, als sei ich ein kleines Kind, das nichts begriff.

Eisige Kälte kroch mein Rückgrat hoch. »Und ich brauche dich, Ethan. Bitte geh nicht.« Ein Ruck ging durch meinen Körper. Ich stellte meinen Kaffee auf der schwarzen Ebenholzkommode ab, ging zu ihm und berührte seine Schulter. Es versetzte mir einen Stich, als er zusammenzuckte. Fast so, als würde er sich vor mir ekeln. Er streifte mich mit einem flüchtigen Blick. Seinen Bernsteinaugen fehlte das warme Funkeln, in das ich mich einst so unsterblich verliebt hatte.

»Es hat keinen Sinn, Sam.«

»Was hat keinen Sinn?« Ich wollte nicht wahrhaben, was Ethan versuchte, mir zu sagen. Eine Klaue der Angst streckte ihre hässlichen Krallen nach mir aus.

»Du machst mich fertig, Sam.«

Seine Worte trafen mich wie eine Ohrfeige. »Warum denn?«, flüsterte ich, obwohl ich es besser wusste.

Ethan sank auf die Bettkante und fuhr sich mit allen zehn Fingern durch sein erdbeerrotes Haar, das einige Nuancen heller als mein eigenes schimmerte. »Verdammt nochmal, Sam, das alles hier ist mir zu viel.« Er machte eine ausladende Handbewegung. »Deine Albträume und deine ständige Leichenbittermiene.«

Ich fühlte Verzweiflung aufsteigen. Wie so oft in der letzten Zeit. »Es war auch dein Kind, Ethan.« Meine Stimme drohte wegzukippen. Ich umschlang meinen Oberkörper, als könnte ich mich so vor den aufwallenden Emotionen schützen. Warum, verdammt nochmal, ging Ethan so gefühllos mit der ganzen Sache um? Fühlte er nicht den gleichen Schmerz wie ich? Diese Leere? Als es passiert war, hatte ich gar nicht mehr aufhören können zu weinen. Ethan war lediglich mit versteinerter Miene herumgelaufen und hatte so viel Zeit wie möglich in seinem verdammten Fitnessclub verbracht, wie er das immer machte, wenn ihm Dinge unangenehm waren.

»Herrgott, Sam. Es ist jetzt mehr als acht Wochen her. Irgendwann musst du auch mal über die Sache hinwegkommen.« Mit einem lauten Schnauben sprang er auf, um sich erneut seinem Gepäck zu widmen.

Ich starrte auf seinen breiten Rücken. »Sache nennst du das also?«

Er fuhr herum und funkelte mich an. »Siehst du? Genau das meine ich. Ständig drehst du mir das Wort im Mund herum. Es gibt nur noch dieses eine Thema.«

»Du weißt, wie sehr ich mir dieses Baby gewünscht habe«, fiel ich ihm ins Wort. Ich konnte nichts dagegen tun, dass mir Tränen in die Augen stiegen. Seit der Fehlgeburt war ich nah am Wasser gebaut.

Ethan musterte mich lange und hart. Er machte keinen Versuch, mich zu trösten. Dabei wünschte ich mir einfach nur, er würde mich in den Arm nehmen und mich halten. Meinen Schmerz verstehen. »Es hat eben nicht sein sollen«, sagte er schließlich.

Seine kühlen Worte schnitten mit scharfer Klinge in mein Herz. »Das war es jetzt also? Geben wir auf?«

Schulterzucken. Er wich meinem Blick aus. »Wir sollten eine Pause machen. Es wird mir echt zu viel. Unser Leben dreht sich nur noch um deinen Kinderwunsch.«

Um deinen, hatte er gesagt. Ich hatte schon länger das Gefühl, dass er nur noch halbherzig bei der Sache war.

»Liebst du mich nicht mehr?«

»Und du?«

Ich richtete meinen verschwommenen Blick auf das Fenster, hinter dem der stete Regen aus einem grauen Frühlingshimmel fiel. Ich hatte keine Antwort auf Ethans Frage. In der letzten Zeit hatte sich unser Alltag um das Thema Schwangerschaft gedreht. Da ich als

Einzelkind Geschwister schmerzlich vermisst hatte, konnte ich mir nichts Schöneres vorstellen, als das Getrappel vieler kleiner Füße und Kinderlachen im Haus. Seit der Highschool sehnte ich mich danach, ein Baby im Arm zu halten. Eine Familie zu haben. Zwischen Ethan und mir hatte es im letzten Collegejahr gefunkt. Ein halbes Jahr später waren wir verheiratet gewesen. Als ich ihm gesagt hatte, dass ich es nicht erwarten könnte, eine Mom zu werden, hatte er mich stürmisch geküsst. Hey Babe, hatte er lachend gesagt, wenn es dich glücklich macht, machen wir ein Baby. Anfangs hatten wir unseren Spaß gehabt, aber das Ganze war schnell in einen Zwang ausgeartet. Es hatte einfach nicht klappen wollen. Wir zogen das gesamte Programm durch. Sex nach Plan, Tabletten, Hormonspritzen. Kein Wunder, dass Ethan irgendwann genervt war. Wir stritten viel. Irgendwie hatten wir uns im Lauf der Zeit über all dem verloren.

»Mach es uns nicht unnötig schwer. Ich brauche Abstand. Muss wieder zu mir finden. Und du auch«, sagte Ethan.

Mein Kopf wusste, dass er recht hatte. Aber in meinem Magen krampfte sich ein unverdauliches Knäuel zusammen. »Lass mich nicht allein, Ethan.« Nicht mit den schrecklichen Erinnerungen.

Ethan streckte flüchtig eine Hand nach meiner Schulter aus. Durch den dünnen Stoff meines Schlafshirts fühlten sich seine Finger genauso eisig an wie der Ring, der mein Herz umschloss. »Ich werde jetzt fahren, Samantha. Finde dich damit ab.« Das klang so endgültig, so hoffnungslos.

»Wann wirst du wiederkommen?«

»Ich weiß es nicht.« Er senkte den Blick, doch ich hatte das Flackern in seinen Augen registriert.

Ich musterte seine attraktiven, entschlossenen Züge. Das markante Kinn, und den Mund mit den breiten Lippen, die sich zu einem harten Strich gewandelt hatten. »Du hast keinen Plan?«

»Herrgott, Sam. Muss ich dir über jeden meiner Schritte Rechenschaft ablegen?«

»Wir sind verheiratet.«

Er füllte seine Lungen mit Luft und stieß sie mit einem Zischen wieder aus. »Ist wohl so.«

»Was soll das bitteschön heißen?«

»Wir brauchen beide eine Auszeit.«

»Ich brauche keine Auszeit. Ich brauche dich.« Ein spitzer Schmerz, wie von einem Dolch, fuhr durch meine Mitte.

Er richtete seinen harten Blick auf mich. »Ich habe keine Kraft mehr, Sam.«

Hilflos sah ich zu, wie er die restlichen Wäschestücke in der Tasche verstaute und anschließend den Reißverschluss schloss. Verdammt, Ethan, du Feigling. Wenn es kompliziert wird, haust du ab? Wie hatten wir so schön vor dem Altar geschworen? *In guten, wie auch in schlechten Zeiten.* Das hier waren definitiv die schlechten Zeiten. Ich ballte meine Hände zu Fäusten. »Du hast kein schlechtes Gewissen? Nicht ein kleines bisschen?« Ein Nerv an meiner Schläfe zuckte.

Ethan ließ sich nicht provozieren. Schwungvoll nahm er die Tasche auf und schob sich, ohne ein weiteres Wort zu verlieren, an mir vorbei. Mit hämmerndem Herzen folgte ich ihm in den Flur, wo er sich die Autoschlüssel und seine Jeansjacke schnappte.

»Ethan –«

»Pass auf dich auf.«

Ich weiß nicht, was mich wütender machte. Die Tatsache, dass Ethan so gleichgültig schien. Oder die Erkenntnis, dass es das Alleinsein war, vor dem ich mich fürchtete. Allein zu sein mit meiner Trauer und den Erinnerungen. Ethan sollte den Schmerz mit mir teilen, verdammt nochmal, und sich nicht einfach davonstehlen.

Ein kühler Windstoß trug einen Schwall Regen herein, als Ethan die Tür öffnete. Typisch Frühling in Chicago. Schaudernd verschränkte ich die Arme vor der Brust. Obwohl ich in meinem kurzen Shirt erbärmlich fror, blieb ich stehen und sah meinem Ehemann nach. Das Garagentor rollte lautlos nach einem Knopfdruck auf die Fernbedienung hoch. Ich stand noch immer da, als Ethan seinen Wagen, einen dunkelblauen Mercedes-Geländewagen, aus der Einfahrt manövrierte. Auch dann noch, als sich der rote Schein seiner Rücklichter nach und nach im herabströmenden Regen verlor. Keine Ahnung, wie lange ich so dastand und einfach nur auf den vor Nässe glitzernden Asphalt starrte. Erst als Berta von nebenan mit einem Plastiksack über der Schulter zur Mülltonne schlurfte und einen neugierigen Blick in meine Richtung warf, erwachte ich aus meiner Starre. Bevor meine Nachbarin irgendwelche unbequemen Fragen stellen konnte, wirbelte ich herum. Nachdem ich die Tür hinter mir geschlossen hatte, lehnte ich mich mit dem Rücken gegen das Holz und sank in die Knie. Ich schlug die Hände vors Gesicht und weinte.

In den folgenden Tagen schlich ich wie ein Zombie durchs Haus. Ich wusste nichts mit mir anzufangen. Die Stille bedrückte mich. Ich konnte mich auf nichts konzentrieren, nicht arbeiten. Nicht einmal spazieren gehen mochte ich. Ein Frühlingssturm fegte über Chicago hinweg und es schüttete Tag und Nacht. Tagsüber lungerte ich auf der Couch in Jogginghose und einem T-Shirt und zappte mich durch die Fernsehkanäle. Nachts lag ich zusammengerollt in unserem Ehebett und grübelte. Hätte ich vielleicht irgendetwas tun können, um dieses Baby zu retten? Gegen Anfang der zwölften Woche hatte das kleine Herz aufgehört zu schlagen. Meine Gynäkologin hatte uns lapidar erklärt, dass dies im ersten Schwangerschaftsdrittel häufig geschah, oft ohne erkennbaren Grund. Ich konnte keinen Trost darin finden. Ich hatte mir dieses Kind so gewünscht. Kaum hatte ich mich an den Gedanken gewöhnt, dass ich schwanger war, hatte ich auch schon Abschied nehmen müssen. Ich konnte diesen Abschied nicht einfach als schicksalsgegeben hinnehmen, wie Ethan es offensichtlich tat. Aus tiefster Seele seufzend stellte ich Teewasser auf. Seitdem Ethan gegangen war, hatte ich Unmengen Kräutertee in mich hineingeschüttet. Ich trank keinen Kaffee mehr, hatte mir eine Zwangspause verordnet. Zu viel Koffein. Ich war ohnehin schon ein nervöses Wrack. Was war nur mit Ethan und mir geschehen? Das traurige Ereignis hatte uns nicht enger zusammengeschweißt, sondern voneinander entfernt. Vielleicht hatte ich ihn auch viel zu sehr mit dieser Babysache gedrängt. Schließlich waren wir erst seit zwei Jahren verheiratet. Vielleicht, vielleicht.

Ich würde keine Antwort erhalten. Ethan war abgehauen und hatte mich allein gelassen. Seit er gegangen war, hatte ich nichts von ihm gehört. Kein Anruf, keine Nachricht. Mein Smartphone blieb stumm. Und mein Stolz verbot es mir, ihn anzurufen.

Der Teekessel pfiff. Ich nahm ihn von der Herdplatte und übergoss den Teebeutel mit heißem Wasser. Anschließend nahm ich die Tasse mit den aufgemalten Elchen, die Mom mir vor Jahren zu Weihnachten geschenkt hatte, mit ins Wohnzimmer. Mit untergeschlagenen Beinen kroch ich auf den geblümten Ohrensessel gegenüber dem Fenster. All meine Träume waren zu Staub zerfallen. So viel hatten wir investiert. Zeit. Gefühle. Hoffnungen. Ethan hatte eine unbequeme Wahrheit ausgesprochen, eine Wahrheit, die ich bislang verdrängt hatte. Warum ließ Ethan mich allein? Jetzt, wo ich ihn am dringendsten brauchte?

Erst als ich das Salz meiner Tränen auf den Lippen schmeckte, merkte ich, dass ich schon wieder weinte. Was sollte ich jetzt machen, allein in dem großen leeren Haus? Wir hatten es vor sieben Monaten gekauft. Es besaß einen herrlichen Garten mit einem leuchtend grünen Rasen, dick wie ein Teppich. *Dort drüben wird mal eine Schaukel stehen*, hatte ich zu Ethan gesagt und auf die Stelle neben dem alten, hohen Nussbaum gedeutet. Verstrickt in diese Erinnerung hob ich die Tasse an den Mund, aber das Bild ließ meine Hände so zittern, dass der Tee überschwappte und ich mich prompt verbrühte. So ein Mist. Ich schniefte. Schluss mit den Tränen, Sam, sagte ich mir. Ich hatte genug geweint. Vielleicht sollte ich es wie Ethan halten und ebenfalls wegfahren? Weg von all dem hier. Von allem, was mich an das Baby erinnerte. Melissa Walker fiel mir spontan ein, meine Collegefreundin. Sie arbeitete als Hebamme in einem kleinen Nest an der Küste von Maine. Wir hatten den Kontakt verloren, als ich mit Ethan nach Chicago gezogen war. Melissa hatte versucht, mich davon zu überzeugen, dass ich einen Fehler machte und Ethan nicht der Richtige für mich sei. Trotzkopf, der ich war, hatte ich ihr diese Ansicht übel genommen. An unseren dummen Streit dachte ich noch immer mit Bauchgrummeln zurück. Mich beschlich das schlechte Gewissen. Bis heute hatte ich es nicht fertiggebracht, den Hörer in die Hand zu nehmen, um mich bei ihr zu melden. Dabei war Melissa so ein fröhlicher, warmherziger Mensch. Wir hatten uns immer gut verstanden. Womöglich hatte sie mir längst verziehen? Es gab nur einen Weg, dies herauszufinden. Auf einmal überkam mich wahnsinnige Sehnsucht, meine Freundin wiederzusehen. Vielleicht wäre es tatsächlich eine gute Idee, Chicago eine Zeit lang den Rücken zu kehren. Ich war unabhängig und frei, ich konnte tun und lassen, was ich wollte. Dank Ethans einträglichem Job konnte ich es mir leisten, von zu Hause aus zu arbeiten. Ich entwarf Werbeprospekte, Broschüren oder Flyer für Firmen am PC, und konnte mir meine Arbeitszeit frei einteilen. Was hielt mich also davon ab, mir meinen Laptop zu schnappen und nach Maine zu fahren? Mom, die in einem Pflegeheim in Downtown lebte, würde mich nicht vermissen. Sie würde nicht einmal merken, dass ich die Stadt verlassen hätte. Die wenigen Freunde, die ich in Chicago gefunden hatte, seit wir von Boston hergezogen waren, waren eher Ethans als meine. Es gab niemanden hier in

der Stadt, an dem mein Herz wirklich hing. Beflügelt
von der Idee, ans Meer zu fahren, schob ich meine Teetasse auf das Tischchen neben mir und sprang auf, um
mir mein Smartphone vom Küchentresen zu schnappen.

Kapitel 2

Cole

Während ich darauf wartete, dass der Kaffee durchlief, strich ich mir mit den Fingern geistesabwesend durch die vom Duschen feuchten Haare und ging im Kopf noch einmal die Checkliste für den Flug durch. Mein Gedankenstrom stoppte abrupt, als ich hörte, wie jemand die Haustür mit dem Türklopfer bearbeitete. Wer zum Henker war das? Hatte ich irgendeinen Termin verpasst? Ich riskierte einen Blick zur Wand, wo die Küchenuhr neben der Spüle tickte. Zum Henker, ich war nicht auf Besuch eingestellt. Heute Abend würde ich nach New York fliegen, um mein neuestes Bauprojekt zu betreuen, und hatte noch gefühlte tausend Dinge zu erledigen. Ein unwilliges Grunzen ausstoßend schob ich meinen Stuhl zurück und tappte barfuß in den Flur.

»Cole? Cole, bist du da?« Eine weibliche Stimme. Eine mir ziemlich bekannte weibliche Stimme.

Unwillkürlich huschte ein breites Grinsen über mein Gesicht. Abgesehen von Mom war meine Schwester Melissa die einzige Frau, deren unangemeldetes Erscheinen Freude bei mir auslöste. »Mel, Schwesterherz. Wie schön, dich zu sehen«, begrüßte ich sie, nachdem ich die Tür schwungvoll aufgerissen hatte. »Was führt dich zu dieser frühen Stunde zu mir?« Spielerisch zog ich an ihrem geflochtenen Zopf, der unter der unvermeidlichen Strickbeanie hervorblitzte. Melissa bestritt ihren Lebensunterhalt als Hebamme in Angel's Cove und befand sich eigentlich immer im Einsatz. Deshalb trug sie ihr langes dunkles Haar gern zurückgebunden, damit es sie nicht bei der Arbeit behinderte. Sie erwiderte mein Grinsen.

»Willst du mich nicht reinlassen?«

Ich trat beiseite, damit sie an mir vorbei in den großzügigen Vorraum schlüpfen konnte, wo sie sich von ihren Sneakers befreite. »Käffchen?«

»Liebend gern.« Sie pfefferte ihre hüftlange Strickjacke über die Lehne des wuchtigen Ohrensessels und folgte mir in die Küche.

»Oder Brandy?« Ich warf ihr einen Blick über die Schulter zu.

»Machst du Scherze, ich bin im Dienst.«

Ich grinste. »Wollte nur mal fragen. Mach's dir bequem, Schwesterherz.« Ich machte eine einladende Geste Richtung Küchentisch. »Kaffee kommt sofort.«

Mit einem unüberhörbaren Seufzen ließ sich Mel auf einen Stuhl sinken und streckte ihre in froschgrüne Sneakersocken eingepackten Füße aus.

Wenig später hielt ich ihr einen Becher mit dampfend heißem Kaffee entgegen. Schwarz, ohne Zucker. So, wie wir beide ihn liebten. »Mel? Erde an Mel. Ist jemand zu Hause?«

Mel hob den Blick und starrte mich mit ihren veilchenblauen Augen an, die sich, wie ich nur allzu gut wusste, bei Ärger violett verdunkelten. Mel und ich hatten beide das nachtschwarze Haar unseres irischen Vaters geerbt und die blauen Augen unserer Mutter.

Fremde bemerkten stets auf den ersten Blick, dass wir Geschwister waren. Hin und wieder fragte man uns sogar, ob wir Zwillinge seien, was Mel ärgerte, immerhin war sie fast vier Jahre jünger als ich.

»Dein Kaffee«, erinnerte ich sie, weil sie meilenweit entfernt schien.

»Ach so, ja. Danke.« Sie nahm mir die Tasse ab. »Ich war gerade in Gedanken.«

»Wäre mir niemals aufgefallen.« Um meine Lippen zuckte ein erneutes Grinsen, während ich mich ihr gegenüber am Tisch niederließ.

Sie bedachte mich mit einem vielsagenden Blick. Wir kamen gut miteinander klar. Meistens jedenfalls. Vor allem genossen wir das heitere Geplänkel, das unsere freundschaftliche Beziehung ausmachte. Irgendwie hatte ich in diesem Augenblick allerdings das Gefühl, als läge Mel etwas auf dem Herzen. Ich täuschte mich nicht. »Hör zu, Cole. Ich möchte dich etwas fragen.«

»Schieß los!« Mit meinem Lieblingskaffeebecher, einem überdimensionalen Teil, den ich vor Jahren in einer Bude auf dem Angel's Cove Handwerkermarkt erstanden hatte, lehnte ich mich zurück. »Ich bin ganz Ohr.«

Melissa legte die schlanken Finger um ihre Tasse. »Du wirst die nächsten Wochen in New York verbringen, richtig?«

»So ist es geplant. Wenn Caldwell mir keine Steine in den Weg legt.« Caldwell war der Bauleiter des geplanten Millionenprojekts und ein schrecklich launischer Mann, mit dem ich Probleme erwartete. Ich beäugte meine Schwester argwöhnisch. »Machst du dir Sorgen, dass du es so lange nicht ohne mich aushältst?«

»Quatschkopf«, kommentierte sie gutmütig.

»Warum fragst du?«

»Da ist diese Frau«, setzte Melissa an.

Nichts Gutes ahnend, lehnte ich mich vor, um meinen Becher auf den Tisch zu schieben.

»Sie hat erst kürzlich ihr ungeborenes Kind verloren –«, fuhr Melissa fort.

»Stopp.« Ich hob eine Hand. »Ich liebe dich von Herzen, Mel, aber bitte verschon mich mit deinen Hebammengeschichten. Es ist noch nicht einmal neun Uhr morgens, und ich hab noch nichts intus außer Unmengen von diesem Gebräu. Also bitte – keine näheren Ausführungen über hormonell bedingte Frauenprobleme.« Ich zog eine Grimasse.

Mel konnte sich ein Grinsen nicht verkneifen. »Darum geht es nicht. Eine alte Freundin sucht einen Unterschlupf, nur für ein paar Tage. Sie braucht einen Tapetenwechsel, und da meine Single-Wohnung über der Hebammenpraxis zwar kuschelig aber viel zu klein ist, und du ja deine Zelte in der nächsten Zeit woanders aufschlägst, dachte ich ...« Sie brach ab und bedachte mich mit diesem speziellen Welpenblick, dem ich schon früher, als wir Kinder waren, nur schwer hatte widerstehen können.

»Da dachtest du, deine Bekannte könnte das gemütliche Heim deines heiß geliebten Bruders übernehmen«, vervollständigte ich ihren Satz.

»Ähm ja. So in etwa.« Mels Wangen färbten sich zartrosa, als sie intensiv das Muster des schwarz-weiß gefliesten Küchenbodens unter ihren Füßen studierte.

»Ich kenn die Frau doch gar nicht. Soll ich eine Wildfremde in mein Haus lassen?«

Mel hob den Blick. »Sam – Samantha ist echt nett, Cole. Wir kennen uns vom College. Du musst dich doch an ihren Namen erinnern, oder?«

»Nope.« Ich schüttelte den Kopf, musste mir allerdings eingestehen, dass ich meist nicht hingehört hatte, wenn Mel damals mit ihren Collegegeschichten aufwartete. Bis über beide Ohren verliebt, hatte ich mich zu jener Zeit nur für eine Frau interessiert. Dumm gelaufen, Cole Walker. Vehement schob ich Amys aufblitzendes Bild beiseite.

Melissa seufzte leise. »Samantha macht eine schwere Zeit durch, Cole. Sie ist verzweifelt, und ihr Mann – egal, jedenfalls würde sie gern ein paar Tage nach Angel's Cove kommen, und sich eine frische Brise um die Nase wehen lassen.«

»Samantha? Ungewöhnlicher Name.« Nachdenklich nippte ich an meinem Kaffee. Ich sollte mir bald ein paar Eier in die Pfanne hauen oder ein Bagel toasten, so langsam verlangte mein Magen nach etwas Nahrhafterem als Kaffee. Ein lautstarkes Knurren untermauerte meinen Vorsatz.

»Sam ist ungewöhnlich.« Offensichtlich interessierte sich Mel nicht für die Belange meines Magens. »Eine bezaubernde Frau«, schwärmte sie unbeeindruckt. »Total hübsch mit kupferfarbenem Haar und tausend Sommersprossen. Und sie lacht gern, also normalerweise ...«

»Mel, du musst mir keine Frau anpreisen. Erstens hab ich kein Interesse an deiner verheirateten Collegefreundin. Und zweitens bin ich sowieso nicht da. Sie kann also aussehen, wie sie möchte.«

»Ich will sie dir ja gar nicht anpreisen, Bruderherz. Aber würdest du vielleicht mal darüber nachdenken, ob Sam hier wohnen kann, solange du in New York bist?«

Wieder fuhr ich mir mit den Fingern durchs Haar, eine Angewohnheit, die ich unbedingt mal ablegen sollte. »Ich find es süß, dass du deiner Freundin helfen möchtest, Mel, aber du weißt, wie ich an meinem Haus, an all dem hier –«, ich machte eine ausschweifende Geste mit der Hand, »hänge. Die Dinge, die ich im Lauf der Jahre gesammelt habe, sind mir lieb und teuer.« Ich räusperte mich. »Nimm es mir nicht übel, aber ich hab kein gutes Gefühl dabei.« Die Vorstellung, eine fremde Frau könnte sich hier einnisten, gefiel mir nicht. Mom und meine Schwester waren die einzigen weiblichen Wesen, denen ich Zutritt über meine Türschwelle gewährte. Seit der unseligen Geschichte mit Amy schützte ich mein Privatleben wie der Secret Service das Weiße Haus. Manche mochten diesen Tick für übertrieben halten, mir vermittelte dies ein Gefühl der Sicherheit und Genugtuung.

»War einen Versuch wert.« Melissa trank ihren Kaffee aus und schüttelte sich. »Verdammt, ich lerne es wohl nie. Dieses tiefschwarze Gesöff, das du mit Vorliebe braust, kann man kaum als Getränk bezeichnen, Cole. Dieser Kaffee ist mit Sicherheit in der Lage, Tote zum Leben zu erwecken.« Sie bedachte mich mit einem frechen Grinsen, das ich geistesabwesend registrierte.

Samantha macht eine schwere Zeit durch, Cole. Sie ist verzweifelt ...

Unvermittelt musste ich an Mels Worte von vorhin denken. Vor gar nicht allzu langer Zeit war ich ebenfalls durch die Hölle gegangen. Ich konnte mich noch sehr gut daran erinnern.

Mel schob ihre Tasse auf den Tisch und sprang auf. »Okay, Bruderherz, ich mach mich dann mal vom Acker. Die Arbeit ruft. Stell dir vor, ich hab da eine Schwangere, die unter –«

Ich packte Mel am Ärmel. »Warte. Vermutlich werde ich es bereuen, aber –«

»… du bist einverstanden und lässt Sam hier wohnen?« Ihre blauen Augen blitzten auf. »Ich wusste es!« Bevor ich etwas entgegnen konnte, stellte sie sich auf die Zehenspitzen und gab mir einen dicken Schmatz auf die Wange.

Dieser kleine Teufel. Sie hatte es wieder geschafft, mich herumzukriegen. Wie immer. Ich war noch nie besonders gut darin gewesen, meiner Schwester etwas abzuschlagen. »Ich sehe es ein. Deine Freundin ist in Not, sie kann von mir aus hier wohnen. Vorausgesetzt«, ich hob eine Braue, »sie benimmt sich anständig.«

Mel knuffte mich freundschaftlich in den Oberarm. »Klar wird sie das. Und ich verspreche dir, du wirst gar nicht bemerken, dass sie je einen Fuß in dein Haus gesetzt hat, wenn du aus New York zurückkehrst.«

Kapitel 3

Samantha

Angel's Cove, umsäumt von grünen Kiefernwäldern und dramatisch zerklüfteter Steilküste, schmiegte sich an eine halbmondförmige Bucht. Ich verliebte mich auf Anhieb in das malerische Küstenstädtchen mit seinen kleinen Läden, Fischrestaurants und entzückenden Boutiquen. Bevor ich Melissa am vereinbarten Treffpunkt in der Ocean View Lane treffen würde, wollte ich unbedingt das Meer sehen. Ich bedauerte es noch immer, dass Ethan und ich nach dem Studium hatten Boston verlassen müssen, damit er in Chicago das Fitnesscenter eines Freundes übernehmen konnte. Ich vermisste das Meer. Ich liebte seine Weite, das beruhigende Rauschen der Wellen, den typischen Geruch von Salz und Tang. Wie es an manchen Tagen mit dem Horizont verschmolz. Am Meer fühlte ich mich frei und unbeschwert, als würden alle Sorgen von mir abfallen. Chicago hatte zwar den Michigansee vorzuweisen, doch es war einfach nicht dasselbe. Erwartungsvoll folgte ich einem Hinweisschild Richtung Bucht, und der Honda rumpelte gehorsam über gepflasterte, von pittoresken Holzhäusern gesäumte Straßen. Ich kurbelte das Seitenfenster hinunter, um frische Luft hereinzulassen, und seufzte wohlig auf, als eine Wolke von

Salz- und Fischgeruch ins Wageninnere wehte. Herrlich! Dieser Duft war Balsam für meine Seele. Zum ersten Mal seit Wochen hatte ich das Gefühl, wieder durchatmen zu können. Ich parkte den Wagen auf einem staubigen Platz neben einem Café, von dessen Fassade die hellblaue Farbe blätterte, und stieg aus. Über der Eingangstür des Lokals quietschte ein weißes Blechschild mit der Aufschrift Fisherman's Inn in seinen Angeln. Die salzhaltige Luft hatte das Schild verrosten lassen, aber ich fand seinen maroden Charme einfach bezaubernd. Schnuppernd reckte ich das Kinn, sog den Meeresduft ein, und ein beruhigendes Gefühl von Weite und Freiheit hüllte mich ein. Zu gern hätte ich meine Zehen ins Wasser gestreckt, allerdings befand ich mich auf einer Steilklippe. Ein paar Meter weiter toste tief unten der in Dunkelblau und Türkis funkelnde Atlantik. Weiße Brandungsgischt ließ Fontänen an den Felsen aufsteigen. Fast meinte ich, die feinen salzigen Nebeltröpfchen auf meinen Lippen zu schmecken. Ein wenig enttäuscht wollte ich schon kehrtmachen, als ich an der Seite des Gebäudes eine Steintreppe entdeckte, die vermutlich zum Wasser hinunterführte. Wenige Minuten und etliche Stufen später hatte ich über einen verschlungen Pfad eine kleine Bucht erreicht. Hier stand ich nun mit meinen Füßen in der Brandung und einem fetten Grinsen im Gesicht. Die Sneakers ließ ich von den Händen baumeln. Rauschend umspülte kaltes Wasser meine Zehen und zog sich wieder zurück. Weiter draußen dümpelten weiße Yachten auf den glitzernden Wellen, und bunte Fischerboote ankerten. Im Norden, am Ende des überschaubaren Sandstrands, schimmerten die Felsen der

Steilklippen hell im Licht. »Ist das schön«, murmelte ich andächtig. Ich fühlte, wie die Anspannung langsam von mir wich. Es war die richtige Entscheidung gewesen, nach Angel's Cove zu kommen. Ich ging ein paar Schritte durch den feinkörnigen Sand, bevor ich einen Blick auf meine Armbanduhr warf und feststellte, dass es Zeit war, Melissa zu treffen. Ein wenig wehmütig verabschiedete ich mich vom Atlantik. Aber ich würde wiederkommen. Jeden Tag, den ich in Angel's Cove verbrachte. Außerdem hatte Melissa mir erzählt, dass man von der vorderen Veranda von Coles Haus aus eine atemberaubende Aussicht auf das Meer hätte. Ich konnte es kaum erwarten, mein neues Heim auf Zeit kennenzulernen. Und vor allem Melissa wiederzusehen. Zu meiner großen Erleichterung schien sie offenbar keinerlei Groll wegen unseres Krachs zu hegen. *Hör zu, Sam, du musst unbedingt kommen, ich freue mich wahnsinnig auf dich,* hatte sie am Telefon gesagt, als sie hörte, dass ich mit dem Gedanken spielte, sie zu besuchen.

Sandkörnchen knirschten unter den Sohlen meiner Sneakers, als ich mit meiner Reisetasche in der Hand die von alten Platanen gesäumte Straße überquerte. Ich hatte den Honda kurzerhand auf einem freien Parkplatz im Schatten eines Baums geparkt, weil ich mir nicht sicher war, ob ich den Wagen auf Cole Walkers Grundstück abstellen durfte. Was dieser Cole wohl für ein Typ war? Wenn er auch nur ein bisschen meiner Freundin Melissa ähnelte, musste er schwer in Ordnung sein. Zumindest fand ich es richtig nett, dass er mir sein Haus zur Verfügung stellte. Schließlich kannte er mich überhaupt nicht, auch wenn ich eine Freundin seiner Schwester war. Während unserer gemeinsamen Collegezeit hatte sich nie die Gelegenheit ergeben, Melissas Heimatstädtchen zu besuchen, und so hatte ich ihren älteren Bruder niemals kennengelernt. Von Melissa hatte ich erfahren, dass er als aufstrebender Architekt eine vielversprechende Karriere vor sich hatte und im ganzen Land Projekte betreute – ein Umstand, der mir den Aufenthalt in seinem Haus am Meer ermöglichte. Ich hätte dem Mann liebend gern persönlich die Hand zum Dank geschüttelt. Ich war so in Gedanken an meinen unbekannten Gönner vertieft, dass ich beinahe an der Nummer siebenundvierzig-fünfzehn vorbeigestiefelt wäre. Im letzten Moment bemerkte ich die Hausnummer an der hellen Holzfassade eines zweistöckigen, stattlichen Gebäudes im typischen Stil Neuenglands, mit umlaufender Veranda, Kamin und Schieferdach. Das Haus lag beschattet von Ahorn- und Nadelbäumen gleichermaßen etwas zurückgesetzt auf der Seite der Straße, die zum Meer hin zeigte. Mit einem dezenten Quietschen öffnete sich das weiß lackierte Gartentor. Es müsste mal wieder geölt werden, dachte ich, während ich dem geschwungenen Kiesweg durch eine sattgrüne Rasenfläche folgte. Begrenzt wurde der Rasen von Beeten mit Pfingstrosen, tränenden Herzen, Vergissmeinnicht, zitronengelben, lila- und rosafarbenen Blumen, die ich nicht benennen konnte, und weißen Narzissen. Dazwischen ragten rostige Metallstecker in Gestalt von grazilen Feen und Elfen oder Glaskugeln in schillernden Pastellfarben empor. Mir entschlüpfte ein sehnsüchtiges Seufzen. Dieser Garten war der realgewordene

Traum einer jeden Frau. Ethan hatte sich stets dagegen verwehrt, dass ich unseren Garten mit derartigen, wie er sie nannte, kitschigen Grässlichkeiten verunstaltete. Ich schob den Gedanken an Ethan und unseren pflegeleichten Garten mit dem Platz für die geplante Schaukel beiseite. Mein Blick fiel auf den knallroten Rover Mini vor dem überdachten Eingang. Das musste Melissas Wagen sein. Melissa war schon immer ein Fan fröhlicher Farben gewesen. Voller Vorfreude betätigte ich den antik wirkenden Türklopfer, einen kunstvoll verschlungenen, oxydierten Eisenring mit einer obendrauf sitzenden Elfe. Wow. Cole Walker schien außergewöhnliche Dinge mit einem Hang zum Kitsch zu lieben. Ungewöhnlich für einen Mann, aber es gefiel mir. Endlich öffnete sich auf mein wiederholtes Klopfen hin die schwere Eichentür. Melissas Gesicht strahlte mir entgegen.

»Sam!« Sie fiel mir um den Hals.

Überwältigt von dem herzlichen Empfang drückte ich sie spontan. »Mein Gott, ich hab dich vermisst.«

Sie löste sich von mir und hielt mich auf Armeslänge, um mich aufmerksam zu mustern. Ihre blauen Augen funkelten warm. »Ich dich auch, Süße. Wir haben uns viel zu lange nicht mehr gesehen.«

Ohne viel Federlesens schnappte sie sich meine Reisetasche. »Komm rein und lerne dein neues Heim auf Zeit kennen. Du wirst begeistert sein.«

»Warte.« Ich berührte sie am Arm. »Du bist mir wirklich nicht mehr böse?«

Melissas feine Brauen hoben sich fragend. »Böse?«

Ich scharrte mit der Fußspitze auf der Kokosbodenmatte, die mich mit geschwungenen Lettern willkommen hieß. »Na, du weißt schon, wegen unseres Streits damals.«

»Unsinn.« Melissa schüttelte den Kopf. »Das Ganze ist längst vergeben und vergessen. Und nun folge mir.« Lachend zog sie mich in den Vorraum. Aus einem Holzkästchen, das auf einer hübschen Nussbaumkommode thronte, fischte sie einen Schlüsselbund und reichte ihn mir mit einer feierlichen Verbeugung. »Bitteschön. Haus- und Garagenschlüssel zu treuen Händen.«

Während wir beide mehr oder weniger gleichzeitig quasselten und uns austauschten, wie es Freundinnen machten, die sich ewig nicht mehr gesehen hatten, führte Mel mich durch das Haus ihres Bruders. Mit leichtem Herzen, weil jeglicher Misston zwischen uns ausgeräumt war, bewunderte ich die von männlichem Charme geprägten Räume, in denen Cole ein Händchen für Stil bewiesen hatte. Die edle Einrichtung war farblich aufeinander abgestimmt, von den hellgestrichenen Wänden über die dunklen, wuchtigen Möbel, das kürbisfarben schimmernde Echtholzparkett, die geschmackvollen Kissen auf dem Ledersofa bis hin zu den schweren, schimmernden Vorhängen, die die bodentiefen Fenster flankierten.

»Also, jetzt hast du einen Eindruck von deinem neuen Zuhause bekommen«, sagte Melissa, mir einen Blick über die Schulter zuwerfend, als wir die Treppe zurück ins Erdgeschoss hinuntergingen. »Gefällt es dir?«

»Es ist atemberaubend schön«, entgegnete ich, wobei ich meine Hand über den glattpolierten Handlauf des

Treppengeländers gleiten ließ. »Dein Bruder hat wirklich Geschmack.«

»Was die Einrichtung seines Hauses angeht, stimme ich dir zu.« Melissa stapfte voran Richtung Küche, ihr dunkler Zopf wippte auf dem Rücken.

»Oha. Spielst du auf etwas an?«

»Ach«, Melissa winkte ab. »Mein Bruder hat nicht gerade ein glückliches Händchen, was Frauen betrifft.«

»Mel, ist er das? Cole?« Ich stoppte abrupt, als mir ein gerahmtes Bild an der Wand ins Auge fiel. Es zeigte einen dunkelhaarigen Mann mit beeindruckenden Schultern und einem breiten Grinsen in Siegespose vor dem Haus in der Ocean View Lane.

»Hm?« Melissa drehte sich zu mir um. Ihr Blick scannte die Reihe der Bilder und blieb an dem hängen, auf das ich zeigte. »Ja, ja, das ist er. Das ist Cole, wie er leibt und lebt. Mom hat das Foto geschossen, nachdem Cole den Vertrag für das Haus unterschrieben hatte. Er war so glücklich an dem Tag.«

»Dein Bruder sieht echt gut aus.« Ich trat näher an das Foto heran, um seine attraktiven Züge zu studieren: die kantige Kinnpartie, die blitzend blauen Augen und die hohe Stirn, in die eine widerspenstige dunkle Strähne fiel. Bestimmt leckten sich sämtliche Ladys alle zehn Finger nach diesem Mann. »Hat er das Haus für sich gekauft?«, fragte ich, um einen beiläufigen Ton bemüht.

Mel seufzte leise. »Das Haus war als Hochzeitsgeschenk für seine Verlobte gedacht.«

»Oh. Ist er ...?«

»Cole ist wieder Single. Schon seit geraumer Zeit.« Melissa verdrehte die Augen. »Die dumme Nuss hat ihn quasi vor dem Altar stehenlassen, um mit seinem besten Freund durchzubrennen.« Achselzuckend deutete sie mir an weiterzugehen. »Hört sich an, wie das Skript zu einer schlechten Komödie, aber es ist tatsächlich passiert.«

»Wow«, sagte ich, weil mir nichts Besseres einfiel. Vor dem Altar stehengelassen zu werden, war so ziemlich eins der unangenehmsten Dinge, die ich mir vorstellen konnte. Wir traten in die Küche, einen freundlichen Raum mit hellen Einbaumöbeln im Landhausstil, der sich zum Wohnzimmer mit Panoramablick in den weitläufigen hinteren Garten hin öffnete. Eine gepflegte Rasenfläche, hier und da beschattet von verschiedenen Laubbäumen und begrenzt von einer in gelber Blütenpracht leuchtenden Berberitzenhecke.

»Käffchen?« Mel machte sich an der Kaffeemaschine zu schaffen.

Ich nickte. Dann schüttelte ich den Kopf. Und winkte ab.

Melissas offensichtliche Verwirrung wuchs. »Sam? Alles okay?«

»Ja, alles bestens. Ich habe mir das Kaffeetrinken abgewöhnt. Aber weißt du was? Ich glaube, die Zeit der Abstinenz ist hiermit vorbei.« Ich schenkte ihr ein schiefes Grinsen.

»Kaffee soll es also sein. Es ist mir ein Vergnügen.« Melissa lachte. »Du hast dich seit dem College echt nicht verändert, Sammy.« Flink drückte sie ein paar Knöpfe, und die Maschine machte sich zischend betriebsbereit.

Ein Grinsen flog über mein Gesicht, als ich den alten Kosenamen aus ihrem Mund hörte, und ich fühlte mich sofort in alte Zeiten zurückkatapultiert. »Ich bin so froh, dass wir uns wiederhaben, Mel«, sagte ich und meinte es aus tiefstem Herzen. Sie hatte mir gefehlt. Unsere enge Freundschaft hatte mir gefehlt.

Melissa nickte. »Glaub mir, mir geht es ganz genauso.«

»Und dein Bruder lebt ganz allein in diesem großen Haus?«, wollte ich anschließend wissen, während ich die großzügige Küche in Augenschein nahm.

»Yep. Eine Verschwendung, ich weiß.« Sie zauberte eine Packung aus dem Hängeschrank und schüttete Kaffeebohnen in den dafür vorgesehenen Behälter. Sofort erfüllte aromatischer Röstduft den Raum, und mein Magen reagierte mit einem unüberhörbaren Knurren. Melissa bedachte mich mit einem zerknirschten Blick. »Hey, möchtest du etwas essen? Entschuldige, du bist ja seit Stunden unterwegs ...« Hektisch wühlte sie im Schrank. »Da wären noch Schokoladenkekse. Oder möchtest du irgendwo einen Happen essen gehen? Ich kenne ein süßes kleines Lobsterrestaurant.«

Ich schüttelte den Kopf. »Schokoladenkekse und Kaffee sind perfekt. Ich hab unterwegs bei Applebee's angehalten. Jetzt würde ich am liebsten in einem der Schaukelstühle auf der Veranda sitzen, die Füße aufs Geländer legen und mit dir wie zu alten Collegezeiten quatschen.«

Melissas Augen blitzten erfreut auf. »Hört sich nach einem guten Plan an.«

Am nächsten Morgen trat ich mit meinem Kaffeebecher in der Hand durch die Fliegengittertür hinaus auf die Veranda. Die Holzplanken unter meinen Füßen fühlten sich glatt und kühl an, und unwillkürlich krümmte ich meine Zehen. Ich lehnte mich gegen das Geländer und nahm einen großzügigen Schluck von meinem Kaffee. Ein Gefühl von Leichtigkeit durchströmte mich, als ich meinen Blick auf die Bucht lenkte. Morgennebel verhüllte sie wie ein Schleier und verlieh ihr etwas Magisches. Ich atmete tief ein und füllte meine Lungen mit dem harzigen Kiefernduft, der sich in der salzigen Luft mit dem süßen Aroma von Wildblumen mischte. Ich hatte wie ein Baby geschlafen, lang und traumlos – das erste Mal ohne verstörende Albträume. Melissa und ich hatten gestern stundenlang beieinander gesessen und gequatscht. Hatten versucht, all die Zeit, die wir uns nicht gesehen hatten, aufzuholen. Und hatten festgestellt, dass wir uns nicht weniger nah standen, als in unseren Collegetagen. Nicht einmal die törichte Sendepause nach unserem Streit hatte dem Gefühl unserer Verbundenheit etwas anhaben können. Es tat so gut, mich mit einer Freundin auszutauschen, dazu noch mit jemandem, der genau zu verstehen schien, was mich quälte. Melissa hatte mich gehalten, als mich meine Gefühle aufs Neue überwältigt hatten, und mir sanft über den Rücken gestrichen, bis die Tränen versiegt waren.

Manchmal soll es eben nicht sein, sagte sie behutsam. *Es muss gar keinen körperlichen Grund dafür geben, dass es nicht funktioniert. Lass das Thema Kinder eine Weile ruhen*, riet sie mir. *Und dann startet ihr einen neuen Versuch. Irgendwann.*

Ich richtete meinen verschwommenen Blick auf meine kluge Freundin. *Ich bin mir nicht sicher, ob ich das kann*, gestand ich leise. *Ethan hat sich verändert. Zwischen uns ist alles so anders. Mir kommt es vor, als seien wir zwei Fremde, die verzweifelt versuchen, an etwas festzuhalten.*

Lass dir Zeit, Sam. Deine Verwirrung hat sicher auch mit deinem Hormonhaushalt zu tun. Du musst einfach Geduld haben. Melissa drückte sanft meine Hand. *Es wird sich sicher richten.*

Vielleicht würde es zwischen Ethan und mir wieder gut werden. Während ich an meinem Kaffee nippte, fühlte ich mich von leiser Hoffnung erfüllt. Was Ethan wohl gerade machte? Ob er an mich dachte? Noch immer hatte ich nichts von ihm gehört. Da ich ein Sturkopf sein konnte, schwieg ich ebenfalls. Ich ging davon aus, dass er sicher bei seiner Schwester in Baltimore angekommen war. Wie hieß es doch so schön? Keine Nachricht ist eine gute Nachricht. Trotzdem ärgerte es mich, dass er sich nicht gemeldet hatte. Nachdenklich sah ich einem Vogelschwarm nach, der sich im Aufwind über die Baumwipfel des Kiefernwäldchens tragen ließ, das sich am Ende der Straße bis zum Meer erstreckte. Ja, dorthin wollte ich auch. Ans Meer.

Nachdem ich gleich nach dem Frühstück den Ort erkundet hatte, machte ich einen ausgiebigen Spaziergang am Wasser.

Mit einem zufriedenen Lächeln stapfte ich durch den Sand, verfing mich mit den Zehen in angeschwemmten Tang. Über mir segelten Möwen, zogen ihre Kreise durch das lichte Blau des Himmels. Ich genoss die warmen Küsse der Sonne auf meinem Gesicht und der nackten Haut meiner Arme. Ich würde ungefähr eine Million neue Sommersprossen bekommen, doch das war mir egal. In genau diesem Moment fühlte ich mich glücklich. In meiner linken Hand hielt ich ein Buch, einen Liebesroman, den ich in einem süßen Buchladen erstanden hatte. Genau die richtige Lektüre für laue Leseabende auf der Veranda. Ich freute mich schon darauf. Melissa hatte versprochen, am Nachmittag vorbeizukommen. Sie plante, mich in das Restaurant zu entführen, von dem sie behauptete, dass es dort den besten Lobster von ganz Angel's Cove und Umgebung gab.

»Hey hübsche Lady, wie geht's?« Ein Surfer in Wetsuit und mit Board unter dem Arm stapfte vorbei. In seinen Augen blitzte unverkennbar Interesse auf, als sein Blick freimütig über meine Kurven glitt.

»Hi«, entgegnete ich freundlich. Auch wenn ich verheiratet war, wusste ich dennoch den Anblick eines attraktiven Mannes zu schätzen. Mit seinem Wuschelhaar und dem knallengen Suit war er wirklich ein Hingucker, und unter anderen Umständen hätte ich vielleicht einen zweiten Blick riskiert. Aber mir stand der Sinn nicht danach. Von den Herren der Schöpfung hatte ich erst einmal die Nase voll. Unwillkürlich glitten meine Gedanken wieder zu Ethan und meine gute Laune verflog. Ich fühlte Groll in mir aufsteigen. Ethan hatte sich aus dem Staub gemacht, als ich ihn am meisten brauchte. Elender Mistkerl. Noch immer kein Lebenszeichen von ihm und ich würde den Teufel tun, ihn anzurufen. Was war das? Ein verdammtes Spiel? Gut. Was er konnte, konnte ich schon lange. Sollte der gnädige Herr doch bleiben, wo der Pfeffer wächst. Trotzdem sehnte ich mich danach, seine Stimme zu hören. Meine Gefühle waren so durcheinander. Es gelang mir nicht, dieses verworrene Knäuel aus Enttäuschung, Wut und Trauer, das wie ein harter Knoten in meinem Magen ruhte, zu entwirren. Ich war mir nicht sicher, ob ich Ethan überhaupt noch liebte. Geschockt von diesem Gedanken blieb ich stehen, grub meine Zehen in den körnigen Sand und starrte mit brennenden Augen hinaus auf den Atlantik, wo der Horizont den Morgenhimmel berührte. Unvermittelt dachte ich wieder an das Baby. An dieses Leben, das in mir herangewachsen war. An mein verlorenes Kind. Und an Ethans kühle Worte, die er mir an den Kopf geworfen hatte, bevor er ging. Eine Brise spielte mit meinem Haar, wehte mir eine Strähne ins Gesicht. Zornig strich ich sie zurück. Vielleicht war das mit Ethan und mir einfach ein Riesenfehler gewesen. Energisch verscheuchte ich die düsteren Überlegungen, bevor ich noch in Selbstmitleid versank. Ich hatte keine Lust, mir den Tag zu verderben. Während ich weiter durch den Sand stapfte und dem steten Rauschen der Brandung lauschte, zwang ich meine Gedanken in eine andere Richtung.

»Okay, Ladys und Gentlemen, willkommen bei Cook's Lobster House.« In einer übertriebenen Geste hielt Melissa mir die Tür des holzverkleideten, etwas schäbig wirkenden Hauses auf, vor dessen Fenstern gelbe Narzissen in verwitterten Holzkästen blühten. »Vertrau mir«, sagte sie grinsend, als sie meinen skeptischen Blick bemerkte. »Hier gibt es den besten Lobster an der gesamten mittleren Küste.«

»Ich bin nicht so wild auf Meeres...«, protestierte ich schwach, während ich den Eingangsbereich betrat.

»Ach was!« Melissa winkte unbekümmert ab. »Wenn du schon mal in Maine bist, musst du Lobster essen, Sammy. Da kommst du nicht drum rum.«

»Na gut.« Leise seufzend ergab ich mich meinem Schicksal. Mel hatte ja recht. Es wäre ein Fehler, wenn ich die regionale Spezialität nicht wenigstens einmal ausprobieren würde.

Wir folgten einer jungen Kellnerin mit feuerroter Servierschürze und hipper Igelfrisur. Sie führte uns an einen rustikalen Holztisch am Fenster, das uns einen atemberaubenden Blick auf die Bucht bot.

»Und, hab ich dir zu viel versprochen?« Melissa grinste mich erwartungsvoll an, als ich ihr gegenüber auf die mit Leder bezogene Sitzbank gerutscht war. Die Bedienung – Carolyn, wie sie uns mitgeteilt hatte – hatte uns inzwischen mit Drinks versorgt.

»Nein. Es ist zauberhaft. Egal, wie mir der Lobster auch schmecken wird, diese Aussicht hier –«, ich machte eine ausschweifende Geste mit der Hand, »ist einfach zauberhaft.« Ich ärgerte mich, dass ich so frustriert und gelangweilt klang. So kannte ich mich normalerweise nicht. Ich musste nur gerade wieder an Ethan denken und fragte mich, ob ihm dieser Ausblick auch so gut gefallen würde wie mir. Und im selben Augenblick verwünschte ich den Mann. Ethan war der letzte Mensch, den ich gerade sehen wollte. Ich griff nach meinem eisgekühlten Glas Chardonnay. »Cheers«, prostete ich Melissa zu und leerte mein Glas in einem Zug. Der vollmundige Wein hinterließ einen feinen Zitronengeschmack auf meiner Zunge und den Hauch der Erinnerung an die alten Eichenfässer, in denen er gereift war.

»Hey, Sam, mach langsam! Du willst doch nicht morgen früh mit einem Brummschädel aufwachen?«

»Und wenn schon.« Ich zog einen Flunsch. »Eigentlich ist es komplett egal.« Anschließend richtete ich meinen Blick auf Melissa. »Ich bin dreiundzwanzig, Mel. Verheiratet mit einem Typen, der anscheinend nichts mehr von mir wissen will. Ehe kaputt, Baby verloren.«

Mel langte über den Tisch hinweg nach meiner Hand. »Das wird schon wieder. Ich sagte dir doch, dass Hormone und Gefühle nach einer Fehlgeburt verrücktspielen. Das braucht seine Zeit, Sam. Pass auf, wir werden jetzt ein wunderbares Dinner haben und quatschen, bis uns die Ohren rauchen. Und wenn du morgen früh aufwachst, wirst du sehen, dass die Welt schon wieder ganz anders aussieht.«

Dankbar, dass Melissa nicht so etwas in der Art wie *Siehst du, ich hab doch gewusst, dass das mit Ethan nicht gut gehen wird,* äußerte, erwiderte ich den sanften Druck ihrer Finger. »Das Universum hat etwas gegen mich.«

»Unsinn.« Melissa schenkte mir ein wissendes Lächeln. »Du machst gerade eine ziemlich beschissene Zeit durch, aber glaub mir, das wird auch wieder besser.«

»Ich hoffe es.« Im Moment konnte ich es mir zwar nur schwer vorstellen, aber ich war gewillt, mich eines Besseren belehren zu lassen.

»Sam?«

»Hm?«

»Du quetschst meine Hand.« Mel deutete mit einem etwas gequälten Lachen auf unsere verschränkten

Hände. »Ich bräuchte sie noch für meine Arbeit, weißt du?«

»Oh, entschuldige.« Ihr Kommentar entlockte mir ein schwaches Grinsen. »Okay.« Ich straffte meine Schultern. »Ich höre auf, Trübsal zu blasen. Ich werde meine Zeit hier in Angel's Cove genießen. Ich möchte in gutem Essen schwelgen, laute Musik hören, mir die Fußnägel lackieren, kitschige Bücher lesen und Muscheln sammeln.«

»Genau das wollte ich hören.« Melissa zwinkerte mir aufmunternd zu.

Kapitel 4

Cole

Caldwell, dieser verdammte Hornochse. Als hätte ich es geahnt. Der Kerl hatte natürlich versäumt, rechtzeitig einige wichtige Termine zu koordinieren, und nun verschob sich die gesamte beschissene Planung um drei Wochen. Ich wollte nicht wissen, wieviel das kostete. Das Geld war zwar nicht mein Problem, aber verflucht, warum musste ich bei diesem Projekt mit dem wohl dümmsten Bauleiter von ganz New York City, ach was, des ganzen Universums, zusammenarbeiten? Wie hatte Bradbury Inc. nur so einen unfähigen Menschen für die Zweigstelle in N.Y. engagieren können? Ich gab ein verächtliches Grunzen von mir, als ich einen Gang herunterschaltete, um dem abfallenden Schwung der Straße zu folgen. Das Getriebe des Land Rovers protestierte gegen die unsanfte Behandlung. Ich drosselte das Tempo weiter, als ich das von Salzluft und Wind verwitterte Holzschild mit dem verschnörkelten Gruß *Willkommen in Angel's Cove* passierte und in die Main Street einbog, die sich wie eine Lebensader durch den gesamten Ort zog. Gleich würde ich an der Polizeistation vorbeikommen, unter dessen Verandadach Harper Boones von einem Schaukelstuhl aus sein wachsames Auge auf den überschaubaren Verkehr gerichtet hielt. Aus schmerzlicher Erfahrung wusste ich, dass Angel's Coves unerbittlicher Sheriff keine Gnade kannte. Die vorgeschriebene Geschwindigkeit von 25 mph musste peinlichst genau eingehalten werden. Schon so manche ein unbedarfter Tourist hatte ein Knöllchen als Souvenir mit nach Hause nehmen müssen. Fee Henderson vom Gemischtwarenladen war gerade dabei, die gestreifte Markise über der Obstauslage auszufahren und winkte mir erfreut zu, als sie meinen Land Rover entdeckte. Angel's Cove begrüßte mich mit dem typischen Charme eines verschlafenen Küstenstädtchens. Ich war hier geboren und aufgewachsen, und auch wenn es mir zuweilen mächtig auf die Nerven ging, dass Klatsch und Tratsch wie Unkraut blühten, dass jeder alles über jeden wusste, so würde ich dennoch niemals woanders leben wollen. In Angel's Cove kannte und grüßte man sich, und kümmerte sich umeinander. Manchmal übertrieben es die Einwohner, doch ich besaß ein dickes Fell. Abgesehen von einigen wenigen kam ich mit allen hier klar. Dank meines Jobs reiste ich viel und lebte wochen- oder monatsweise in der Anonymität lebhafter, lärmender Großstädte. Aber jedes Mal wenn ich nach Hause kam, erlebte ich ein Gefühl der tiefen Zufriedenheit, der inneren Ruhe. Angel's Cove war ein Stückchen Paradies in der hektischen weiten Welt. Mein Rückzugsort. Deshalb hatte ich damals auch das Haus der alten Marge Wyatt in der Ocean View Lane gekauft. Für Amy. Für Amy und unsere zukünftigen Kinder. Ihr zuliebe hatte ich sogar den Garten mit Kitschfiguren dekoriert. Bloß weil sie so versessen auf diesen Schnickschnack gewesen war. Ich presste die Lippen aufeinander, als ich das altbekannte

Gefühl von Wut aufsteigen fühlte, das sich wie eine heranrollende Welle in mir auftürmte und sich durch meine Eingeweide fraß. »Verdammt, Amy«, knurrte ich laut und deutlich, als säße meine Ex neben mir im Wagen. Schlimm, dass ich nach all der Zeit noch immer so viel Zorn verspürte, wenn ich an diese Frau dachte. Ich hatte sie geliebt. Geliebt, wie man eine Frau nur lieben kann. Die Tatsache, dass sie mich wegen meines ehemals besten Kumpels vor dem Altar hatte stehenlassen, hatte mich in meinen Grundfesten erschüttert. Ihr Verrat war der Grund, dass ich es seitdem vorzog, meine Frauengeschichten unverbindlich zu belassen. Hier und da ein Flirt, ein netter kleiner One-Night-Stand, ohne jeden Belang. Affären, die kaum länger als ein paar Nächte andauerten. Keine Nähe, keine komplizierten Fragen, keine Verwicklungen. Das Thema Beziehung und Ehe hatte ich abgehakt. Ich fuhr gut damit. Ich genoss mein Leben. Und die Frauen. Und wenn sich ganz selten mal in einem tief verborgenen Winkel meines Bewusstseins eine sehnsüchtige Stimme meldete, die nach mehr verlangte, als nach flüchtigen, unbedeutenden Bettgeschichten, ertränkte ich sie mit ein paar kräftigen Drinks. Das klappte immer. Apropos Drinks ... Ich warf einen prüfenden Blick in den Rückspiegel und setzte den Blinker, um in die mir vertraute Seitenstraße abzubiegen, die mich zur Ocean View Lane führte. Ich freute mich darauf, in wenigen Minuten mit einem kühlen Bierchen auf der Veranda zu hocken, die Füße auf dem Geländer und den Blick in den babyblauen Morgenhimmel gerichtet. Darren Caldwell und die ganzen Typen von Bradbury Inc. konnten mich mal kreuzweise. Ich würde jetzt meinen ungeplanten

Urlaub genießen und erst wieder auftauchen, wenn sie den Schlamassel auseinanderklamüsert und die neuen Termine entsprechend koordiniert hatten. Zufrieden grinsend summte ich die ersten Zeilen von *Coming Home*, als ich die Ocean View Lane erreichte. Ich sang davon, dass alle Welt erfahren sollte, dass ich heimkehrte. Davon, dass der Regen all den gestrigen Schmerz davonspülte ... Ach, verflucht, wenn das so einfach wäre. Niemand konnte einem den Schmerz nehmen.

Egal.

Das war Schnee von gestern.

Ich konzentrierte mich auf das Hier und Jetzt. Und das war gar nicht so schlecht. Mit einer Hand lässig am Lenkrad, die andere auf dem Schalthebel ruhend, bog ich in die Einfahrt ein. Mein Rückgrat versteifte sich. Perplex fixierte ich den silbernen Honda vor der Garage. Das hatte ich bei all dem Schlamassel ganz vergessen. Auch das noch. Ich beherbergte ja einen Gast in meinem Haus.

Die Fliegengittertür knarzte in den Angeln, als ich sie öffnete, und das unangenehme Geräusch erinnerte mich daran, dass ich die Scharniere mal wieder ölen sollte, ebenso wie die des Gartentors. Ich würde mich später drum kümmern. Was mich weitaus mehr störte, war die Tatsache, dass die Haustür offen stand. Vermutlich zum Lüften, jedoch ziemlich leichtsinnig. Angel's Cove war zwar nicht New York, doch man konnte nie wissen. Ich sollte mal ein paar Takte mit der jungen Dame reden. »Hallo?« Ich trat in den Vorraum, stellte meine Reisetasche ab und befreite mich von meiner Lederjacke. Aus Richtung der Küche drang laute Rockmusik. »Hey!« Verdammt. Diese Frau würde vermutlich nicht einmal bemerken, wenn eine Horde Elefanten hereingetrampelt käme. Meine gute Laune war dahin. »Miss!« Wie hieß die Gute nochmal? Susan ... Sandra – nein, Samantha. Jetzt erinnerte ich mich. Na, der würde ich gehörig den Marsch blasen. Ich hatte gewusst, dass es ein Fehler sein würde, einer Fremden den Zutritt zu meinem Haus zu erlauben. Energischen Schrittes stürmte ich in die Küche ... und blieb unvermittelt stehen, als wäre ich vor eine Wand gelaufen. Das Bild, das sich mir bot, haute mich buchstäblich um. Mit dem nackten Rücken zu mir gewandt tanzte Melissas mysteriöse Freundin vor dem Herd, lediglich mit einem Stringtanga bekleidet, und schwang ihre Hüften und den Pfannenwender zu den Klängen von Colbie Caillats *Try*. Ihr kupferrotes, in einen Pferdeschwanz zurückgebundenes Haar wippte im Takt. Sie sang lauthals mit einer hübschen, leicht rauchigen Stimme, die mir eine Gänsehaut über die Arme laufen ließ. Genau wie das Wackeln ihrer reizenden Kehrseite. Meine Eingeweide zogen sich zusammen – vermutlich vor Hunger. Kein Wunder, es duftete herrlich nach gebratenem Eiern und Speck.

»Yeah ... nimm es nicht so schwer ...« Noch mehr Po- und Hüftwackeln. Dieser Hintern war verdammt ansehnlich. Ich legte den Kopf schief. Anbetungswürdig. Hör auf zu starren, Walker. Ich verlagerte mein Gewicht. Meine Jeans spannte schon bedenklich im Schritt.

»Miss!« Ich räusperte mich. »Samantha!«

Mit dem Pfannenwender in der Hand wirbelte sie herum und ließ einen schrillen Schrei der Überraschung los. »Wer sind Sie? Was wollen Sie hier?«

Automatisch wanderte mein Blick zu ihren vor Entsetzen wippenden Brüsten. Ich konnte nichts dagegen tun. Unwillkürlich befeuchtete ich meine plötzlich trockenen Lippen mit der Zungenspitze. »Ich bin«, ich räusperte mich erneut und war gerade im Begriff, mich vorzustellen, als sie erneut einen spitzen Schrei ausstieß.

»Cole Walker!« Sie ließ den Pfannenwender fallen. Ihre Hände flogen an ihre Brust, um sie zu bedecken. »Verflixt und zugenäht!«

»Im Allgemeinen werde ich netter begrüßt«, entfuhr es mir trocken. »Aber angesichts –«

»Was zum Teufel machen Sie hier?« Samanthas Augen – samtbraun und ungewöhnlich reizvoll in der Kombination mit dem kupferroten Lockenkopf – funkelten mich ungehalten an. Unter den unzähligen Sommersprossen wurde ihr Porzellanteint erst blass, dann rot.

»Ich wohne hier.« Meine Lippen kräuselten sich.

»Das meine ich nicht! Natürlich weiß ich, dass Sie hier wohnen, aber ... Mel sagte mir, Sie seien verreist.«

»Hm.« Ich näherte mich ihr, um einen Blick über ihre Schulter in die Pfanne zu werfen. »Das da verbrennt gleich«. Kross gebratener Speck und Spiegeleier. Erneut lief mir das Wasser im Mund zusammen.

Sie wirbelte herum. »Gehen Sie weg«, fauchte sie mich an. Ihre Hüfte berührte mich, als sie die Pfanne von der heißen Platte schob.

Ich wollte behilflich sein und streckte meine Hand aus, um das Gas abzudrehen. Im selben Moment bewegte sie sich, und eine weiche Brust streifte meinen Unterarm. Wie elektrisiert zuckte ich zusammen.

Meine Reaktion entging ihr nicht. Ihre Augen sprühten Funken, als sie einen Schritt nach hinten machte. Flink legte sie abermals ihre Hände auf ihre Brüste, um sie vor meinem Blick zu schützen, der sich unwillkürlich wieder auf ihren Busen gerichtet hatte.

»Es tut mir leid«, sagte ich betreten. »Ich wollte nur helfen.« Die flüchtige Berührung hatte meine Fantasie angekurbelt.

»Pah.« Samantha stieß ein verächtliches Zischen aus. Ihr Blick glitt an mir hinab, blieb an der unübersehbaren Wölbung meiner Hose hängen. »Sie —«, sie schnaufte empört. »Sie Lustmolch!«

Mir entfuhr ein belustigtes Glucksen. »Ich bin ein Mann und entschuldige mich dafür.« Trotzdem vergrößerte ich sicherheitshalber die Distanz zwischen uns.

»Wenn das eine Entschuldigung sein soll, ist sie ziemlich lahm.« Ihr Gesichtsausdruck wurde abweisend.

Möglichst lässig schob ich meine Daumen durch die Gürtelschlaufen meiner Jeans und betete, dass sich mein bestes Stück beruhigen möge. Was angesichts dieses ungemein reizvollen weiblichen Wesens, das ich sozusagen nackt in meiner Küche vorgefunden hatte, ein vermutlich hoffnungsloser Wunsch bleiben würde. »Keine Entschuldigung«, erwiderte ich. »Lediglich eine Erklärung.« Ich bemühte mich, mich auf ihr herzförmiges Gesicht zu konzentrieren. Ihre Lippen, voll und sanft geschwungen, leuchteten kirschrot im Kontrast zu dem blassen Teint. Der perfekte Mund zum Küssen, schoss es mir durch den Kopf. Rasch lenkte ich meinen Blick zu ihren von langen dunklen Wimpern umrandeten Augen, aber das war auch nicht besser. Ich war dabei, mich in dem samtigen Braun zu verlieren. Verzweifelt fuhr ich mir mit der Rechten durchs Haar. »Hören Sie, Samantha. Sie müssen zugeben, dass Ihr Anblick den stärksten Mann umhauen würde. Sie sind unwiderstehlich.« Das hatte ich eigentlich nicht sagen wollen, aber nun war's heraus. Sämtliche Körperteile von mir inklusive meines Mundwerks schienen sich von meinem Verstand losgesagt und meiner Libido unterworfen zu haben.

Zu meiner Überraschung huschte ein verlegenes Lächeln über Samanthas Gesicht. Ihre Wangen nahmen die Farbe reifer Pfirsiche an. »Ich —«

»Es tut mir leid, dass ich hier so reingeplatzt bin«, plapperte ich uncharmant weiter. »Meine Pläne haben sich überraschend geändert, und ich habe ganz vergessen, dass Sie hier sind.« Ich machte eine Kinnbewegung. »Ich werde jetzt nach oben gehen und mich frischmachen. Fühlen Sie sich ganz wie zu Hause.« Und von mir aus bleiben Sie auch nackt. Mein Gott, Walker, du hast den Verstand verloren. Ich schickte mich an, die Küche zu verlassen. »Ach ja, meinen Sie, ich könnte etwas mitessen? Auf dem Frühflug gab's nur Nüsschen zu knabbern«, rief ich ihr noch über die Schulter zu, bevor ich in den Flur verschwand.

»Sie sind unmöglich«, rief sie mir nach.

Mit einem breiten Grinsen schnappte ich mir im Eingangsbereich meine Reisetasche. Vielleicht würde die Gesellschaft der jungen Dame doch nicht ganz so unangenehm werden wie befürchtet. Auf jeden Fall brauchte ich jetzt erst einmal eine Dusche. Eine eiskalte Dusche.

Frisch geduscht, mit feuchten Haaren, die sich wie üblich in meinem Nacken kringelten, sobald sie eine gewisse Länge überschritten, einem Tank-Top und einer sauberen Jeans saß ich Samantha einige Zeit später am Küchentisch gegenüber. Mels Freundin hatte mein stilles Flehen nicht erhört, sondern ihre aufregenden Kurven in Kleidung gezwängt. Was ich zutiefst bedauerte. Dennoch sah sie in dem weißen T-Shirt und den knappen ausgefransten Jeansshorts, die sich wie eine zweite Haut an ihren hübschen Hintern schmiegte, zum Anbeißen aus. Zudem versöhnte mich die Tatsache, dass sie ihr Frühstück mit mir teilte. Zufrieden widmete ich mich meiner mehr als großzügigen Portion.

»Ich freue mich übrigens, Ihre Bekanntschaft zu machen, Samantha ...«, sagte ich zwischen zwei Bissen.

»Carrigan«, murmelte sie.

Samantha Carrigan. Ein hübscher Name, der zu ihr passte. »Cole. Cole Walker«, entgegnete ich. »Aber das wissen Sie ja bereits.« Der krossgebratene, würzige Schinken krachte zwischen meinen Zähnen, und das Ei zerschmolz förmlich wie Sahne auf der Zunge. »Himmlisch«, lobte ich genüsslich kauend. »Sie verstehen es, einen Mann glücklich zu machen, Samantha.«

Sie bedachte mich mit einem vernichtenden Blick. »Das können Sie vergessen.«

»Hm?« Mit dem feinen Instinkt einer Frau hatte sie mich durchschaut.

Sie spießte ein Schinkenstückchen mit der Gabel auf und ich sah fasziniert zu, wie es zwischen ihren vollen Lippen verschwand. »Nur weil ich bei Ihnen Unterschlupf gefunden habe, heißt das nicht, dass ich Sie bekochen werde.« Sie hatte eine kleine Lücke zwischen den beiden Vorderzähnen, was ich bezaubernd fand.

»Natürlich nicht. Wo denken Sie hin?« Ich tat so, als sei dieser Gedanke völlig abwegig, obwohl ich insgeheim schon von einem herrlichen Braten oder einem deftigen Gulasch geträumt hatte. Ich konnte nicht gut kochen, ich hatte mich darauf verlassen, dass die Frau meines Herzens mich verwöhnen würde. Und irgendwie fehlte mir das Interesse, mich auf diesem Gebiet weiterzubilden. In Angel's Cove gab es jede Menge Fischbuden, kleine nette Restaurants, und auf Reisen ging ich ohnehin stets zum Essen aus. Meine Küche im Landhausstil fungierte eigentlich eher als schmückendes Beiwerk.

Samantha musterte mich argwöhnisch über den Rand ihrer Tasse hinweg.

Ich hob zwei Finger und überkreuzte meine nackten Füße unter dem Tisch. »Ich schwöre.«

Leise seufzend stellte sie ihren Kaffee ab. »Hören Sie, es tut mir leid.«

»Was meinen Sie?«

»Dass ich«, sie schluckte und suchte offensichtlich nach Worten, »mich Ihnen vorhin so freizügig präsentiert habe. Es ist nicht meine Art, nackt durch fremde Häuser zu tanzen. Aber ich dachte, ich sei allein und ... das erste Mal seit Wochen habe ich mich so fröhlich und unbeschwert wie schon lange nicht mehr —« Sie brach ab und sah mich an. Ich bildete mir ein, in ihren

Augen etwas Dunkles aufflackern zu sehen, eine Traurigkeit, oder eine unerfüllte Sehnsucht. Ich erinnerte mich, dass Mel erzählt hatte, dass ihre Freundin eine schwere Zeit durchmachte.

»Ach das«, ich winkte ab. »Ich muss mich entschuldigen, dass ich so hereingeplatzt bin. Sie hatten jedes Recht, sich hier zu Hause zu fühlen, Samantha. Ich habe den Vorfall schon vergessen, machen Sie sich keine Gedanken.« Was ich allerdings niemals vergessen würde, war der Anblick ihres sinnlichen und äußerst verführerischen Körpers. Aber das sagte ich ihr natürlich nicht. Die Erinnerung sandte einen prickelnden Schauder durch meine Lenden.

»Hören wir mit dem dummen Siezen auf, einverstanden?«

Sie ging nicht darauf ein. »Ich werde mich gleich nachher nach einer anderen Bleibe umsehen. Jetzt, wo Sie wieder hier sind.«

»Unsinn. Sie können gern bleiben.« Ich überraschte mich selbst mit dieser Aussage. War ich nicht stets peinlichst darauf bedacht gewesen, jedes weibliche Wesen meinem Refugium fernzuhalten? Was zur Hölle war mit mir los? Samantha war eine hübsche Frau, ohne Frage, aber ich hatte schon viele attraktive Ladys in meinem Bett gehabt. Warum also gefiel mir der Gedanke nicht, dass sie ihren Koffer packte und verschwand?

Samantha legte ihre Hände um die Kaffeetasse. »Nein, das ist schon in Ordnung. Ich möchte nicht stören.«

Mein Blick fiel auf das schmale goldene Band an ihrem linken Ringfinger und ich zuckte innerlich zusammen, als hätte mir jemand eine Eisdusche verpasst. Was zur Hölle ist mit dir los, Walker? Schlag sie dir aus dem Kopf. Was hast du dir nur dabei gedacht, eine verheiratete Frau anzuflirten? Idiot. Ich räusperte mich. »Hören Sie, Samantha. Ich habe meiner Schwester zugesagt, dass Sie in meinem Haus wohnen können, solange Sie sich in Angel's Cove aufhalten, und ich werde zu meinem Wort stehen. Bitte bleiben Sie und beachten mich einfach nicht. Sie werden mich so gut wie nie zu Gesicht bekommen, geschweige denn hören. Das Haus ist groß genug, dass wir uns aus dem Weg gehen können.« Ich las Überraschung in ihren Augen, bevor sie die Lider senkte, um ihren Kaffee zu studieren.

»Es ist mir unangenehm.«

»Muss es nicht. Mel würde es so wollen, glauben Sie mir.« Meine Schwester würde mir die Ohren langziehen, wenn ich ihre Freundin bitten würde, sich eine andere Unterkunft zu suchen. Schließlich hatte niemand vorausahnen können, dass ich unverhofft zurückkehren würde. Irgendwie würde ich mich mit meinem Gast schon arrangieren. Es waren ja nur ein paar Tage. Und wenn wir uns hin und wieder über den Weg liefen, hatte ich nichts dagegen. Samantha Carrigan war definitiv ein hübscher Anblick, den ich genoss. Auch wenn sie als verheiratete Frau tabu war, sie anzusehen konnte mir schließlich keiner verbieten.

Sie hob den Blick. »Okay. Wenn Sie darauf bestehen.«

Ich grinste. »Das tue ich. Und jetzt lassen Sie uns aufessen, bevor das Frühstück kalt wird.«

»Cole.« Ich legte meine Gabel nieder. »Ich bin Ihnen dankbar, dass Sie mir Ihre Gastfreundschaft anbieten. Aber würden Sie bitte, bitte aufhören, mich so anzustarren?« Dachte er, ich würde seine verstohlenen Blicke nicht bemerken? Ich strich mir mit den Fingerspitzen über die Lippen. Er folgte der Bewegung. »Hab ich irgendwo Essen hängen?«

Sein Grinsen war breit und frech.

Ich schoss ihm einen warnenden Blick zu. »Cole. Ich meine es ernst.«

Er nahm seine Serviette auf und tupfte sich die Mundwinkel. »Natürlich. Verzeih mir. Es war unhöflich von mir, so zu starren. Aber es ist ungewohnt für mich, eine Frau am Frühstückstisch sitzen zu haben.«

Oha. Das ließ tief blicken. Cole Walker interessierte sich offensichtlich nicht für Männer, aber genauso wenig konnte man behaupten, dass er dem Typ Mann entsprach, um den Frauen einen Bogen machten. Daher schloss ich aus seiner freimütigen Aussage, dass er vermutlich flüchtige Abenteuer vorzog, wenn es um Frauen ging. Unkomplizierte Bettgeschichten. Neugierig geworden unterzog ich meinerseits ihn einer eingehenden und, wie ich hoffte, unauffälligen Musterung, während er fortfuhr, wie ein hungriger Wolf die Reste seines Rühreis zu vertilgen. Der Mann besaß einen gesunden Appetit, stellte ich amüsiert fest. Was angesichts seiner imposanten Erscheinung kein Wunder war. Athletisch gebaut und hochgewachsen wirkte er wie jemand, der gern Sport im Freien machte. Die blitzend blauen Augen boten einen reizvollen Kontrast zu seinem pechschwarzen Strubbelhaar, und der leichte Bartschatten unterstrich sein dunkles, verwegenes Aussehen. Fasziniert beobachtete ich das Muskelspiel unter der gebräunten Haut seiner muskulösen Arme. Auf seiner linken Schulter, die das graue Tank-Top freigab, prangte ein Tattoo: ein großer Vogel mit ausgebreiteten Schwingen. Oh ja, Mels Bruder war ein Bild von einem Mann. Eine interessante, hinreißende Mischung aus eleganter Lässigkeit und dunklem Bad-Boy-Image. Ein verdammt attraktiver Kerl, dem die Fotografie im Eingangsbereich nicht gerecht wurde. Widerstrebend musste ich zugeben, dass ich ihn ungemein anziehend fand, aber welche Frau würde bei seinem Anblick keine schwachen Knie bekommen? Was Ethan dazu sagen würde, dass ich mit einem fremden Mann in dessen Haus zusammensaß und frühstückte? Andererseits wusste ich ebenso wenig, was mein Ehemann gerade trieb. Ob er sich tatsächlich bei seiner Schwester in Baltimore aufhielt? Warum meldete er sich nicht?

»Ich denke, jetzt sind wir quitt«, nuschelte Cole, ohne aufzusehen.

»Wie bitte?«

Seine Augen funkelten belustigt, als er den Blick hob. »Na, du hast mich doch gerade abgecheckt.«

Ich fühlte heiße Röte in meine Wangen schießen. »Was? Das ist doch Unsinn.« Unter seinem intensiven Blick wurde ich schrecklich verlegen. Ich schnappte mir die Kaffeetasse, um meine Nase darin zu vergraben, doch fand sie leer. Etwas unsanft stellte ich sie wieder ab. »Okay. Ich hab dich angesehen. Gleiches Recht für alle, oder?« Herausfordernd funkelte ich ihn an.

Ein amüsiertes Grinsen zuckte um seine Mundwinkel. »Absolut.«

Machte er sich über mich lustig? Mein Blick irrte zur Kaffeemaschine auf dem Tresen. Bevor ich reagieren konnte, war er schon aufgesprungen.

»Noch einen Schluck?« Abwartend blickte er aus seiner Höhe auf mich herab.

Konnte der Mann Gedanken lesen? Ich hielt ihm meine Tasse hin. »Danke.« Meine Wangen brannten noch immer.

»Hör zu, Samantha. Ich gebe zu, es ist eine eigenartige Situation«, erklärte er über seine Schulter hinweg, während er die Maschine bediente. »Schließlich kennen wir uns nicht. Aber ich wünsche mir, dass du dich in meinem Haus wohlfühlst.« Sein angenehmer Bariton nahm einen sanften Klang an.

»Okay«, erwiderte ich. Mit einem Lächeln nahm ich die volle Tasse entgegen. Der Mann sah nicht nur umwerfend aus, er konnte auch charmant sein. Wenn er wollte. Irgendetwas tief in meinem Inneren sagte mir, dass ich mich auf gefährlichem Terrain bewegte. Ich ignorierte die leise warnende Stimme.

Am Nachmittag schlenderte ich durch den Ort, stöberte hier und da in den kleinen Boutiquen und unzähligen Souvenir- und Geschenkelädchen. Ich brannte darauf, Melissa von Coles unerwartetem Auftauchen zu berichten und entschied mich, sie spontan in der Hebammenpraxis aufzusuchen. Vielleicht hatte sie Zeit und Lust, einen Happen mit mir essen zu gehen. Ich hatte den ganzen Tag noch nichts von ihr gehört und sehnte mich danach, mit ihr zu quatschen. Trotzdem machte sich in meiner Magengegend ein mulmiges Gefühl breit, als ich die blau lackierte Tür des zweistöckigen Holzhauses aufstieß, in dem sich Melissas Praxis im Erdgeschoss befand. Ich atmete auf. Im Wartebereich herrschte gähnende Leere. Mit Schwangeren mochte ich derzeit nicht gern konfrontiert werden. Auch wenn ich ihnen ihr Glück gönnte, so schmerzte mich der Anblick ihrer dicken Bäuche, in denen neues Leben heranwuchs. Ich stapfte an sonnengelben Plastikstühlen vorbei und stieg über verstreut liegende bunte Holzklötze. Ohne dass ich es wollte, wurde mein Blick magisch von den gerahmten Bildern an den Wänden angezogen. Die Fotos zeigten allesamt Neugeborene. Winzige Wesen mit teilweise roten, zerknautschten Gesichtchen, denen die Anstrengung der Geburt noch anzusehen war. Ich fand sie wunderschön. Meine Kehle schnürte sich zu, als ich die Kinder betrachtete. Wie oft hatte ich mir das Gesicht meines Babys vorgestellt! Nein, nein, nein. Ich presste meine Fäuste gegen die Wangenknochen, bis es schmerzte. Nein, ich würde nicht wieder weinen. Entschlossen riss ich mich von den Bildern los und steuerte eine milchige Glastür an, hinter der ich Mels Behandlungsraum und Büro vermutete. Ich klopfte zaghaft, bekam jedoch keine Antwort. Als ich die Tür öffnete, entdeckte ich Melissa, die mit dem Rücken zu mir hinter einem riesigen, von Papierstapeln belagerten Schreibtisch saß und telefonierte, den Blick auf das gegenüberliegende Fenster gerichtet. Sie musste mich gehört haben, denn unvermittelt schwenkte sie auf ihrem Drehstuhl herum. Ihre blauen Augen blitzten freudig auf. Sie signalisierte mir, auf der kleinen Couch neben dem Eingang Platz zu nehmen. Bin gleich fertig, formten ihre Lippen lautlos. Ich nickte, nahm gehorsam Platz und versuchte, die Bilder, die ich im Wartezimmer gesehen hatte, aus meinem Kopf zu verbannen. Wann würde es aufhören wehzutun? Innerlich aufseufzend schnappte ich mir ein Magazin von dem Zeitschriftenstapel auf dem Glastisch und durchforstete es auf der Suche nach dem neuesten Promiklatsch und -tratsch. Meine Finger flogen ungeduldig durch die Seiten, während ich versuchte, das Telefongespräch, in dem es um Stillprobleme und Zufüttern ging, auszublenden. Gefühlte Stunden und etliche Hochglanzmagazine später verabschiedete Melissa die Anruferin. Sie legte den Hörer beiseite und sprang auf.

»Sam, wie schön dich zu sehen.« Ihr dunkler Zopf unter dem bunten Beanie wippte, als sie um den Schreibtisch herumhüpfte und mich in ihre Arme schloss. »Es tut mir so leid, dass ich mich noch nicht gemeldet habe, aber heute war die Hölle los. Ich musste zwei Babys entbinden, und dann –« Sie brach ab, als sie merkte, wie ich mich versteifte. »Entschuldige. Nicht leicht für dich, hier in meiner Praxis, hm?«

»Schon gut.« Ich schenkte ihr ein trauriges Lächeln.

»Du wirst sehen, irgendwann wird es nicht mehr so wehtun, glaub mir.« Sie steckte mir eine Locke hinters Ohr. »Was führt dich zu mir? Hey, warte mal ...« Flink warf sie einen Blick auf ihre Armbanduhr. »Ich hab mein Arbeitspensum für heute erledigt. Wir könnten uns ein paar Sandwiches von Emma's Deli holen und es uns unten am Strand gemütlich machen, was hältst du davon?«

»Cole ist wieder daheim, Mel.«

Melissas blaue Augen weiteten sich ungläubig. »Wie bitte?«

»Cole. Heute früh ist er überraschend in der Küche aufgetaucht, als ich lediglich mit einem Stringtanga bekleidet vor dem Herd tanzte und aus vollem Hals Colbie Caillats Try zum Besten gegeben habe.«

Die nachfolgende Stille im Raum dröhnte in meinen Ohren. Einen Augenblick stand Melissa wie erstarrt. Dann zuckten ihre Mundwinkel und sie brach in Gelächter aus. Sie lachte so sehr, dass Tränen aus ihren Augen quollen. »Oh mein Gott, Sam. Das ist einfach ...« Wieder fing sie an zu kichern, und ich konnte nicht anders, als mitzulachen.

Ich lachte, bis mir ebenfalls Tränen über die Wangen liefen. Ich konnte nicht mehr aufhören, und irgendwie schwankte ich auf einmal zwischen Lachen und Weinen.

Nachdem wir uns halbwegs wieder beruhigt hatten, hakte Melissa mich unter. »Lass uns etwas zu essen besorgen und am Strand abhängen. Du musst mir alles über eure Begegnung erzählen. Jede noch so kleine Einzelheit, hörst du?«

<h1 style="text-align:center">Kapitel 5</h1>

Samantha

Da war so viel Blut. So entsetzlich viel Blut. Ich spürte die feuchte Wärme, die sich rasend schnell zwischen meinen Schenkeln ausbreitete. Ohne dass ich hinsehen musste, wusste ich, dass sich das Laken unter mir leuchtend rot verfärbt hatte. Etwas entsetzlich Bitteres kroch meine Kehle hoch. Heftig kämpfte ich gegen den Würgereiz an. Ein schriller, markerschütternder Schrei riss mich aus dem Traum. Es dauerte einen Moment, bis ich begriff, dass ich diejenige war, die geschrien hatte. Ich schoss hoch und legte eine Hand auf meine schweißnasse Brust, um mein hämmerndes Herz zu beruhigen. Vergeblich versuchte ich, die verstörenden Bilder zu verdrängen. Es war nur ein Traum, sagte ich mir wieder und immer wieder, wiederholte die Worte stumm wie ein Mantra. Nur ein Traum.

Dumpfe Schritte polterten im Flur, bevor die Tür aufgerissen wurde. »Samantha! Bist du okay?« Coles hochaufragende Silhouette verharrte im Türrahmen.

Ich nickte. Dann schüttelte ich den Kopf. »Ich bin mir nicht sicher«, flüsterte ich. Mein Atem ging schnell und hektisch. Ich bemühte mich, das unkontrollierte Zittern meiner Hände zu unterdrücken. Mir war klar, dass ich am Rande einer Panikattacke stand. Ähnliche

Symptome hatte ich schon einmal erlebt, kurz nachdem ich erfahren hatte, dass das Herz meines Kindes nicht mehr schlug.

Cole zögerte nur einen winzigen Augenblick. Sekunden später war er an meiner Seite, setzte sich zu mir auf die Bettkante und verschränkte seine Finger mit meinen. »Ist ja gut, Sam. Ruhig durchatmen. Ganz ruhig. Ein und aus. Gut so.«

Wider Erwarten gelang es mir, mich zu beruhigen. Ich hatte nicht damit gerechnet, dass es wieder geschehen könnte, hatte angenommen, die Zeit der Albträume wäre endgültig vorbei. Vermutlich hatte mich der Anblick der Babyfotos in der Hebammenpraxis aus dem Gleichgewicht gebracht, und meine blühende Fantasie hatte im Schlaf die schrecklichen Bilder wieder aufleben lassen. Ich klammerte mich an Coles Hand, ließ mich von seiner Gegenwart einhüllen wie in eine tröstende, warme Decke. Verstohlen ließ ich den Blick über sein Profil wandern. Sein dunkles Haar schimmerte silbern im hereinfallenden Mondlicht. Ich nahm den maskulinen Duft seines vom Schlaf warmen Körpers wahr. Mein Schrei musste ihn aus dem Bett gerissen haben. Sein muskulöser Oberkörper war nackt, er trug lediglich eine Boxershorts. Es war mir peinlich, ihn in diesem Aufzug wenige Zentimeter von mir entfernt zu wissen. Das schnelle Schlagen meines Herzens wollte sich nicht verlangsamen, und das lag definitiv nicht an dem furchtbaren Traum, aus dem ich gerade erwacht war. »Danke«, sagte ich leise. »Ich glaube, es geht wieder.« Behutsam löste ich meine Finger aus seinen und schob sie unter das Laken.

»Was war denn los?« Mit sanften Bewegungen strich er mir über den Rücken. Die Wärme seiner Hand brannte sich durch den dünnen Stoff meines Schlafshirts.

Ich schloss die Lider und neigte den Kopf zur Seite, weil das Gefühl seiner streichelnden Finger auf meinem Rücken sich so wunderbar anfühlte. Es beruhigte und elektrisierte mich gleichermaßen und ich wünschte, er würde niemals mehr aufhören, mich zu liebkosen.

»Sam.«

Das sanfte Timbre seiner dunklen Stimme sandte ein angenehmes Kribbeln durch meine Mitte.

»Sag mir, was da eben passiert ist. Kann ich dir helfen?«

Ich schüttelte den Kopf.

»Ich weiß, wir kennen uns kaum, aber wenn es irgendetwas gibt ...«

Ich hob den Blick und sah ihn an. »Ich hab vor einigen Wochen mein Wunschkind verloren. Und meine Ehe, sofern sie noch existiert –«, ich presste die Lippen aufeinander und verstummte. Keine Ahnung, warum ich das Gefühl hatte, ich müsste mich Melissas Bruder anvertrauen. Normalerweise war ich nicht so offenherzig, schon gar nicht gegenüber Fremden. Ich machte die Dinge gern mit mir selbst aus. Vielleicht war es der eben erlebte Schrecken, die besondere Stimmung der mondhellen Nacht oder die kribbelnde Nähe zu diesem Mann, der tief in mir eine Saite berührte, was mich dazu veranlasste mich zu öffnen.

Cole nahm die Hand von meinem Rücken. »Mel hat mir schon so etwas in der Art erzählt. Es tut mir leid.«

»Ich sollte endlich damit klarkommen. Das müssen andere Frauen auch.«

»Es gibt Dinge, die schleppen wir lange mit uns herum, Samantha Carrigan. Ob wir es wollen oder nicht.« Er hielt meinen Blick gefangen, und mir kam es vor, als sprühten zwischen uns knisternde Funken.

Bevor ich über seine Worte nachdenken konnte, spürte ich seine Fingerspitzen an meiner Augenbraue. Sanft strich er mir eine Haarsträhne von der Stirn.

»Cole ...« Sein heißer Atem wehte über meine Wange. Wie gebannt starrte ich in seine Augen, die im Mondlicht dunkel wie Saphire schimmerten. Mein Herz klopfte hart und schnell, als sich seine Lippen auf meine senkten. Er küsste mich sanft, zupfte spielerisch an meiner Unterlippe und leckte mit der Zunge über meinen Mund. Oh lieber Himmel! Es fühlte sich so gut an. Mein Schoß zog sich vor Begehren zusammen. Wann hatte Ethan mich das letzte Mal so geküsst? Und weil ich mich so danach sehnte, gehalten und geliebt zu werden, ließ ich es zu. Als ich bereit war, mich ihm zu öffnen, zog er sich zurück.

»Es tut mir leid, Sam. Das hätte nicht passieren dürfen.« Er sprang auf und fuhr sich mit der Rechten durchs Haar. »Du sahst eben nur so verflucht verführerisch aus und ich musste unwillkürlich an deine Tanzeinlage in der Küche denken ... Es tut mir leid.« Ich sah seinen Adamsapfel auf- und abhüpfen. »Schlaf jetzt. Ruh dich aus. Ich verspreche dir, ich werde mich zukünftig benehmen.«

Unfähig mich zu rühren, starrte ich ihm hinterher. Meine Lippen brannten von seinem Kuss, mein Atem kam stoßweise. Als sich mit einem leisen Klick die Tür hinter ihm schloss, schlang ich die Arme um die Knie und wiegte mich hin und her wie ein kleines Kind. Coles Fürsorge, seine sanften Streicheleinheiten und nicht zuletzt sein zärtlicher Kuss hatten eine tiefe Sehnsucht in mir entfacht. *Komm zurück*, wollte ich rufen. Ich sehnte mich danach, die Wärme seiner Finger erneut auf meiner Haut zu spüren, seinen herben, männlichen Duft zu atmen. Ich wollte, dass er mich wieder küsste.

Was mich total verwirrte.

Eigentlich müsste ich am Boden zerstört sein angesichts der Tatsache, dass ich seit Tagen kein Sterbenswörtchen von Ethan gehört hatte. Was zur Hölle war mit mir los? Spielten meine Hormone jetzt komplett verrückt? Noch lange nachdem Cole das Zimmer verlassen hatte, hallte die Berührung seiner Finger auf meiner Haut nach.

Als ich am nächsten Morgen die Augen aufschlug, fiel Sonnenlicht durch das zarte Gewebe der Gardinen und malte helle Kringel auf den polierten Parkettboden. Ich streckte mich, gähnte und drehte mich noch einmal genüsslich um. Mein Blick fiel auf den kleinen Wecker auf meinem Nachttisch. Halb elf! Hatte ich so lange geschlafen? Der halbe Tag war quasi vorbei. Du meine Güte, Cole musste mich für eine regelrechte Schlafmütze halten. Bei dem Gedanken daran, dass sich das Schlafzimmer von Melissas Bruder nur wenige Meter entfernt auf der gegenüberliegenden Seite des Flurs befand, startete ein Kribbeln in meinem Bauch. Ich dachte an den Kuss der letzten Nacht zurück, und sofort beschleunigte sich mein Herzschlag. Ich hätte es nicht zulassen dürfen, überlegte ich, die Beine über die Bettkante schwingend. Was hatte ich mir nur dabei gedacht? Ich war durcheinander gewesen, aufgewühlt wegen des grässlichen Albtraums. Das hatte mich für Coles zärtliche Berührung empfindlich gemacht. Wenn ich ehrlich war, fühlte ich mich extrem zu Melissas Bruder hingezogen. Er war verdammt attraktiv, und sein Anblick ließ mein Herz höherschlagen. Jedoch noch lange kein Grund, ihm zu erlauben, mich zu küssen. Auch wenn ich momentan mit meiner Ehe haderte, war ich immer noch eine verheiratete Frau. Entschlossen, dem Mann künftig so weit wie möglich aus dem Weg zu gehen, hüpfte ich aus dem Bett. Was für ein Glück, dass sich das schicke kleine Bad, das zu meinem Zimmer gehörte, eine Tür weiter im Flur befand und ich nicht erst quer durchs Haus laufen musste. Ich hatte definitiv keine Ambitionen, ungekämmt und ungewaschen in meinem Schlafshirt Cole über den Weg zu laufen. Beschwingt schnappte ich mir frische Wäsche, öffnete die Tür und strebte zum Badezimmer. Der Zusammenprall mit einer harten, muskulösen Männerbrust stoppte mich in meinem Vorhaben.

»Hoppla.« Coles leuchtend blaue Augen funkelten belustigt aus seiner Höhe auf mich hinab.

Erschrocken wich ich zurück und fuhr mir reflexartig mit der rechten Hand durch die Locken. »Was machst du denn hier?«, entfuhr es mir schroff. Bestimmt sah ich aus wie ein Wischmopp, wie immer kurz nach dem Aufwachen. Oh Gott, schreckliche Vorstellung. Wo war das tiefe Loch, in das ich mich verkrümeln konnte?

Coles linker Mundwinkel hob sich, während seine Augen unverschämt langsam über meinen Körper wanderten. »Ich dachte, das hätten wir geklärt? Ich –«

»– wohne hier«, schnitt ich ihm das Wort ab. »Ich weiß. Sehr witzig.« Und hör auf, mich anzustarren, Cole Walker.

»Ich wollte einfach mal nachsehen, ob alles in Ordnung ist«, sagte er sanft. »Nach dem, was letzte Nacht passiert ist, dachte ich ...« Er verstummte. Sein Blick hielt meinen fest. »Alles okay?«

Ich nickte, weil meine Kehle plötzlich wie ausgedörrt schien. Durch meinen Kopf wirbelten Bilder von letzter Nacht, die ich verzweifelt von mir schob. Ich. Wollte. Nicht. An. Den. Kuss. Denken. Trotzdem starrte ich wie gebannt auf Coles schön geschwungene, volle Lippen, erinnerte mich an deren sanfte, zarte Berührung, das fordernde Spiel seiner Zunge. Zwischen meinen Schenkeln erwachte Begehren. »Ich ... muss ins Bad.« Bevor Cole noch irgendetwas sagen konnte, stürmte ich wie eine Wahnsinnige an ihm vorbei. Mit Nachdruck schloss ich die Badtür hinter mir und lehnte mich mit dem Rücken gegen das glatte Holz. Was war nur mit mir los? Ich wollte diesen Mann nicht begehren. In der Zeit meiner Beziehung zu Ethan hatte ich allen Verlockungen widerstanden. Niemals zuvor hatte ich mich von einem anderen Mann derart angezogen gefühlt wie von Cole Walker. Ich sollte mir schleunigst eine andere Unterkunft suchen. Ich konnte doch nicht immer wie ein kopfloses Huhn flüchten, wenn er in meine Nähe kam? Ich sollte mit Melissa reden. Gleich nachher würde ich sie anrufen. Jetzt würde ich erst einmal eine

Dusche nehmen. Eine sehr kalte, lange Dusche. Die Abkühlung hatte ich bitter nötig.

Zu meiner Erleichterung fand ich das Haus leer vor, als ich mich eine halbe Stunde später auf der Suche nach Essbarem auf den Weg in die Küche machte. Auf dem langen Eichenesstisch warteten neben einem Gedeck mit Leinenserviette eine Kanne mit Kaffee, eine Karaffe mit Orangensaft und ein Korb mit Brötchen und Croissants. Cole hatte Frühstück für mich gemacht. Unvermittelt hoben sich meine Mundwinkel zu einem Lächeln. Es fühlte sich extrem gut an, umsorgt zu werden. Seit gefühlten Ewigkeiten hatte sich niemand mehr so um mich gekümmert. Mein geschätzter Ehemann zog es vor, in sein verflixtes Studio abzuhauen oder sich ganz aus dem Staub zu machen. Neuer Groll stieg in mir auf, als ich mich an den Tisch setzte und nach der Kaffeekanne griff. Langsam wurde sein Schweigen lächerlich. Nicht mal eine SMS war ich ihm wert, um mich wissen zu lassen, dass er gut bei Caroline in Baltimore angekommen war. Ich blieb bei meinem Vorsatz, ihm nicht hinterherzutelefonieren. Verdammter Ethan! In diesem Moment beschloss ich, in Coles Haus wohnen zu bleiben. Vermutlich spielte ich mit dem Feuer, aber das war mir egal. Ich fühlte mich wohl hier. Ich wurde verwöhnt. Cole haute nicht ab, wenn ich schweißgebadet aus einem Albtraum erwachte. Ja, ich würde bleiben und seine Gegenwart genießen. Ich konnte ihm widerstehen. Natürlich konnte ich das. Aber ansehen und genießen war schließlich erlaubt.

Einige Zeit später stand ich an der Spüle und ließ warmes Wasser hineinlaufen. Zwar hatte ich eine Spülmaschine in Coles perfekt ausgestatteter Küche entdeckt, doch ich hielt es für Verschwendung, das bisschen Geschirr in die Maschine zu stecken. Außerdem liebte ich es, den Abwasch zu machen. Ethan lachte mich deswegen immer aus, aber beim Abwaschen ließ ich gern meinen Gedanken freien Lauf. Es hatte fast etwas Meditatives an sich, fand ich, meine Hände in der warmen Seifenlauge zu bewegen. Ein Geräusch in meinem Rücken schreckte mich auf, doch bevor ich reagieren konnte, spürte ich den Druck kräftiger Finger an meiner Taille.

»Was zum Teufel, Samantha, du musst doch nicht ... ich hab doch eine Spülmaschine.« Cole spähte über meine Schulter hinweg ins trübe gewordene Spülwasser.

Seine plötzliche körperliche Präsenz traf mich wie ein Schlag. »Was machst du hier?« Verlegen zog ich die Finger aus dem Wasser.

Er reichte mir das Baumwollhandtuch, das neben der Spüle lag, und kam auf meine linke Seite, um sich mit dem Hintern gegen die Arbeitsfläche zu lehnen. Schmunzelnd verschränkte er die Arme vor der Brust. »Diese Frage scheint zwischen uns langsam zur Gewohnheit zu werden.« In seinen Augen blitzte Humor auf.

Während ich meine Finger trocknete, bemühte ich mich, nicht allzu offensichtlich auf seine muskulösen Oberarme zu starren, oder mich von der Art, wie sich das weiße T-Shirt über seiner breiten Brust spannte, aus dem Konzept bringen zu lassen. »Ich dachte, du bist ... weg.« Himmel, wie eloquent, Samantha Carrigan. Da kommt ein attraktiver Mann dahergestiefelt und du bringst kaum noch ein vernünftiges Wort über die Lippen. Es war die Art, wie er mich ansah. Pure, nackte Lust sprach aus diesen verführerischen Augen, in deren Saphirblau ich mich gerade verlor. Wenn ich nicht aufpasste, würde ich darin ertrinken.

»Nun, jetzt bin ich wieder da.« Sein Grinsen war frech und breit wie der Mississippi. Als sein Blick mein Gesicht verließ und tiefer wanderte, verwünschte ich meine Nachlässigkeit, keinen BH angezogen zu haben. Einen winzigen Augenblick lang sah ich etwas über Coles Züge huschen. Etwas Geheimnisvolles, Sehnsüchtiges, Lüsternes. Ich fühlte, wie meine Haut unter dem königsblauen Top zu prickeln begann. Ein elektrisierendes Kribbeln schoss durch mich hindurch. Cole fing meinen Blick ein, um seine Mundwinkel spielte ein vielsagendes, wissendes Lächeln. Ihm war meine Reaktion nicht entgangen. Prickelnde Hitze flutete meinen Körper. Wir dachten beide an dasselbe. Mein Herz schlug ein schnelles Crescendo, und meine Wangen fingen an zu glühen, weil ich mir wünschte, Cole würde mich zärtlich berühren. Oh. Mein. Gott. Was waren das für Gedanken? Warum fühlte ich diese Erregung? Das hier war nicht ich. So kannte ich mich nicht. In dieser Küche stand eine mir unbekannte Frau, die nach den erotischen Berührungen eines Fremden hungerte. Irgendetwas stimmte nicht mit mir. Ob das an den verfluchten Hormonen lag? Vielleicht könnte ich Melissa zu Rate ziehen ... Verzweifelt kramte ich in meinem Hirn nach einem halbwegs intelligenten Satz, damit ich nicht als Idiotin dastand, als Cole sich abrupt von der Arbeitsplatte löste.

»Ich mach mal meine Maschine startklar«, rief er mir über die Schulter hinweg zu, während er Richtung Flur stapfte. »Vielleicht hast du ja nachher Lust auf einen Ausflug an der Küste entlang.«

Ich öffnete den Mund, um etwas zu erwidern, und schloss ihn wieder. Die Maschine? Was meinte er damit? Ein Motorrad? Ich besaß einen Heidenrespekt vor den Dingern. »Ähm, ja«, sagte ich lahm, als er schon längst die Küche verlassen hatte. »Eher nicht.« Doch das Motorrad war nicht mein größtes Problem. Ich musste mit Melissa reden. Sofort. Ich zückte mein Handy und sank auf den nächsten Stuhl.

Melissa meldete sich bereits nach dem ersten Klingeln. »Hey, Mel, hast du eine Minute?« Mit dem Zeigefinger malte ich einen Kreis auf dem dunklen Eichenholz des Küchentischs.

»Dir auch einen wunderschönen guten Morgen.« Ich konnte das leise Lachen in ihrer Stimme hören.

»Natürlich, entschuldige.« Ich setzte mich aufrecht. »Melissa, ich muss mit dir reden.«

»Ist etwas passiert? Geht es dir gut?«

»Nein, ja, nein. Hör zu, es geht um Cole.«

Ich hörte, wie Melissa scharf einatmete. »Macht dir mein Herr Bruder Ärger? Soll ich ihm die Löffel langziehen?«

Ich fixierte meinen Fingernagel. »Nein, das ist es nicht ...« Durch das geöffnete Fenster drangen vereinzelte Vogelrufe.

»Was ist los, Sam? Spuck's schon aus.«

Meine Gedanken überschlugen sich, fieberhaft überlegte ich, wie ich es am besten formulieren sollte, dann sagte ich es einfach geradeheraus. »Wir haben uns geküsst.«

»Wie bitte?« Melissa schnaufte. »Sam, ich bitte dich. Mir ist klar, mein Bruder sieht umwerfend aus. Und er kann verdammt charmant sein, wenn er will. Er liebt es zu flirten, aber du denkst doch nicht ernsthaft daran, etwas mit ihm anzufangen?«

»Natürlich nicht.« Ich holte tief Luft. »Ich bin nur so schrecklich durcheinander.«

»Das verstehe ich. Sollen wir uns später auf einen Kaffee bei Erin's Bakery treffen und du erzählst mir alles in Ruhe? Ich könnte dich abholen.«

»Wann später?« Coles Vorschlag, einen Ausflug mit seiner Maschine zu machen, geisterte durch meinen Kopf. Auf den ich selbstredend nicht eingehen würde.

»So gegen halb sechs? Ich hab noch drei Schwangerenbesuche vor mir.«

»Okay. Das wäre super.«

»Sam?«

»Hm?«

»Ein gut gemeinter Rat: Lass die Finger von Cole. Für ihn bist du allenfalls ein netter, kleiner Flirt. Mein Bruder führt keine Beziehungen. Nicht seit –« Sie brach ab.

»Ich weiß, Mel. Keine Sorge.« Kam überhaupt nicht infrage, dass ich etwas mit ihm anfinge. Schließlich hatte sich nichts an der Tatsache geändert, dass ich eine verheiratete Frau war. Eine vernachlässigte verheiratete Frau. Trotzdem. Ich nahm mir fest vor, um Cole Walker zukünftig, so weit möglich, einen großen Bogen zu machen.

Wir verabschiedeten uns und ich kehrte in mein Zimmer zurück, um mir die Fußnägel zu lackieren und darüber nachzudenken, was ich in der Zeit, bis ich Melissa treffen würde, anfangen sollte. Ich würde durch den Ort schlendern, beschloss ich spontan, und vielleicht das kleine Heimatmuseum aufsuchen, das die Geschichte von Angel's Cove erzählte. Oder eines dieser süßen Cafés besuchen, die mit ihren für Maine berühmten Blaubeerkuchen warben. Oh ja, etwas Süßes. Nervennahrung, genau das, was ich jetzt brauchte. Ich hatte ungefähr die Hälfte meiner Nägel mit einem dunklen Violett verziert, als es an meine Zimmertür klopfte. Prompt malte ich mir vor Schreck einen dicken Strich über die große Zehe. »Verflixt!«

»Heißt das: Ja bitte, komm doch rein oder scher dich zum Teufel?« Ich konnte förmlich das amüsierte Grinsen in Coles Stimme jenseits der Tür hören.

Mein Herz stolperte. Ich befand mich in der Zwickmühle. Einerseits wollte ich nicht unhöflich sein, andererseits hatte ich gerade beschlossen, Melissas verboten gut aussehendem Bruder aus dem Weg zu gehen. »Ähm ... es passt gerade nicht.« Ich hielt den Atem an.

»Hab dich nicht so. Ich hab schon viele nackte Frauen gesehen. Deinen Anblick werde ich gerade noch verkraften.«

Ich schüttelte den Kopf, der Kerl war echt unmöglich. Aber er brachte mich zum Lachen. Und das war etwas, was ich schon lange nicht mehr getan hatte. »Was gibt's denn?«

»Ich hatte gehofft, dich auf meiner Harley zu entführen.«

Das Motorrad also. Keine Chance. »Nimm es mir nicht übel, aber ich denke, das ist nichts für mich«, rief ich zurück, während ich mich meinen restlichen Nägeln widmete.

»Du bist ganz schön hart zu knacken, Samantha Carrigan.«

»Das will ich doch hoffen«, murmelte ich leise. Schmunzelnd verschönerte ich den Nagel meines kleinen Zehs.

»Siehst du sie dir wenigstens mal an?«

Der Kerl gab nicht so leicht auf. Irgendwie schmeichelte es mir. Ich hob den Blick von meinen schimmernden Nägeln. »Wen?«

»Mein Schätzchen. Sie steht drüben vor der Garage und wartet auf uns.«

»Netter Versuch, Cole. Ich fahre nicht mit.« Entschlossen schraubte ich den Deckel zurück auf das Nagellackfläschchen und wedelte mit den Fingern über meine Füße, damit der Lack schneller trocknete.

»Komm schon. Nur ansehen.« Jenseits der Tür schnurrte Coles samtiger Bariton wie eine Katze.

Ich seufzte tief. Na gut. Es würde nicht schaden, wenn ich mir die Maschine meines Gastgebers, auf die er offensichtlich sehr stolz war, mal ansehen würde. Das gebot allein schon die Höflichkeit, oder nicht? »Gibst du mir ein paar Minuten? Dann komme ich zur Garage, in Ordnung?« Ich sprang auf.

»Prima. Ich warte auf dich.«

Ich hörte seine sich entfernenden Schritte im Flur, als ich im Schrank nach einem BH suchte. Ich sollte mich unbedingt etwas züchtiger anziehen. Damit Cole nicht auf dumme Gedanken kam. Während ich mich vor dem schmalen Wandspiegel entkleidete, ließ ich meinen Blick über meinen Körper schweifen. Ich drehte mich zur Seite und legte eine Hand auf meinen flachen Bauch. Wenn alles gut gegangen wäre, würde sich jetzt eine deutliche Wölbung zeigen. In mir würde ein Kind heranwachsen. Mich überkam das vertraute Gefühl der Trauer und des Verlusts. Ich wünschte, jemand würde mich in den Arm nehmen und mir ins Ohr flüstern, dass ich ganz bestimmt einmal ein Baby im Arm halten würde. Aber vielleicht war das auch nur ein Wunschtraum von mir, eine Hoffnung, die sich niemals erfüllen würde. Seufzend schnappte ich mir den ausgewählten Spitzen-BH vom Bett, streifte ihn mir über und knipste den Verschluss zu. So, jetzt war ich hoffentlich vor Coles anzüglichen Blicken gefeit. Unwillkürlich musste ich grinsen. Melissas Bruder war wirklich ein besonderes Exemplar Mann. Seine Gegenwart, seine charmant-witzige lockere Art, taten mir gut. Wenn ich ehrlich war, schmeichelte die unverhohlene Bewunderung in seinen blauen Augen meinem Ego. Wann hatte mich ein Mann das letzte Mal so angesehen? Unwillkürlich glitten meine Gedanken zu Ethan. Aufbrandende Wut und Enttäuschung zugleich schnürten mir die Kehle zu. Wer hätte gedacht, dass sich die Dinge zwischen uns auf diese Weise entwickeln würden? Ethan verhielt sich wie der allerletzte Mistkerl. In diesem Augenblick konnte ich mir nicht vorstellen, jemals wieder so etwas wie Liebe für ihn zu empfinden, so heftig überrollten mich meine dunklen Gefühle. Ich verdrängte sein Bild. Nein, ich wollte jetzt nicht an Ethan denken. Entschlossen griff ich nach meinem grauen Lieblingsshirt mit der Aufschrift *Boston University*, das mir für den geplanten Stadtbummel passender schien als das königsblaue Seidentop, und einen kurzen Jeansrock mit Schlitz. Noch ein wenig Duft hinter die Ohren – Sensual Blossom – fertig. Im Flur schlüpfte ich in meine Sandaletten, griff nach meiner Ledertasche, die ich mir schräg über die Schultern positionierte, und meinen Hausschlüsseln. Der Kies knirschte unter den dünnen Sohlen meiner Sandaletten, als ich den Weg zur Garage einschlug, und mein Herz schlug höher, als ich Cole neben seinem Motorrad entdeckte. Er war gerade dabei, ein Chromteil über dem Hinterrad zu polieren, das wie ein Minigeländer wirkte. Mir stockte der Atem. Cole sah unglaublich aus. Hinreißend verführerisch. Das weiße Baumwollshirt spannte über seinem Rücken. Ich bewunderte das Spiel der Muskeln unter der gebräunten Haut seiner definierten Arme, während er hingebungsvoll mit einem Lappen über das glänzende Chrom wischte. Mein Blick blieb an seinem knackigen Hintern in der engen Jeans hängen. Bevor meine Hormone jedoch in einen begeisterten Freudentanz ausbrechen konnten, hörte ich das gedämpfte Summen meines Handys. Ich blieb stehen, öffnete mit zitternden Fingern den Reißverschluss meiner Tasche und angelte nach dem Smartphone. Ich musste nicht erst aufs Display sehen, um zu wissen, dass es Ethan war, der mich anrief. Für solche Dinge besaß ich einen sechsten Sinn.

Cole drehte sich um und fing meinen Blick ein, als ich das Telefon mit vor Aufregung zitternder Hand ans Ohr hob.

Kapitel 6

Cole

Ich sollte die Finger von der Lady lassen. Schließlich war sie verheiratet. Unglücklich verheiratet, wenn ich ihre Körpersprache und den verloren wirkenden Blick ihrer Schokoladenaugen richtig deutete, aber dennoch verheiratet. Frauen in Beziehungen waren für mich tabu. Zumindest hatte ich es mein Leben lang so gehandhabt. Bei Melissas Freundin allerdings schienen alle meine Vorsätze zu Staub zu zerfallen. Die Frau hatte irgendetwas an sich, das mich magisch anzog. Versonnen starrte ich auf ihren schmalen Rücken, während sie sich gestikulierend unterhielt, das Telefon halb zwischen ihren wilden Locken verschwunden. Wie gern würde ich meine Finger in dieser kupferroten Haarpracht vergraben. Ich konnte Samantha kaum ansehen, ohne von heftigem Verlangen erfasst zu werden. Als ich sie in der vergangenen Nacht geküsst hatte, hatte ich von der verbotenen Frucht genascht, und nun konnte ich nicht mehr aufhören, mir mehr zu wünschen. Ich nahm ihren kleinen süßen Hintern in dem knappen Jeansrock in Augenschein und stöhnte innerlich auf. Binnen Sekunden schoss mein Blutdruck in die Höhe. Jede Faser meines Körpers sehnte sich danach, diese Frau zu lieben. Sie zu halten, zu küssen. Zu streicheln. Ich wollte sie glücklich machen. Ein Lächeln auf ihr hübsches Gesicht zaubern und sie ihr Unglück vergessen lassen. Verdammt, mir gingen die wilden Pferde durch, aber ich konnte an nichts anderes mehr denken. Keine Ahnung, woran es lag. Vielleicht verströmte Samantha einen besonderen Duft, ein unwiderstehliches Aphrodisiakum. Vielleicht war sie eine raffinierte Hexe, die mich mit ihrer erotischen Magie gefangen nahm. Grundgütiger, was für abgefahrene Gedanken! Beinahe hätte ich laut aufgelacht. Mein Hirn schien sich langsam zu verabschieden, um meiner Libido endgültig den Vortritt zu lassen. Mir war klar, dass ich meine Gelüste im Zaum halten musste. Meine kleine Schwester würde mich umbringen, könnte sie meine Gedanken über ihre verheiratete Freundin erahnen. Aber auch wenn keine Aussicht auf die Erfüllung meines geheimsten Wunsches bestand, so wollte ich doch gern ein wenig Zeit mit Samantha Carrigan verbringen. Ein kleiner harmloser Flirt – mehr nicht. Zwei erwachsene Menschen, die ein paar nette Stunden miteinander verbrachten. Was sollte schon Verwerfliches daran sein? In einem dunklen, entfernten Winkel meines Bewusstseins kicherte ein bösartiger Kobold, der mir unlautere Absichten unterschieben wollte, doch ich ignorierte den Kerl. Leise pfeifend warf ich das Tuch, mit dem ich die Chromverzierungen an meinem Bike zum Blitzen gebracht hatte, in den Eimer zu den anderen Putzsachen und brachte ihn in die Garage zurück. Als ich wieder hinaustrat, sah ich Samantha neben der Maschine stehen. Sie umklammerte ihre Lederhandtasche so fest, dass die Fingerknöchel weiß hervortraten. »Hey, fertig mit deinem Telefonat?«, fragte ich betont unbekümmert.

Sie nickte, sichtlich bemüht, ihre Emotionen unter Kontrolle zu halten. Am liebsten hätte ich sie in meine Arme geschlossen, so unglücklich und verloren wirkte sie. Und dabei sah sie in ihrem engen grauen Shirt und dem Rock mit dem verführerischen Schlitz an der Seite zum Anbeißen süß aus. Eine gefährliche Kombination. »Das ist also dein Motorrad.« Sie machte eine verlegene Geste.

»So ist es, das ist mein Schätzchen.«

»Schön«, entgegnete sie flach.

»Eine Harley Iron«, erklärte ich nicht ohne Stolz.

Samantha schenkte mir ein wackliges Lächeln. Ich schwöre, ich hatte die besten Absichten. Einem Impuls folgend trat ich auf sie zu und nahm sie wider besseres Wissen in meine Arme. »So schlimm?«

Sie vergrub ihre Nase in meiner Brust. »Grmgls.«

»Wie bitte?« Ich schob sie sanft von mir, um sie anzusehen.

Sie lächelte schief, aber ich sah das Schimmern in ihren Augen. »Das war Ethan am Telefon. Mein Mann.«

»Das hab ich mir fast gedacht.« Meine Finger machten sich selbstständig, um ihr eine dieser wundervollen roten Locken aus der Stirn zu streichen. »Und? Keine guten Neuigkeiten?« Irgendwie hoffte ich, sie würde nein sagen, und ich verachtete mich dafür.

»Er sagt, er sei sich nicht sicher, ob er mich noch liebt.«

Autsch. Erinnerungen stiegen auf, wie kleine Luftbläschen, die an die Oberfläche eines dunklen Sees drängten. Ein schreckliches Gefühl, das ich nur zu gut kannte.

»Tut mir leid«, bot ich Sam hilflos an. Ich hatte das Gefühl, in ihren braunen Augen zu versinken, als sie erneut den Blick hob.

»Das Schlimme ist, dass er genau das ausgesprochen hat, was auch ich empfinde, Cole.«

»Oh. Andererseits, wenn ihr beide –«

»Ich kann mir nicht vorstellen, dass es vorbei sein soll«, unterbrach sie mich. »Das mit Ethan und mir. Wir hatten noch so viel vor. So viele Pläne.« Sie blickte mich an, als erwartete sie von mir eine Lösung. Tja, ich hatte auch keine Antwort.

»Das Leben ist eben einfach so, Samantha. Manchmal kommt es anders als geplant. Oder erhofft. Das Schicksal ist ein mieser Verräter. Glaub mir. Du kannst gegen die Wellen ankämpfen, oder auf ihnen reiten und das Beste daraus machen.« Immerhin entlockten ihr meine Worte ein winziges Lächeln. »Komm her.« Ich zog sie erneut an mich, streichelte ihr sanft über den Rücken und atmete ihren Duft. Oh, verflucht. Ich hätte es wissen müssen. Sie war mir zu nah, viel zu nah. Sie roch so gut. Ihr Duft, lieblich und frisch zugleich, unglaublich weiblich, haute mich um. Ich spürte, wie sich die Fülle ihrer Brüste an meinen Oberkörper presste. Verdammt, ich begehrte diese Frau. So sehr, wie ich schon lange keine mehr begehrt hatte. Sie machte mich wahnsinnig. Samantha musste mein drängendes Verlangen bemerkt haben, denn abrupt löste sie sich von mir. In ihren Augen blitzte etwas auf, das mir einen elektrisierenden Schauer über die Wirbelsäule sandte. »Siehst du, was du mit mir machst«, sagte ich leise und forschte in ihrem Gesicht. Sie schien es gar nicht so furchtbar zu finden, dass ich erregt war. Oder interpretierte ich ihren Blick falsch?

»Zeig mir dein Motorrad«, bat sie unvermittelt und wandte sich meiner Maschine zu. Vermutlich war Sam in diesem Moment genauso verwirrt wie ich.

»Also, wie schon gesagt, das Schätzchen hier ist eine Harley Iron, allerdings nicht mehr ganz im Originalzustand. Ich hab ein bisschen dran herumgeschraubt, hier und da etwas optimiert und hinzugefügt. Gefällt sie dir?«

Argwöhnisch musterte sie mein Bike, wobei sie um das Motorrad herumging und ihre schlanken Finger beiläufig über das schwarze Sitzleder gleiten ließ. Verflixt, ahnte sie überhaupt, wie verdammt verführerisch diese Geste war? Ahnte sie nicht, dass es einen Mann schier um den Verstand brachte, sie so zu sehen, in diesem körperbetonten Collegeshirt und dem Rock, der sich über ihre wohlgeformten Hüften spannte und den Blick auf ihre schlanken hübschen Beine lenkte. Prompt startete mein Kopfkino. Ich stellte mir vor, wie Samanthas Hand anstatt über das Leder meines Motorradsitzes spielerisch über die Muskeln meines Sixpacks und noch ein wenig tiefer gleiten würde ... meine Kiefermuskeln spannten sich. Mich räuspernd verschränkte ich die Arme vor der Brust und verlagerte mein Gewicht.

»Wollen wir ein paar Runden drehen?«

»Jetzt?« Ihre braunen Augen starrten mich erschrocken an. In diesem Augenblick erinnerte sie mich an ein scheues, vom Scheinwerferlicht geblendetes Reh. Du lieber Himmel. Sie war wirklich unglaublich süß.

Ich grinste. Sie hatte Schiss. »Klar. Das Wetter ist gut, kaum Wind, ideal zum Fahren.«

»Ehrlich gesagt ist mir bei dem Gedanken mulmig zumute«, gab sie zu. »Verdammt wenig Schutzblech, wenn es drauf ankommt, oder?«

»No risk, no fun«, entgegnete ich grinsend.

»Du lebst gern gefährlich, hm?«

Ich hielt ihren Blick. »Manchmal schon. Na komm, gib dir einen Ruck. Ich zeig dir ein paar schöne Plätze an den Klippen.«

»Ich habe keinen Helm.« Ein verzweifelter Versuch, das Unvermeidliche hinauszuzögern.

»Kein Problem. Ich hab noch einen in der Garage.« So leicht gab ich nicht auf.

»Okay.« Sie lächelte schief.

Innerlich triumphierend nahm ich ihren Rock in Augenschein. »Mit dem Fähnchen da kannst du allerdings unmöglich aufs Bike, auch wenn ich den Anblick sehr genieße.« Ich zwinkerte ihr zu.

Sie quittierte meine Äußerung mit einem vernichtenden Blick. Beschwichtigend hob ich beide Hände, konnte mir dennoch ein freches Grinsen nicht verkneifen, bevor sie ins Haus verschwand, um sich umzuziehen.

Als sie wenige Augenblicke später wieder auftauchte, sog ich scharf die Luft ein. Wow! Sam hatte schon in ihrem kurzen Jeansrock hinreißend ausgesehen, aber die dunklen Lederhosen, in die sie sich nun gezwängt hatte, ließen das Herz eines jeden Mannes höherschlagen. Sie wirkte wie die personifizierte Verführung. Wie zum Henker sollte ich mich da aufs Motorradfahren konzentrieren? Nun gut. Herausforderungen waren dazu da, gemeistert zu werden. Ich räusperte mich. »Schöne Hose.«

»Danke.« Sie strich mit der flachen Hand über ihren Oberschenkel, um ein paar imaginäre Flusen zu beseitigen. Blut schoss in meine Lenden. Ich floh in die Garage, um den Zweithelm vom Regal zu holen.

»Nur keine Angst, Sam«, sagte ich anschließend, um mich von den unanständigen Gedanken, die mich überfielen, abzulenken. »Wenn dir erst einmal der Wind um die Nase weht und du dieses unglaubliche Gefühl von Freiheit erlebst, willst du gar nicht mehr absteigen.« Meine Hände zitterten unmerklich, als ich ihr den Helm aufs Haar drückte. Wann zum Teufel war ich in Gegenwart einer Frau das letzte Mal befangen gewesen? Das musste Äonen her sein. Vermutlich irgendwann zu meinen wenig ruhmreichen Zeiten in der Junior High, als meine Pickel mit den Wildblumen im Vorgarten von Martha Hewitts Haus um die Wette geblüht hatten. Ich versuchte, meine Verlegenheit mit Flachsereien zu überspielen. Scheinbar endlose Minuten verstrichen, bis wir es unter Gelächter endlich geschafft hatten, den Helmgurt für Sam passend einzustellen. »Schick«, kommentierte ich und legte den Kopf schief. »Steht dir ungemein, diese Kopfbedeckung.«

Sie schoss mir einen vieldeutigen Blick zu und stopfte eine Locke unter den Helm, die ihr ins Auge hing. »Verdirb es nicht. Sonst überlege ich es mir noch anders, und lasse dich allein auf diesem schwarzen Monstrum davonbrausen.«

»Das kann ich unmöglich riskieren. Mein Leben wäre umsonst gelebt.«

Meine Worte entlockten ihr erneut ein herzhaftes Lachen. Ich liebte das heitere Geplänkel mit ihr, und hatte den Eindruck, dass sie es ebenso genoss.

Ich klappte mein Visier hinunter, setzte mich auf die Maschine und lud Sam mit einer Kopfbewegung ein, es sich hinter mir bequem zu machen.

»Bereit?«

Sie nickte ein wenig verunsichert, lächelte aber tapfer.

Nachdem sie ihren Platz eingenommen hatte, klammerte sie sich an mich. Mit einem Grinsen startete ich den Motor und gab Gas. Wir verließen die Einfahrt und brausten die Straße hinunter Richtung Küste.

Es war ein verdammt gutes Gefühl, Sams schlanken Körper so dicht an meinem zu spüren. Ebenso war es ein seltsam vertrautes Gefühl. Ein Gefühl, das Erinnerungen weckte. Früher, in einem anderen Leben, waren Amy und ich oft mit der Harley durch die Gegend gekurvt. Noch immer fühlte ich heißen Zorn aufsteigen, wenn ich an die Frau dachte, die mir das Herz gebrochen hatte. Gleichzeitig fühlte ich mich gerade auf eine gute Weise erregt und von Glückshormonen durchströmt, weil Sam mir so nahe war.

Während wir in großzügigen Kurven der gewundenen Straße entlang der zerklüfteten Küste folgten, jagten viele verworrene Gedanken durch mein Hirn. Bilder aus der Vergangenheit blitzten auf, glückliche und weniger glückliche. Ich wünschte, es würde mir ein für alle Mal gelingen, die Erinnerung an Amy aus meinem Leben zu radieren. Was niemals möglich sein würde, denn Amy würde immer ein Teil meiner Geschichte,

meiner Vergangenheit bleiben. Ebenso wie sie immer
einen Teil meines Herzens besitzen würde. Trotz allem.
Trotz des hilflosen Zorns, den ich noch immer empfand. Ich versuchte mich aufs Fahren zu konzentrieren.
Auf die vorbeifliegende Küstenlandschaft, den salzigen
Geruch des Atlantiks, der sich mit dem harzigen Geruch der Nadelbäume, die links und rechts die Straße
säumten, mischte. Der Himmel über uns strahlte in einem tiefen Blau und der Fahrtwind prickelte auf meiner Haut. Schon lange hatte ich mich nicht mehr so le-
bendig gefühlt, so von überschäumender Energie erfasst. Am liebsten würde ich jetzt Gas geben und den
Motor der Harley so richtig zum Röhren bringen. Aber
Sam zuliebe fuhr ich moderat. Mir war klar, dass ihr
der süße Hintern auf Grundeis ging. Unwillkürlich verzogen sich meine Lippen zu einem Grinsen. Immer,
wenn ich mich mit der Maschine in eine Kurve legte,
merkte ich, wie sich der Druck ihrer Arme um meine
Mitte verstärkte und ich genoss es, wie sie sich an mich
presste. Die Berührung entfachte das Begehren, das in
mir glimmte, aufs Neue. Mein Körper gab mir deutlich
zu verstehen, was er von Sams Umarmung hielt, denn
meine Jeans spannte zunehmend im Schritt. Verflucht,
wie ich mich danach sehnte, mit dieser Frau zu schlafen. Ich stöhnte innerlich auf. Zwar war es schon eine
Weile her, dass ich meine Lust bei einem One-Night-
Stand gestillt hatte, aber so ausgehungert war ich nun
auch wieder nicht, dass ich beim Anblick einer hübschen Frau gleich durchdrehte. Üblicherweise konnte
ich mich durchaus beherrschen. Was zur Hölle war
also mit mir los? Was hatte diese Samantha Carrigan

nur an sich, das mich in einen vor unbändigem Verlangen sabbernden Kerl verwandeln ließ? Ich tat mein Bestes, mich aufs Fahren zu konzentrieren. Bemühte mich, den malerischen Dörfern mit ihren Trödelgeschäften, Straßencafés und Lobsterbuden, die wir passierten, meine Aufmerksamkeit zu schenken. Leuchttürme auf von Gischt umtosten Klippen sausten an uns vorbei, auf der anderen Seite Berggipfel, bewachsen mit dichten, endlosen Kiefernwäldern. Normalerweise wusste ich den Anblick dieser wilden, mir seit Kindertagen vertrauten und atemberaubend schönen Landschaft zu schätzen. Doch wir hätten auch eine trostlose Einöde, eine einsame Wüste durchqueren können. Im Augenblick konnte ich nur an eins denken: Samantha, und was ihre Nähe bei mir auslöste. Schließlich hielt ich es nicht mehr aus. Ich musste mit Sam reden. Kurzerhand verließ ich die Straße, um einer holprigen Sandpiste zwischen geduckten Büschen zu folgen, die auf einer Landzunge direkt ans Meer zu einer einsamen, weitläufigen Bucht führte. Dieses Fleckchen war ein Geheimtipp von mir. Hin und wieder kam ich hier vorbei, um den Hummerfischern draußen auf dem Meer zuzusehen, oder einfach nur im Sand zwischen den Dünen zu sitzen und in den lichten, weiten Himmel zu starren.

Ich parkte die Maschine im Schatten einer krummen Fichte. Sam blickte mich verwundert an, als ich ihr andeutete, abzusteigen. Sie schien ein wenig wackelig auf den Beinen. »Alles in Ordnung?«, wollte ich wissen, nachdem ich das Bike aufgebockt und meinen Helm abgezogen hatte. Ich nahm ihren entgegen und legte beide auf dem Ledersitz der Harley ab.

»Na klar«, bestätigte sie. Die auffallende Blässe unter ihren Sommersprossen strafte sie Lügen.

»Hey.« Besorgt steckte ich ihr eine Locke hinters Ohr. »So schlimm?«

Sie atmete tief durch und bedachte mich mit einem winzigen Lächeln. »Es geht schon. Ich bin ... ich hatte schon immer ein Problem mit Geschwindigkeit. Auf dem Motorrad bekommt man das viel mehr mit als im Auto.«

»Also kein Fan von Achterbahnen?«

»Machst du Witze? Schon beim Schaukeln hebt sich mein Magen in Protest.« Langsam kehrte Farbe in ihr Gesicht zurück.

»Komm her«, sagte ich und streckte eine Hand nach ihr aus. »Lehn dich einen Moment an mich, dann wird es dir gleich besser gehen.« Ich schwöre, ich hatte keinen Hintergedanken. Zumindest nicht bewusst. Ich hatte mit ihrem Protest gerechnet, damit dass sie mir einen empörten Blick zuschießen würde, doch zu meinem Erstaunen ließ sie ihren Kopf gegen meine Brust sinken. Ich hielt sie und fokussierte meinen Blick auf den Strand, der sich in einem perfekten Bogen nach Nordosten erstreckte. Geistesabwesend strich ich über Samanthas Haar, das im Sonnenlicht wie rotgoldenes Herbstlaub schimmerte. »Sam, Sam«, murmelte ich. Meine Worte gingen im aufbrandenden Kreischen der Seemöwen unter, aber Samantha musste mich gehört haben, denn sie hob den Blick. Erstmals bemerkte ich die winzigen Goldsprenkel in der Iris ihrer samtbraunen Augen, umrahmt von dunklen, geschwungenen Wimpern. Verdammt hübsche Augen. Unvermittelt blitzte vor meinem Geist das Bild von ihr auf, wie sie den Pfannenwender schwenkend halb nackt vor meinem Herd ihre Hüften geschwungen und mit dieser leicht rauchigen Stimme gesungen hatte. Ich bemühte mich, das schmerzhafte Ziehen meines Unterleibs zu ignorieren. Sam bewegte ihre Lippen und ich hörte sie meinen Namen flüstern. Oder hatte ich mir das eingebildet? Oh Gütiger, ich war kurz vorm Durchdrehen. Begehrliche Schauer des Verlangens jagten durch meine Venen, auf der Suche nach Erfüllung. Ich holte tief Luft.

»Du bringst mich ganz schön in Versuchung, weißt du das?« Mit dem Daumen strich ich über ihre volle Unterlippe, während ich ihren Blick gefangen hielt. »Du spürst es auch, oder? Die starke Anziehung zwischen uns. Sag, dass du es auch spürst, Samantha.«

»Cole, ich ...« Ich sah, wie ihre Zungenspitze an die perlweißen Zähne stieß, und konnte nicht länger widerstehen.

Ohne darüber nachzudenken senkte ich meine Lippen auf ihre und verschloss ihren verführerischen Mund mit einem Kuss. Den leisen Seufzer, der ihrer Kehle entströmte, interpretierte ich als Zustimmung. Sanft leckte ich über ihre Lippen und teilte sie mit der Zunge, um ihre feuchte, süße Mundhöhle zu erforschen. Ich fühlte, wie ihr Körper leicht erzitterte, und vertiefte den Kuss. Sam schmeckte himmlisch. Verlockend süß, wie Honig mit Sahne, und unbeschreiblich weiblich. All mein Blut sammelte sich und verließ meinen Kopf, um mit voller Macht in meine unteren Regionen zu schießen. Einen Arm um Sams Taille geschlungen presste ich meinen Unterleib an ihren Körper. Ich spürte den Druck ihrer weichen Brüste. Der Wunsch, diese Frau zu besitzen, benebelte meine Sinne. Mein Verstand war kurz davor zu kapitulieren, um sich meiner Libido zu unterwerfen. Wenn wir uns weiter küssten, konnte ich für nichts garantieren. Mit Mühe löste ich mich von Sam. »Grundgütiger. Samantha Carrigan. Du machst mich fertig.« Meine Knie fühlten sich an wie nach einem zehnstündigen Marathonlauf. Mein Herz hämmerte wie ein verfluchter Presslufthammer. Ich sah, wie sich Sams Brust in schneller Folge hob und senkte, und konnte meinen Blick nicht von der verlockenden Rundung ihres Busens unter dem engen, grauen Shirt reißen.

»Cole, ich verstehe das nicht.« Sam fuhr sich mit dem Handrücken über die rot geküssten Lippen und holte tief Luft. Sie machte einen Schritt zurück. »Was geschieht hier? Jedes Mal, wenn wir uns sehen, gehen mir unanständige Gedanken durch den Kopf.« Sie wandte sich ab und sah mit gerunzelter Stirn hinaus auf das tiefblau glitzernde Meer. »Und was noch schlimmer ist, ich erlaube dir einfach, mich zu küssen. Ich muss komplett verrückt sein.«

Ich betrachtete ihr Profil, den sanften gen Himmel gerichteten Schwung ihrer schmalen Nase und das energische Kinn. Wieder überkam mich der Wunsch, sie an mich zu reißen und zu küssen. Ich setzte zu einer Antwort an, als sie sich umdrehte und mich anfunkelte. »Ich bin verheiratet, verdammt nochmal. Ich bin ein anständiges Mädchen.«

Der leise Anflug von Trotz in ihren Worten brachte mich beinahe zum Lachen, aber der verzweifelte Ausdruck in ihren Augen erstickte mein Grinsen im Keim. »Das bezweifle ich nicht, Sam.« Mit der Rechten rieb mich mir über den Nacken. »Ich weiß auch nicht, was da zwischen uns läuft. Aber ich fühle mich unglaublich von dir angezogen. Ich kann meine Finger nicht von dir lassen, wenn du in meiner Nähe bist, und meine Gedanken nicht im Zaum halten, wenn ich dich sehe.« Ich streckte eine Hand nach ihr aus, um ihr sanft über die Wange zu streichen. »Ich begehre dich. So einfach ist das.«

»Aber es ist falsch.« Eine Brise wehte ihr eine Haarsträhne ins Gesicht. Ich widerstand dem Impuls, sie ihr nach hinten zu streichen.

»Du willst mich auch, oder?«

Sie senkte die Lider, presste die Lippen aufeinander und nickte kaum merklich. Sie war so bezaubernd in ihrem Jungmädchencharme. Diese faszinierende Mischung aus naiver Unschuld und verführerischem Sex-Appeal war höllisch aufreizend. Unwiderstehlich, um ehrlich zu sein.

»Hör zu, Sam.« Ich drückte mein Kreuz durch und dehnte meine Rückenmuskeln. »Wir haben nichts Verbotenes getan. Wir sind zwei Erwachsene, die sich zueinander hingezogen fühlen. Okay, wir haben uns geküsst, aber das ist kein Verbrechen. Weißt du, was dein Mann gerade in diesem Augenblick macht?«

Der traurige Blick aus ihren braunen Augen traf mich mitten ins Herz.

»Nein, weiß ich nicht. Aber so bin ich nicht, Cole. Ich gehe nicht mit dem Erstbesten ins Bett, sobald es Probleme –«

»Hey, hey.« Ich hob eine Hand, um sie zum Schweigen zu bringen. »Ich will doch schwer hoffen, dass du mich nicht als Erstbesten bezeichnest.« Ein wenig fühlte ich mich in meiner männlichen Eitelkeit gekränkt.

»Entschuldige, natürlich nicht. Was ich sagen wollte, ist, dass ich keine Frau bin, die mit anderen Männern ins Bett hüpft, wenn es zu Hause Probleme gibt.«

»So schätze ich dich auch nicht ein.« Unsere Blicke hielten einander gefangen. Ich streckte meine Hand nach ihr aus, um die Distanz zwischen uns zu überbrücken. »Lust, ein paar Schritte zu gehen?«

Zögerlich verschränkte sie ihre Finger mit meinen. »Es ist mir irgendwie unheimlich.«

»Was meinst du?«

Sie schüttelte den Kopf. »Ich weiß auch nicht. Wir kennen uns kaum, und trotzdem –«

... würden wir am liebsten bei jeder Gelegenheit übereinander herfallen, ergänzte ich stumm ihren Satz. »Ich weiß, was du meinst. Sam, ich gebe zu, ich flirte gern. Ich bin auch einem One-Night-Stand nie abgeneigt. Allerdings kann ich mich in der Regel beherrschen, besonders wenn es um Ladys geht, die vergeben sind. Aber dir zu widerstehen, fällt mir verflucht schwer.«

Sie wurde rot. Flink löste sie ihre Finger aus meinen und bückte sich, um ihre Sandaletten von den Füßen zu streifen. »Meinst du, wir können die Schuhe bei deinem Motorrad stehen lassen?«

»Klar. Bevor jemand unsere Latschen stiehlt, hauen sie mit dem Bike ab.« Der verblüffte Ausdruck in ihrem Gesicht brachte mich zum Lachen. »Mensch, Sam. Hier klaut niemand. Hab ich in all den Jahren nie erlebt. Zumal sich sowieso kaum jemand hierher verirrt.« In Windeseile hatte ich mich von meinen eigenen Schuhen befreit und stellte sie neben Sams unter die ausladenden Äste der Fichte in den Sand. Meine Biker-Stiefel machten sich gut neben ihren zierlichen Sandalen. »Sieht gut aus, oder?« Ich zwinkerte ihr zu.

»Alles klar.« Jetzt grinste sie. Die Befangenheit der letzten Minuten war verflogen.

Die nächsten Minuten stapften wir nebeneinander durch den sonnenwarmen Sand. Begleitet vom Rauschen der Brandung segelten Möwen über dem Atlantik auf der Suche nach Nahrung. »Erzähl mir von dir, Samantha Carrigan«, bat ich, um das Schweigen zwischen uns zu beenden.

»Da gibt es nicht viel zu erzählen.« Sam schob die Hände in die Gesäßtaschen ihrer Jeans. »Mein Leben ist unspektakulär. Verheiratet, Haus in der Vorstadt, Hobbys Lesen und Singen.«

»Singen«, wiederholte ich nachdenklich. »Hätte ich mir eigentlich denken können. *Yeah ... nimm es nicht so schwer*«, hob ich übermütig an. »Inklusive Pfannenwender.« Ich feixte in mich hinein.

Sam schoss mir einen warnenden Blick zu.

»Nimm's mir nicht übel, aber diese Szene hat sich für alle Zeiten in mein Hirn gebrannt.«

»Wäre besser, du würdest sie von deiner Festplatte löschen«, konterte sie schlagfertig.

»Komm schon. Du musst zugeben, das war schon ziemlich abgefahren.«

Ein Grinsen huschte über ihre Mundwinkel. Um es zu verbergen, senkte sie die Lider und studierte den Sand unter unseren Füßen.

»Was hältst du davon, wenn wir dort drüben etwas trinken?«

Samanthas Blick folgte meinem ausgestreckten Arm zu einem Strandcafé mit aufs Meer hinausragender Holzterrasse, an deren Pfählen sich die schaumgekrönten Wellen brachen. Sie nickte. »Gern, warum nicht?«

Ich wählte für uns einen Holztisch vor einer Glaswand, die uns vor dem Westwind schützte, mit Blick auf den Strand und die dahinterliegende Steilküste. Wir ließen uns einander gegenüber auf grob geschnitzten Holzbänken nieder. »Ist das nicht ein atemberaubender Ausblick?«

Sie pflichtete mir bei. »Ich könnte stundenlang hier sitzen und einfach nur aufs Meer schauen.«

»Also ich hab heute nichts weiter vor.«

»Scherzkeks.« Schmunzelnd vergrub sie ihre Nase in der Getränkekarte.

Ich grinste, überrascht, weil ich tatsächlich nichts dagegen hätte, den ganzen Tag mit ihr hier zu verbringen. »Erzähl mir mehr von dir, Samantha«, bat ich erneut. »Ich bin neugierig.«

»Ach was«, wehrte sie ab. »Ich wette, dein Leben ist weitaus aufregender und interessanter als meins.«

»Glaub ich nicht. Sicher hast du irgendwelche gut gehüteten Laster, skurrile Angewohnheiten oder geheime Sehnsüchte, Miss Carrigan«, hakte ich nach. Ich hatte keine Lust, über mich zu reden. Das Gespräch würde unweigerlich irgendwann auf Amy hinauslaufen, und ich wollte nicht an die Frau denken, die mir ein Messer ins Herz gerammt hatte. Ich hatte die Gefühle für Amy in den hintersten Winkel meines Gedächtnisses verbannt, und dort sollten sie auch eingeschlossen bleiben.

»Du machst Witze. Geheime Sehnsüchte ... so ein Unsinn.« Ein zartes Glühen überzog Sams Wangen.

Mit einem verschwörerischen Schmunzeln beugte ich mich vor. »Ich wette, unter dieser hübschen, braven Oberfläche brodelt es gewaltig.« Ich hielt ihren Blick, während mir wiederholt das Bild ihres tanzenden Hinterns durchs Hirn geisterte und das Blut in meine Lenden schießen ließ.

Sams Röte vertiefte sich. Ich wusste, sie dachte dasselbe wie ich. Sie setzte zu einer Antwort an, als eine hübsche Brünette auftauchte, die uns mit einem Lächeln die Menükarten reichte. »Hi, Leute. Willkommen im Sandy Crab Cottage. Ich bin Mindy.«

»Danke, Mindy, wir wollen nur etwas trinken«, erwiderte ich freundlich. »Sam?«

Wir bestellten Kaffee für Sam und eine eisgekühlte Coke für mich. In vereintem angenehmem Schweigen nippten wir an unseren Getränken und starrten auf den türkisblau schimmernden Atlantik, der sich brausend zu unseren Füßen ausbreitete. Einen flüchtigen Augenblick wünschte ich mir, ich hätte Sam zu einem früheren Zeitpunkt in meinem Leben kennengelernt. Ich betrachtete ihr Profil. Um ihre Lippen lag ein harter Zug. Sie schien mit den Gedanken meilenweit entfernt.

»Was geht dir durch den hübschen Kopf, Sam?«, fragte ich sanft.

Ihre Züge verdüsterten sich. »Ach, alles und nichts.« Sie machte eine wegwerfende Geste mit der Hand. »Irgendwie habe ich gerade das Gefühl, dass ich alles falsch gemacht habe. So sehr habe ich mir eine Familie gewünscht. Ein Kind in den Armen zu halten. Vielleicht habe ich mich zu sehr in diesen Wunsch verbissen, und darüber alles andere vergessen.« Sie vergrub ihre Nase in dem dampfenden Kaffeebecher.

Ich ertappte mich dabei, wie ich mein Kinn in die Hände stützte, wie es Mom und Mel machten, wenn sie über etwas nachdachten. Diese Erkenntnis ließ ein flüchtiges Grinsen über mein Gesicht huschen. »Wie ist er denn so? Dein Mann?«

»Ethan?« Sie zeichnete mit dem Zeigefinger einen schmalen Riss auf dem von Wind und Salz verwitterten Holztisch nach. »Seltsam, es fällt mir schwer, ihn zu beschreiben. Er ist ständig in Bewegung, liebt die Dinge unkompliziert und einfach. Seine jungenhafte, unbekümmerte Art hat mich fasziniert. Ich grüble zu viel, denke viel nach, und alles muss bei mir immer gründlich durchdacht sein. Wir haben uns einfach perfekt ergänzt. So war es jedenfalls einmal. Früher.« Gedankenverloren sah sie wieder hinaus auf den Ozean. »Bei all unseren verzweifelten Versuchen, eine Familie zu gründen, habe ich nicht gemerkt, dass er und ich uns immer mehr voneinander entfernt haben. Und ich hasse seine Angewohnheit davonzulaufen, wenn es kompliziert wird.«

»Du bist nicht glücklich.« Es war vielmehr eine Feststellung als eine Frage.

Samantha lachte bitter auf. »Bin ich so leicht zu durchschauen?«

»Ich seh's in deinen Augen, Sam.«

Sie schlug die Lider nieder, aber ich hatte das verräterische Schimmern gesehen. Ohne nachzudenken, griff ich über den Tisch nach ihren Fingern. »Knabberst du etwa an deinen Nägeln?«

Sam wurde feuerrot und versuchte, ihre Hand aus meiner zu ziehen.

»Nicht doch.« Ich hielt sie fest. »Ich find's irgendwie süß.«

In einer Geste der Resignation hob sie die Schultern. »Wenn ich nervös bin oder wenn mich etwas beschäftigt, dann fange ich an, an meinen Fingernägeln zu kauen. Ich weiß, es ist eine dumme Angewohnheit.«

In mir regte sich so etwas wie ein Beschützerinstinkt. Ich schloss meine Finger um ihre. »Ich bin sicher, du wirst irgendwann dein Wunschkind in den Armen halten. Du wirst eine gute Mutter sein. Ich kann dich direkt vor mir sehen. Mit einem niedlichen kleinen Mädchen auf deinem Schoß«, spann ich den Faden weiter, im Glauben, sie damit zu trösten. »Wundervolle rote Locken und eine Unmenge von Sommersprossen über dem Stupsnäschen.« Kaum waren mir die Worte über die Lippen geschlüpft, hätte ich mir in den Hintern beißen können. Ich sah, wie Sam schluckte. Frustriert schob ich meine Finger durchs windzerzauste Haar. »Ach, verdammt, Sam. Es tut mir leid. Ich bin ein gedankenloser Vollidiot.«

Sie hob den Blick. »Nein. Ich muss endlich darüber hinwegkommen.« Sie lächelte schief. »Mir gefällt die Vorstellung. Und du? Möchtest du einmal Kinder haben?«

Verflucht. Das Gespräch bewegte sich auf unbequemes Terrain. Glücklicherweise enthob mich Mindys Auftauchen einer Antwort.

»Alles okay, Leute? Kann ich euch noch etwas bringen?«

Samantha verneinte.

»Danke, nein, Mindy, aber ich würde gern zahlen«, entgegnete ich und fischte nach Kleingeld in meiner Hosentasche, bevor Sam auf die Idee kam, zahlen zu wollen. Nachdem Mindy gegangen war, fixierte sie mich über den Rand ihrer Kaffeetasse.

»Und?«

Ich hatte mich zu früh gefreut. Ich setzte eine unbedarfte Miene auf und lehnte mich lässig mit der Coke in der Hand zurück. »Und?«

»Kinder. Möchtest du welche?«

Ich spürte, wie sich meine Kiefermuskeln verkrampften. »Nein.« Es gab mal eine Zeit, da hatte ich von einer Familie geträumt. Inklusive Familienhund, Basketballkorb am Garagentor, Skateboards und Dreirädern in der Einfahrt. Das ganze Paket. Aber diese Zeit lag in der Vergangenheit. Meine Gegenwart und meine Zukunft schlossen Kinder nicht mit ein. Ebenso wenig wie eine Ehefrau oder Langzeitfreundin. Ich hob die Coke an die Lippen und trank aus.

Samantha studierte mich eingehend. »Das Leben gibt uns nicht immer das, was wir uns wünschen, oder?« Ihre leisen Worte gingen fast im Rauschen der Brandung unter.

»Das kannst du laut sagen.« Ich spielte mit dem leeren Glas in meiner Hand.

Sie bedachte mich mit einem bedauernden Lächeln. Unvermittelt schob sie ihren Kaffeebecher von sich und sprang auf. »Wollen wir noch ein paar Schritte am Strand entlang gehen? Es ist so unglaublich schön hier.«

»Du bist also in Angel's Cove geboren und aufgewachsen«, bemerkte Samantha eine kleine Weile später, als wir am Strand weiterschlenderten, während das aufbrandende Wasser unsere Füße umspülte. Es war ziemlich kalt, aber keinen von uns beiden schien die Kühle zu stören, so sehr waren wir in die Gegenwart des anderen vertieft. »Was hat es eigentlich mit diesem Namen auf sich?«

»Angel's Cove meinst du?« Mit einem Schmunzeln grub ich meine Zehen in den Sand. »Ende des neunzehnten Jahrhunderts soll in der Bucht ein Fischerjunge von einer Welle aus seinem Boot geworfen und ins Meer gespült worden sein. Angeblich wurde er von einem Engel gerettet und zurück an Land gebracht.«

»Was für eine süße Geschichte.« Versonnen lächelnd richtete sie den Blick auf mich. »Willst du für immer hierbleiben? Zieht es dich nicht manchmal in die Ferne?«

Ich wandte meine Aufmerksamkeit dem Atlantik zu und kniff meine Augen gegen das helle Licht zusammen. Ein Gefühl von Wärme und Zufriedenheit überkam mich, als ich das weite Meer, das sich am Horizont mit dem Himmel zu einem verwaschenen Blau vereinte, betrachtete. »Nein, niemals. Hier ist meine Heimat, hier bin ich verwurzelt. Bedingt durch meinen Job reise ich viel. Ich habe viele Städte und Landstriche kennengelernt, Sam. Mein Herz gehört Angel's Cove und der Küste von Maine.«

»Es ist schön, wenn man ein Fleckchen Erde seine Heimat nennen kann.«

Überrascht sah ich sie an, weil sie auf einmal traurig klang. »Du stammst nicht aus Chicago?«

»Nein.« Samantha bückte sich nach einer Muschel, die die zurückweichende Brandung freigelegt hatte. »Ich bin in Beaver Falls, Pennsylvania, geboren worden, in einem kleinen Kaff. Einige Zeit haben wir dort gelebt, aber mein Dad war Pharmazievertreter, so sind wir alle paar Jahre umgezogen. In Boston, wo ich studiert habe, wäre ich gern geblieben, aber dann bekam Ethan das Angebot, das Sportstudio eines alten Schulfreunds in Chicago zu übernehmen, und wir haben die Stadt verlassen.«

»Dein Dad –?«

»Lebt nicht mehr. Er starb ein Jahr, bevor bei Mom eine Demenzerkrankung diagnostiziert wurde, an einem plötzlichen Herzinfarkt.« Sie zog eine Grimasse. »Meine Mom kennt ihre eigene Tochter nicht mehr.«

»Das tut mir echt leid.«

»So ist das Leben. Wie schon gesagt, es läuft nicht immer, wie man es sich erhofft.« Wir tauschten einen flüchtigen, verständnisinnigen Blick, bevor Sam erneut eine Muschel aus dem Sand fischte.

»Was willst du denn mit all den Dingern?« Ich war froh über den Themenwechsel. Gern hätte ich etwas Tröstliches, Intelligentes gesagt, doch mir fiel partout nichts ein. Mel wüsste sicher etwas Passendes zu entgegnen. Ich fühlte mich für ein tiefschürfendes Gespräch nicht gerüstet. Frauen waren irgendwie anders gestrickt. Sie fanden auf fast alles eine Antwort – so schien es mir jedenfalls oft.

Samantha präsentierte mir das gedrehte Schneckenhaus auf der flachen Hand. »Schau nur.«

»Eine Muschel.«

Ihre Augen funkelten vielsagend. »So eine Äußerung kann nur von einem Mann kommen. Ich dachte, du hättest ein Faible für schöne Dinge, Cole Walker?«

Fasziniert sah ich zu, wie sie mit einem Finger liebevoll über das schillernde Stück Perlmutt strich, glatt geschliffen von Gezeiten, Wind und Sand.

Wie sich ihre zarten Finger wohl auf meiner Haut anfühlen würden? Ein wohliger Schauder erfasste mich, als ich mir das Bild ausmalte. »Für Möbel, Antiquitäten und Bauwerke kann ich mich durchaus begeistern«, sagte ich, bemüht, das Produkt meiner überschäumenden Fantasie von mir zu schieben. »Aber Muscheln? Ich meine, das sind doch lediglich aus einer kalkigen Schale bestehende Gehäuse –«

»Ich bitte dich.« Jetzt schoss sie mir einen dieser *du-verstehst-wirklich-gar-nichts*-Blicke zu. »Schau sie dir doch an. Ist sie nicht ein Meisterwerk der Natur?«

Ich ignorierte die Muschel. Samanthas geschwungene Wimpern beschatteten ihre Wangen, auf die der raue Seewind einen frischen Schimmer gezaubert hatte. Die unzähligen Sommersprossen um ihre Nase tanzten im Sonnenlicht. »Wunderschön«, pflichtete ich bei.

Sie fing meinen Blick ein. »Du siehst ja gar nicht hin.«

»Tu ich doch. Sehr genau sogar.«

Röte huschte abermals über ihre Wangen. »Du weißt, was ich meine.«

»Und du weißt, dass ich dich immerzu ansehen muss. Ich kann nichts dafür, du hast mich verhext.«

»Quatschkopf.« Ihr helles Lachen war mitreißend. Unvermittelt verdunkelten sich ihre Augen. »Mich hat schon lange niemand mehr so angesehen«, gestand sie.

Eine Brise verfing sich in ihrem Haar und wehte ihr eine Strähne ins Gesicht. Automatisch hob ich eine Hand, um die Locke um meinen Finger zu wickeln. Spielerisch zog ich daran. Die Welt schien aufzuhören, sich zu drehen, als ich Samanthas Blick hielt und mir sehnlichst wünschte, ihren schlanken Körper an mich zu ziehen. Ihr einen Kuss auf die verführerischen Lippen zu drücken, um den Anflug von Wehmut, der sich in ihren feingeschnittenen Zügen spiegelte, zu vertreiben. Sie musste das Wechselspiel der Emotionen in meinem Gesicht bemerkt haben, denn sie senkte den Kopf, um den Sand unter unseren Füßen zu studieren. Der Bann des Augenblicks war gebrochen, die Welt drehte sich weiter.

Ich ließ die Locke los und legte beide Hände auf ihre Schultern. »Sam. Eine Frau wie du –«

Ein Anflug von Unmut blitzte in ihren Augen auf, als sie den Blick hob. »Bitte lass es, Cole. Das führt zu nichts.«

»Ich will nicht, dass du traurig bist.«

»Bin ich nicht.«

»Sicher?«

Sie schwieg und hob die Schultern in einer Geste der Ratlosigkeit. »Ich bin durcheinander. Da sind so viele unterschiedliche Gefühle in mir, Cole. Aber eigentlich bin ich glücklich, in genau diesem Moment.«

Ich legte den Kopf schief und kniff die Brauen zusammen. »Woran das wohl liegt?«

»Überschätz dich nicht.«

»Tue ich das?« Unsere Blicke hielten einander gefangen, bis sie sich mir entzog und einen Schritt zurück machte.

Sam stand da und starrte mich an. Eine zierliche Gestalt mit Kurven an genau den richtigen Stellen, kupferrotem, wildem Haar und verführerischen, sinnlichen Lippen, die förmlich um einen Kuss bettelten. Und im Hintergrund der weite, blaue Atlantik. Bei diesem Anblick zupfte etwas an meinem Herzen. Etwas, das ich nicht näher zu analysieren gedachte und flugs von mir schob. Immerhin hatte ich Übung darin, mich vor Emotionen abzuschotten.

»Wir sollten zurückfahren«, bemerkte ich rau. »Sagtest du nicht, du seist mit meiner Schwester verabredet?«

»Ja. Das stimmt. Wir sollten zurück.«

»Gut.« Auch wenn ich an nichts anderes denken kann, als dich in meinen Armen zu halten und Liebe zu machen. Liebe machen. Ein kalter Schauder packte mich. Niemals mehr würde ich *Liebe* machen. Dieses Kapitel hatte ich dank Amy abgeschlossen. Vergangenheit. Endgültig vorbei. Ich wollte Sex mit Samantha. Nackten, puren, lustvollen Sex. Das war alles. Ich hatte Lust auf diese Frau. Ein unbändiges, drängendes Verlangen brannte in mir, so stark, wie ich es schon ewig nicht mehr gespürt hatte. Aber das war alles. Keine Ahnung, woher das L-Wort auf einmal aufgetaucht war. Meine unersättliche Libido musste mein Hirn benebelt haben. Ich musste mich unbedingt unter Kontrolle bekommen. Samantha war kein schneller, unbekümmerter One-Night-Stand. Ich durfte mich mit ihr nicht einlassen. Auch nicht, wenn sie mich reizte, wie noch keine zuvor. »Na komm.« Ich machte eine Kopfbewegung in Richtung meines Bikes. »Lass uns losfahren, sonst

macht mir mein Schwesterherz die Hölle heiß, weil ich
dich unerlaubterweise entführt habe.«

Kapitel 7

Samantha

Genau wie bereits zuvor parkte ich den Honda auf dem inzwischen vertrauten staubigen Parkplatz neben dem Fisherman's Inn. Da die Sonne ungehindert von einem strahlend blauen Himmel schien und der Wetterfrosch von Maine's Coast 93.1 für den Vormittag satte vierundzwanzig Grad für die mittlere Küstenregion voraussagte, hatte ich nach dem Frühstück kurzerhand entschieden, den kleinen Strand in meiner Geheimbucht aufzusuchen.

Unternehmungslustig drückte ich mir den Strohhut auf die Locken und schnappte mir vom Rücksitz eine gestreifte Strandtasche inklusive fröhlich buntem Frotteetuch, einer Sonnencreme mit Lichtschutzfaktor 50 (meine Arme und mein Nasenrücken leuchteten seit dem Motorradausflug mit Cole in einem hübschen Hummerrot) und dem neuen Roman meiner Lieblingsautorin. In Flipflops stieg ich vorsichtig die Steintreppe hinab. Zu meiner Freude fand ich die Bucht verlassen vor. Ich verspürte keine Lust auf Gesellschaft. Meine Gedanken waren so verworren, so komplex, dass ich gern allein sein wollte, um sie zu sortieren. Allein mit dem Himmel, dem Wasser und dem Wind, der mit meinen Haarsträhnen spielte, die unter dem Hut hervorlugten. Ich legte mein Badetuch ab, befreite meine Füße von den Flipflops und grub meine Zehen in den Sand. Ich hatte unheimliches Glück mit dem Wetter. Melissa hatte mir versichert, dass Frühlingstage an der Küste Maines nicht immer mild und sonnig verliefen. Und ich solle mich vor dem eisigen Wasser des Atlantiks hüten, das sich nur schwer erwärmte. Gestern Abend hatten wir uns wie verabredet zu Blaubeermuffins und Cappuccino bei Erin's Bakery getroffen, einem entzückenden Café, das mich mit seiner Inneneinrichtung im Vintage-Style und hübsch bemaltem Porzellangeschirr verzaubert hatte. Beiläufig hatte ich Mel von meinem Ausflug mit Cole erzählt. Sie quittierte dies mit hochgezogener Augenbraue. *Ich hoffe, du weißt, was du tust*, sagte sie mit bedeutsamem Klang in der Stimme. Natürlich versicherte ich ihr, dass ich lediglich die Gesellschaft eines netten Mannes genießen würde, und alles sei völlig harmlos. Ja genau, Samantha Carrigan. Und Schweine können fliegen. Nein wirklich, bekräftigte ich noch einmal, vermutlich, um mich selbst zu überzeugen, der Ausflug sei total harmlos und unverbindlich gewesen. Mel hatte meine Hand mit einem schiefen Lächeln gedrückt. *Ich will nur nicht, dass du verletzt wirst, Sam. Ich denke, du bist momentan besonders empfänglich für Schmeicheleien. Und mein Bruder, so sehr ich ihn auch liebe, ist Experte auf diesem Gebiet. Aber ich vertraue auf deinen Verstand.* Danach hatten wir das Thema ruhenlassen. Mit Appetit verschlangen wir unsere Muffins und scherzten mit Erin, die übrigens keine Einheimische war, wie sie mir erzählte, sondern aus Dundee in Schottland stammte. Anschließend brachen Melissa und ich zu einem Spaziergang auf den Klippen auf und quatschten über alte

Zeiten. Als ich spät abends in die Ocean View Lane zurückgekehrt war, hatte ich einen leisen Stich der Enttäuschung gespürt. Zwar hatte die Harley Davidson brav in der Garage gestanden, aber Coles Land Rover hatte nicht vor dem Haus geparkt. Er war ausgegangen.

Am Strand verscheuchte ich nun die Erinnerung an das Gefühl der Enttäuschung, umschlang die Knie mit den Armen und hob mein Gesicht der Sonne entgegen, um ihre Wärme zu genießen. Ich sollte mich eincremen, doch im Augenblick wollte ich einfach nur dasitzen und an nichts denken. Vor allen Dingen nicht an Cole. Ich grübelte viel mehr über ihn als über Ethan, stellte ich überrascht fest. Das war nicht richtig. Sollte ich nicht alles daransetzen, meine Beziehung zu retten und nach Baltimore zu Ethan fahren, um nach unserem unglücklichen Telefonat noch einmal in Ruhe mit ihm zu reden? Doch ich konnte mich nicht dazu aufraffen. Heute früh hatte ich das Handy in die Hand genommen und seine Nummer gewählt, dann wieder aufgelegt. Verdammt, er konnte mich doch auch anrufen! Ich war so müde geworden. Ich hatte keinen Elan mehr zu kämpfen. Für das zu kämpfen, was mir wichtig war. Warum konnte Ethan nicht einen Schritt auf mich zugehen? An dem Tag, an dem er seine Reisetasche gepackt und mich stehengelassen hatte, war etwas in mir zerbrochen. Wenn ich nur mit Mom über alles sprechen könnte, so wie wir es früher getan hatten. Aber Mom wusste ja nicht einmal mehr, wer ich war, sah mir stets nur mit leerem, verständnislosen Blick entgegen, wann immer ich ihr Zimmer betrat. Mein Magen verkrampfte sich. Ich versuchte mich zu entspannen, indem ich tief die frische Salzluft einatmete.

Mich auf die Geräusche um mich herum konzentrierte: Das Wispern des Winds im Seegras, das ferne Tuckern eines Schiffsmotors und das stete, unermüdliche Rauschen der Brandung, das vom gelegentlichen Geschrei der Möwen untermalt wurde. Meine Gedanken drifteten ab, verselbstständigten sich – und Coles attraktives Gesicht blitzte vor mir auf. Schon wieder.

Einen flüchtigen Augenblick wünschte ich mir, er wäre hier und würde mich mit seinen trockenen Kommentaren aufheitern. Ich liebte die Chemie zwischen uns, genau wie das leise Knistern, das manchmal lauter war, als ich mir eingestehen wollte. Ich erinnerte mich daran, wie aufregend es sich angefühlt hatte, hinter ihm auf der Harley zu sitzen, die Arme um seine Taille geschlungen und die Wange an seinen breiten Rücken geschmiegt. Wie es zwischen uns gekribbelt hatte, als er mich gehalten hatte am Strand, wie er mich angesehen hatte. Die kleinen Fältchen um seine Augen, das tiefe Blau seiner Iris. Verdammt. Ich wollte nicht an diesen Mann denken. Es war schön, bewundernde Blicke zu bekommen. Aufregend, zu spüren, dass man von einem gutaussehenden Kerl begehrt wurde. Dennoch musste ich mir Cole aus dem Kopf schlagen, auch wenn ich ihn noch so anziehend und attraktiv fand. Ich würde meinem Verlangen nicht nachgeben. Nicht, solange es noch eine Chance für mich und Ethan gab, sei sie auch noch so gering. Beherzt griff ich nach meinem Buch, steckte meine Nase zwischen die Seiten und begann zu lesen. Wenige Minuten später legte ich den Roman mit einem resignierten Seufzen beiseite. Es hatte keinen Sinn. Die Wörter vor meinen Augen verschwammen zu einem wirren Buchstabenbrei, ich konnte mich einfach nicht konzentrieren. Cole kreiste unablässig durch meine Gedanken, ob ich es wollte oder nicht. Ab ins Wasser, beschloss ich, Melissas warnende Worte leichtfertig in den Wind schlagend. Eine gehörige Abkühlung würde mich sicher von meinen unangemessenen Tagträumereien kurieren.

Ich schnappte nach Luft, als ich in das türkisblaue Wasser eintauchte und war versucht, die Flucht zurück zu meinem Handtuch anzutreten. Aber, hey, ich hatte es so gewollt! Die Zähne zusammenbeißend warf ich mich der Brandung entgegen, verfluchte die Welle, die sich an meinen Hüften brach. Es war eiskalt. Ich schmeckte das Salz auf meinen Lippen und spürte, wie es in meinen Augen brannte. Ich musste verrückt sein. Bestimmt würde ich mir eine dicke, fette Erkältung einfangen und dann schniefend und triefend in meinem Bett in Coles Gästezimmer liegen. Und er müsste mich pflegen. Der sicherlich wenig attraktive Anblick meiner Rotznase würde ihn schnell davon abhalten, mich mit begehrlichen Blicken zu verfolgen. Ich hielt es nicht länger aus. Bibbernd und zähneklappernd entfloh ich dem eisigen Atlantik, schnappte mir das Handtuch und wickelte mich fest darin ein.

Meine Fingernägel schimmerten bläulich. Nicht einmal die Kraft der Sonne vermochte es, meinen mit Gänsehaut überzogenen Körper zu erwärmen. Es war zu kalt, viel zu kalt zum Baden. Ich hätte besser auf Melissa hören sollen.

»Samantha Carrigan, du verrücktes Huhn«, murmelte ich, während ich mit dem Handtuch kräftig über meine Haut rieb, um die Kälte zu vertreiben. »Warum treffe ich immer die falschen Entscheidungen?«

Cole

Da sich gegen Abend der Himmel verdüstert und ein leichter Nieselregen eingesetzt hatte, entschied ich mich ein Kaminfeuer zu entzünden. Ich liebte ein ordentliches Feuerchen im heimischen Wohnzimmer und nutzte jede sich bietende Gelegenheit dazu. Ein schönes Feuer und einen Brandy in meinem Lieblingssessel am Fenster. Es gab kaum etwas Besseres. Außer Sex. Mit dem Schürhaken stieß ich gegen die Holzscheite, um sie in der glimmenden Glut zu bewegen. Funken sprühten, stoben glitzernd durch die Luft nach oben. Kurz darauf loderte das Feuer hell und verströmte sofort den aromatischen Duft von Pinien, Wacholder und Harz. Ah, herrlich! Nachdenklich betrachtete ich die züngelnden Flammen, die ebenso knisterten wie die sexuelle Spannung zwischen Samantha und mir. Was zum Henker war es nur, das mich an dieser Frau so faszinierte? Grübelnd hängte ich den Schürhaken zurück an die steinerne Wand und platzierte anschließend das Funkenschutzgitter vor dem Feuer. Samantha war klug und schlagfertig. In ihr vibrierte eine ansteckende Lebensfreude, die hinter einem Schleier aus Enttäuschung und Traurigkeit versank. An dem Tag, als ich sie in meiner Küche singend und tanzend vor dem Herd vorgefunden hatte, hatte ich diese Freude aufblitzen sehen. Genauso wie bei unserem Strandspaziergang, nachdem ich sie auf der Harley entführt hatte. Ihre Begeisterung für so ein unspektakuläres Ding wie eine Muschel war einfach hinreißend. Genau wie ihr Lachen. Wenn sie denn lachte. In ihren schönen braunen Augen lag so viel Schmerz. Ihre Verletzlichkeit und ihre manchmal fast naive Unschuld übten eine magische Anziehungskraft auf mich aus. Und dabei schien Sam sich ihres Reizes überhaupt nicht bewusst zu sein. Eine verdammt gefährliche Kombination. Ich musste aufpassen, dass ich den sorgsam um mich errichteten Schutzwall nicht einstürzen ließ. Ich durfte diese Frau nicht zu nah an mich heranlassen. Als sie heute zum Frühstück in die Küche kam, war ich schon auf dem Sprung, um mich mit einem alten Kumpel oben in Camden zu treffen. Er hatte mich zu einem Bootstrip eingeladen und um meinen Kopf freizubekommen, hatte ich sein Angebot dankend angenommen. Um die verdammten Gedanken an Sam loszuwerden, die mich einfach nicht mehr losließen. Von Caldwell hatte ich noch immer keine neue Terminplanung erhalten, also genoss ich die Freiheit, zu tun und zu lassen, was ich wollte. Ich würde dem Typen gewiss nicht in den Hintern kriechen. Bradbury Inc. wollten mich, also lag es an Caldwell, dem Idioten, mit mir klarzukommen. Nachdem ich mich vergewissert hatte, dass das Feuer zu meiner Zufriedenheit brannte, schnappte ich mir die neueste Ausgabe der Angel's Cove Daily vom Couchtisch und machte es mir damit in meinem Lieblingssessel bequem. Ich hatte gerade die erste Seite studiert, als ich zögerliche Schritte im Flur vernahm.

»Hey, Sam! Sam?«

Samanthas Lockenkopf erschien in der Tür. »Hey.« Sie trat näher, verharrte mit vor der Brust verschränkten Armen unschlüssig im Türrahmen. Ihre Wangen schimmerten. Sie hatte Farbe bekommen, stellte ich fest. Es stand ihr gut.

»Lust auf einen Drink?«, bot ich wider besseres Wissen an. War ich nicht heute sogar nach Camden geflohen, um mich ihrer Gegenwart zu entziehen? Ich spielte mit dem sprichwörtlichen Feuer. Es war mir egal. »Komm doch rein und lass den Abend hier am Kamin ausklingen.«

Ich sah, wie sie einen Moment zögerte, bevor sie kapitulierend beide Hände hob. »Okay, überredet. Einem Kaminfeuer konnte ich noch nie widerstehen.« Sie löste sich vom Türrahmen.

Mein Blick heftete sich auf ihre ausgewaschenen Jeans, die jede Kurve ihres niedlichen Hinterns nachzeichneten und einem Mann den Verstand raubten. »Was hab ich für ein Glück.«

»Überspann den Bogen nicht.« In ihren braunen Augen tanzte ein Fünkchen Humor, was mir sehr gefiel.

Ich grinste, lud sie mit einer Handbewegung ein, auf dem Sofa Platz zu nehmen. »Du triffst dich nicht mit Mel?«

Sie setzte sich und schüttelte den Kopf. »Nope. Wir wollten ins Cooks's, aber Mel rief mich vorhin an, um abzusagen. Sie muss zu einer Entbindung.«

»Du klingst nicht sehr enttäuscht.«

Samantha lachte. »Ich hätte Mel gern getroffen, auch wenn ich kein Fan von Lobster bin. Aber du weißt ja —«

»Man kann meiner Schwester schlecht einen Wunsch abschlagen, wenn sie einen aus treuen blauen Augen ansieht«, vervollständigte ich ihren Satz gut gelaunt.

»Stimmt.« Samantha hielt meinen Blick, bevor meiner tiefer wanderte und an ihrem Shirt hängenblieb, das sich über der Wölbung ihrer Brüste spannte. Trug sie keinen BH?

Ich schluckte schwer. »Willst du – ich hole mir einen Drink. Was kann ich dir anbieten?«

Sam verflocht ihre Hände im Schoß wie eine verdammte Jungfrau, dabei sah sie so umwerfend und unschuldig zugleich aus, dass ihr Anblick mein Blut zum Kochen brachte. Meine Augen glitten über ihren flachen Bauch und die verlockende Kurve ihrer Hüfte bis hin zu ihren nackten Füßen mit den sorgfältig lackierten Nägeln. Mein Magen machte einen Satz. Oh, ja. Ich brauchte einen Drink. Pronto. Oder besser noch zwei oder drei. Um Distanz zwischen mich und diesen verführerischen Körper zu bringen, machte ich auf dem Absatz kehrt und floh Richtung Küche davon. »Ich genehmige mir einen Brandy«, rief ich ihr über meine Schulter hinweg zu, bemüht das verlangende Pochen meiner Lenden zu ignorieren.

»Ein Glas Weißwein für mich, bitte«, bat Sam. »Falls du welchen da hast!«

Als Antwort hob ich winkend eine Hand. In der Küche nahm ich eine angebrochene Flasche Chardonnay aus dem Kühlschrank. Ich füllte ein paar Eiswürfel aus dem Crusher in einen Tumbler und organisierte anschließend ein etwas angestaubt wirkendes Weinglas aus der Vitrine. Eigentlich müsste ich Samantha fortschicken, überlegte ich, mit dem Saum meines T-Shirts das Weinglas polierend. So weit weg wie möglich, am besten auf einen anderen Planeten, in ein fernes Universum. Denn ich hatte nur eins im Sinn. Sie zu verführen. Die Frau war unglaublich anziehend. Ich war mir nicht sicher, ob ich ihr noch länger widerstehen könnte. Es fiel mir zunehmend schwerer, die Finger von ihr zu lassen, so viel war klar. Auch wenn vor meinem geistigen Auge ein riesiges, unübersehbares, rot blinkendes Stoppschild aufblitzte, ich konnte kaum noch an etwas anderes denken, als an Samantha Carrigans anbetungswürdige Kurven. Aber in dieses Dilemma hatte ich mich mit der Einladung zu einem Kaminabend ja selbst hineinmanövriert. Idiot, Cole Walker. Du bist ein verdammter Idiot. Mit den Drinks in den Händen und den Kopf voller Grübeleien kehrte ich ins Wohnzimmer zurück.

Der flackernde Widerschein des Feuers schimmerte in Samanthas Schokoladenaugen, als sie den Blick hob und das Weinglas entgegennahm. »Danke, Cole.« Unsere Finger berührten sich flüchtig.

Ich ließ mich in meinen Ledersessel sinken und nahm einen kräftigen Schluck von meinem rauchigen Brandy. Und noch einen. Als ob der Alkohol dabei helfen könnte, meinen vor Verlangen trunkenen Verstand zu klären. Lächerlich. Einerseits bemühte ich mich, Samantha auf Abstand zu halten, andererseits nahm ich jede Gelegenheit wahr, Zeit mit ihr zu verbringen. Ich starrte in die bernsteinfunkelnde Flüssigkeit, in der das Eis leise knisterte, als läge dort die Antwort zu meinem Problem. Innerlich vor meinem Dilemma kapitulierend streckte ich meine Beine aus und lehnte mich mit geschlossenen Augen gegen das Polster zurück.

»Du hattest wohl einen harten Tag?« Ich konnte das leise Lächeln in Sams Stimme hören.

Ein Grinsen zuckte um meine Mundwinkel. »Kann man wohl sagen. Mal ehrlich, das Leben auf einer Yacht ist wirklich nicht einfach ...«

»Blödmann«, konterte sie gutmütig. »Von Arbeit scheinst du anscheinend nicht viel zu halten.«

»Im Gegenteil, Miss Carrigan«, gab ich zurück. »Ich vermute, dass mein Handy bald klingelt und ich nach New York gerufen werde. Dann ist mit dem süßen Leben Schluss.« Ich richtete mich auf und fing ihren Blick ein. Ich konnte nicht anders und ein wenig flirten war schließlich erlaubt: »Hey, Lust auf ein Tänzchen?«

»Ob ich Lust habe –?« Ihre braunen Augen weiteten sich.

»... mit mir zu tanzen, ja. Höchste Zeit, dass du in diesen Genuss kommst«, erwiderte ich in gespieltem Ernst. Ich schob meinen Schwenker auf das niedrige Beistelltischchen und sprang auf.

Sam lachte. »Du bist echt unmöglich. Aber ich glaube, das mit dem Tanzen lassen wir lieber mal.« Ich bemerkte, wie sie sich an ihrem Weinglas festhielt.

In bester Westernmanier baute ich mich mit den Daumen in die Gürtelschlaufen gehängt vor ihr auf und wippte auf den Fersen. »Angsthase.«

»Bin ich nicht. Ich hab einfach keine Lust.«

Ich hob eine Braue. »Komm schon. Nur ein bisschen tanzen. Ich hab ziemlich coole Musik da.«

Sie stellte das Weinglas auf den Couchtisch und straffte den Rücken. »Okay. Aber nur einen Tanz. Und jetzt lass mal sehen, was du so als coole Musik bezeichnest.«

Mir gefiel, dass sie die Herausforderung annahm. »Ich werde mich bemühen, mich wie ein Gentleman zu benehmen. Pfadfinderehrenwort«, sagte ich, mit zwei Fingern ein Zeichen machend, von dem ich annahm, dass es ein Versprechen bedeutete.

Sam lachte erneut. »Du warst bei den Pfadfindern? Das passt irgendwie nicht zu dir.«

»War ich auch nicht.« Ich schmunzelte. »Mom wollte zwar immer, dass ich mich den Angel's Cove Boyscouts anschließe, aber ich habe mich schlichtweg geweigert.« Ich strebte hinüber zum Regal, wo sich die Musikanlage befand. »Waren mir irgendwie zu – na ja, sagen wir, fromm.« Ich ging in die Hocke und begann, in meiner Musiksammlung zu kramen.

»Du bist wohl eher der rebellische Typ, was?«

Ich grinste in mich hinein. »Sweet Home Alabama?« Mit der linken Hand hielt ich eine CD hoch. »Tom Petty? Bruce Springsteen? Oder lieber mehr Richtung Country? Warte mal, ich hätte LeAnn Rimes zu bieten oder ganz klassisch Johnny Cash oder –«

»Hast du Crosby, Stills & Nash da?«

Ich drehte mich zu ihr um. »Oh, eine Lady mit einer Vorliebe für Folk! Aber klar, die Jungs hab ich auch hier.« Erneut stöberte ich in meiner Kiste und wurde schließlich fündig. »Hab ich eine Zeit lang auch gern gehört.«

»Und jetzt?«

Ich schaltete die Anlage an, legte die CD ein und stand auf. »Ich bin auf keine bestimmte Richtung festgelegt. Was gerade so im Radio läuft, höre ich mir an. Aber dem guten alten Rock gehört mein Herz.« Die sanften Klänge von Crosby, Stills & Nash erfüllten den Raum. Ich suchte Samanthas Blick und hielt ihn. »Und du? Auf was stehst du so, Samantha Carrigan?« Die Frage schwebte bedeutungsschwer im Raum.

Samantha

Mein Herz klopfte wie verrückt, als Cole mich in dieser speziellen Art und Weise ansah. So durchdringend, so intensiv, als würde er in mein tiefstes Inneres blicken. Die Arme vor der Brust verschränkend räusperte ich mich und verlagerte mein Gewicht. »Ich mag eigentlich alle möglichen Stilrichtungen. Aber bei Klavier- oder Gitarrenmusik werde ich schwach.«

»Gut zu wissen.« Ein verschmitztes Funkeln tanzte in seinen Augen. Er streckte eine Hand nach mir aus. »Komm, lass uns tanzen.«

Ein wenig widerstrebend legte ich meine Finger in seine warme kräftige Hand. Meine Haut prickelte unter der Berührung. Ich spürte die starke Spannung zwischen uns. Fast magisch. Es wäre besser, mich von Cole fernzuhalten. Er war eine Versuchung, der ich nicht nachgeben wollte, ja durfte. Aber ich hatte eingewilligt, mit ihm zu tanzen, und ich wollte kein Spielverderber sein. Wollte nicht als spießiges, verklemmtes Frauchen rüberkommen. Schließlich tat ich nichts Verbotenes, wenn ich mit einem Mann tanzte. Entschlossen reckte ich das Kinn und folgte Cole in die Mitte des Wohnzimmers, wo wir genügend Platz fanden, uns zu bewegen. Cole legte die Hände um meine Taille und zog mich an sich. Meine Handflächen fanden wie von selbst seine Brust. Durch den Stoff seines T-Shirts spürte ich, wie sich die Rundungen seiner harten Muskeln bewegten, und ich fühlte die Hitze, die sein Körper aussandte. Ein begehrlicher Schauder durchfuhr mich.

Cole suchte meinen Blick. »Siehst du? Ich bin ganz brav.« Das verheißungsvolle Funkeln in seinen Augen strafte seine Worte Lügen.

An dir ist nichts harmlos, Cole Walker. Ich brachte ein unverbindliches Lächeln zustande. Trotzdem gestattete ich mir, meine Wange an seine Brust zu legen. Ich schloss die Augen und inhalierte seinen Duft. Eine Mischung aus herbem, aromatischem Aftershave und frischgewaschener Wäsche sowie Coles eigenem, sehr männlichen Duft. Er roch verdammt gut. Ein Duft, der mein Herz schneller schlagen ließ und meine Sinne zum Vibrieren brachte. Ich genoss den leichten Druck seiner Finger um meine Mitte und verlor mich in der Bewegung unserer Körper, die sich im Gleichklang zu der sinnlichen Musik bewegten. Unsere Körper passten perfekt zueinander, ganz so als seien sie füreinander geschaffen. Himmel, es fühlte sich so gut an, Cole so nah zu sein. Am liebsten hätte ich die Zeit angehalten, um dieses kostbare Gefühl für immer zu bewahren. Ich brachte nicht die Kraft auf, mich zu wehren, als sich Coles Finger wie selbstverständlich unter den Bund meines Shirts arbeiteten, um in kleinen, sanften Kreisen meinen Rücken zu streicheln, so sehr war ich in unseren Tanz versunken. Sofort begann ein begehrliches Ziehen in meinem Bauch. »Cole, nicht«, protestierte ich halbherzig.

»Ich mache doch gar nichts«, murmelte er in mein Haar. Unbeirrt streichelte er mich weiter und versetzte mit seiner Berührung meine Haut in Flammen. Unvermittelt wanderte eine Hand an meiner Seite hinauf bis zu meinem Rippenbogen, bis sie am unteren Rand meines Seiden-BHs verharrte.

Ich hob den Blick. »Cole –«

»Hm?« In seiner Stimme schwang ein dunkles, verführerisches Timbre. Seine blauen Augen schimmerten in einem dunklen Violett. Ich glaubte, noch nie zuvor in so wunderschöne Augen geblickt zu haben.

»Wir sollten das hier nicht tun.«

Er neigte sich zu mir hinab und berührte meinen Mund sanft und zärtlich mit seinem. »Nein, sollten wir nicht.« Er lächelte an meinen Lippen.

Ich erzitterte, als ich seine Zunge spürte, die sanft, aber bestimmt meine Lippen teilte und in meine Mundhöhle glitt. Es war falsch, dass ich ihn gewähren ließ, doch in diesem Augenblick wünschte ich mir so sehr, dass er mich küsste, dass ich alle Gedanken, alle Zweifel und jegliche Moral von mir stieß und mich einfach nur dem Zauber des Moments hingab. Leise seufzend erwiderte ich das sinnliche, verführerische Spiel seiner Zunge. Er schmeckte göttlich. Herb und warm, und ich schmeckte den Brandy, den er getrunken hatte. In irgendeinem entfernten Winkel meines Bewusstseins registrierte ich, wie Coles Finger den Umriss meiner rechten Brust nachzeichneten und er sie schließlich mit sanftem Druck umschloss. Ein lustvoller Schauder erfasste mich und ließ Begehren zwischen meinen Schenkeln auflodern, als er mit dem Daumen über meine Brustspitze strich. Ein lustvolles Prickeln, wie von einem kleinen elektrischen Schlag, durchzuckte mich. Oh, was machte dieser Mann mit mir? Meine Knie verwandelten sich in Wackelpudding, während Cole mich durch den dünnen seidigen Stoff meines Büstenhalters streichelte und liebkoste. Und noch immer tat ich nichts, um ihn aufzuhalten. Mein Verstand hatte sich komplett verabschiedet und meinem Körper die Kontrolle überlassen. Die sexuelle Anziehung zwischen uns war stark und unwiderstehlich. Ich besaß nicht die Kraft, mich zu wehren. Vielleicht wollte ich es auch gar nicht. In diesem Augenblick zählten nur Cole und ich, und unser drängendes Verlangen, einander zu küssen und zu berühren. Ein süßer Schmerz zog durch meinen Unterleib, als ich Coles Härte spürte, die sich an meinen Bauch presste und mein eigenes Begehren spiegelte. Ich wollte diesen Mann. Wollte ihn um jeden Preis.

»Cole, ich ... ich will mit dir schlafen«, entfuhr es mir. Ich sollte ihn aufhalten, uns aufhalten. Aber verflixt, es fühlte sich so gut an, von ihm angefasst zu werden. Wann war ich das letzte Mal aus purer Lust und Verlangen berührt und zärtlich gestreichelt worden? Nicht pflichtbewusst und geistesabwesend, um eine Mission zu erfüllen. Entschlossen fegte ich den aufkommenden Gedanken an Ethan beiseite.

Cole löste sich von mir, um mir forschend ins Gesicht zu blicken. In seinen Augen lag ein gefährliches Glitzern. »Böses Mädchen. Willst du das wirklich?« Seine Finger lösten sich von meiner Brust. Spielerisch glitt sein Daumen über meine Unterlippe. »Verflucht böses Mädchen.« Erneut presste er seinen Unterleib an mich und ließ provozierend die Hüften kreisen. Sein Atem beschleunigte sich. Ihn derart erregt zu sehen und die Erkenntnis, dass er mich ebenso sehr begehrte, wie ich ihn, steigerte mein eigenes Verlangen. Ein hilfloses Zittern lief durch meinen Körper.

Mit dem Zeigefinger fuhr Cole eine Linie entlang der Kurve meiner Kehle hinunter bis zum Ansatz meiner

Brust, um dort winzige Kringel zu malen. »Du bist sündige Verlockung, Samantha Carrigan, weißt du das?«

Seine Liebkosung und seine geraunten Worte trieben meinen Puls weiter in die Höhe. »Cole, bitte –« Hatte ich schon jemals zuvor solch ein drängendes Verlangen verspürt, mit einem Mann zu schlafen?

»Ich will dich auch, Sam.« Coles blauer Blick brannte sich in die Tiefen meiner Seele. Das Blut in meinen Adern prickelte wie Champagner. »Hier und jetzt.«

Ich stieß einen kleinen Schrei der Überraschung aus, als er mich in seine Arme hob und hinüber zum Kamin trug. Meinem fragenden Blick begegnete er mit einem Lächeln.

»Hier. Genau hier vor dem Feuer will ich dich.« Der Widerschein des Feuers funkelte verheißungsvoll in seinen Augen. Ich bemerkte die winzigen Bartstoppel auf seinen Wangen, ebenso die kleinen Fältchen, die sich links und rechts von seinen verführerischen Lippen eingegraben hatten. Behutsam ließ er mich auf dem dicken flauschigen Teppich nieder. Mein Herz klopfte hart und schnell. Wollte er etwa hier ...? Im Wohnzimmer? Andererseits hatte ich schon immer davon geträumt, auf einem weichen Bärenfell vor einem knisternden Kaminfeuer Liebe zu machen.

»Cole, ich bin mir nicht sicher, ob wir das hier –« Ein allerletzter Versuch, das Unvermeidliche hinauszuziehen. Denn wir wussten beide, es würde passieren. Hier und jetzt.

»Lass mich dich ausziehen«, bat er ohne auf mein Zögern einzugehen. Sein glühender Blick, seine Stimme, rau vor Begehren, tief und dunkel wie reifer Whiskey, ließen mich innerlich zerschmelzen. Im Nu hatte er mich von meinem Shirt befreit und öffnete mit geschickten Händen den Verschluss meines BHs. Sanft schob er seine Finger unter die zarten Träger und ließ sie über meine Schultern gleiten. Lautlos fiel das Kleidungstück auf den dicken Teppich. »Nicht«, bat er und hinderte mich daran, meine Brüste mit den Armen zu bedecken. »Ich will dich ansehen.« Seine langen Finger umschlossen meine Handgelenke und hielten sie hinter meinem Rücken fest. »Du bist wunderschön, Samantha Carrigan.« Zärtlich zeichnete er mit dem Zeigefinger die Kontur meiner Brüste nach. Ich erschauerte unter seiner Berührung. Cole neigte sich mir zu. »Du willst es auch, nicht wahr?« Sein heißer Atem streifte mein Ohrläppchen, winzige Bartstoppel kratzen an meiner Wange. Mein Kopf fühlte sich seltsam leicht an, als hätte ich mehrere Gläser Champagner getrunken. Mir war, als würde ich schweben. Mein ganzes Sein schien erfüllt von Coles Gegenwart, seinem verlockenden, unwiderstehlichen, männlichen Duft. Ich fühlte den letzten Widerstand brechen. Mein Verstand sagte mir, ich sollte dies hier nicht tun. Aber das brennende Verlangen, mit Cole zu schlafen, war stärker als alle Vernunft.

»Ja«, seufzte ich, schloss kapitulierend die Lider und ließ den Kopf nach hinten sinken, sodass mein Haar meinen nackten Rücken berührte. »Ich will dich, Cole.«

»Gut. Ich wollte nur sichergehen.« Lächelnd hauchte er mir heiße, zärtliche Küsse aufs Schlüsselbein und liebkoste meine Kehle, während sich seine erfahrenen Hände meiner Brust widmeten. Verlangend drängte ich mich ihm entgegen und schob meine Finger in sein dunkles Haar, um seinen Kopf näher an mich zu ziehen. »Himmel, Cole, du bringst mich um.«

Ich hörte ihn leise lachen. »Das hatte ich eigentlich nicht geplant.« Bevor ich begriff, was er tat, berührte sein Mund eine meiner Brustspitzen. Zärtlich streichelte er mit seinen Lippen die zarte Haut, bevor er vorsichtig mit den Zähnen daran zupfte. Ich erschauerte aufs Neue und stieß einen Laut der Verzückung aus. »Cole –«

»Zu Ihren Diensten, Ma'am.«

Überrascht von meiner intensiven Reaktion, schloss ich für einen Moment die Lider. Ganz zu Beginn meiner Beziehung zu Ethan hatte mir der Sex Spaß gemacht. Es war spielerisch und aufregend im Bett, wir waren so verliebt. Danach schlich sich Gewohnheit ein, doch war es noch immer schön gewesen. Warm, vertraut. Erst in den letzten Monaten, als wir hauptsächlich nach Plan intim miteinander wurden, um das ersehnte Kind zu zeugen, hatte ich die Lust verloren. Es war mir unmöglich gewesen, Ethans wie einstudiert wirkende, mechanische Zärtlichkeiten zu genießen. Es schien, als hätten wir beide die Lust aneinander verloren. Miteinander zu schlafen war für uns lediglich Pflichterfüllung, das Mittel zum Zweck. Umso mehr zogen mir Coles sinnliche Streicheleinheiten nun den Boden unter den Füßen weg. Mein Körper sehnte sich nach seinen Liebkosungen wie eine Blumenblüte nach dem Sonnenlicht. Ich war wie ausgehungert. »Küss mich«, bat ich mit bebender Stimme. »Bitte küss mich, Cole Walker.«

Er ließ sich nicht lange bitten. Seine weichen, warmen Lippen legten sich auf meine. Behutsam knabberte er an meiner Unterlippe, bevor sich seine Zunge an meinen Zähnen vorbei in meinen Mund drängte. Wir küssten uns tief und leidenschaftlich, und meine Lust auf diesen Mann wuchs. Ich wollte, dass er Liebe mit mir machte, wollte ihn in mir spüren. Er musste mein brennendes Verlangen gefühlt haben, denn zwischen heißen, feuchten Küssen zerrte er sich das Shirt vom Leib und schälte sich aus seinen engen Jeans. Er trug eine nachtblau schimmernde Boxershorts, unter der sich eine deutliche Wölbung zeigte. Der Anblick von Coles nacktem Körper machte mich sprachlos. Zart gebräunte Haut, ein wohl definierter Oberkörper mit einem dunklen Flaum an Haaren auf der Brust, die sich zum Bauchnabel hin zu einem schmalen, verführerischen Strich verjüngten. Kräftige Oberarme und schmale Hüften. Und das Tattoo auf seiner Schulter. Ich biss mir auf die Unterlippe.

»Zieh mir die Shorts aus«, forderte er mit rauer Stimme, während sich sein Blick auf meine Lippen heftete.

Meine Finger zitterten, als ich ihm den seidenen Stoff über die schmalen Hüften zog. Dabei fühlte ich, wie mir heiße Röte bis zu den Haarwurzeln hochschoss. Plötzlich wurde ich mir wieder meiner eigenen Nacktheit bewusst. Verlegen schlang ich die Arme um meinen Oberkörper. Und plötzlich überkam mich die Furcht, ich könnte Coles Erwartungen nicht erfüllen. Meine sexuellen Erfahrungen waren eher bescheiden. Vor Ethan hatte es nur einen Mann in meinem Leben gegeben, Ty Jones, mein Date auf dem Abschlussball der Highschool. Diese unglückselige Nacht zählte zu den Erinnerungen, die ich gern in den hintersten Winkel meines Bewusstseins verbannte. Hoffentlich würden meine hausbackenen Kenntnisse Coles Ansprüchen genügen?

Seine Züge wurden weich. »Ich finde dich schön, Sam«, sagte er leise, als könnte er meine Gedanken lesen. »Ich begehre dich.« Er streckte die Hand nach mir aus. »Komm her. Ich möchte dich ganz dicht an mir fühlen.« Ich legte meine Finger in seine Hand und er zog mich an sich. Meine Brust berührte seinen Oberkörper. Haut an Haut. Herz an Herz. Mein eigenes klopfte zum Zerspringen schnell. Zärtlich strich Cole über meine Schultern, mein Dekolleté, meine Brüste. Seine Lippen verzogen sich zu einem leisen Lächeln, als ich seinen Blick suchte, einen Anker im Meer meiner verwirrenden Gefühle, um mich daran festzuhalten. Er küsste mich. Sanft. Zart. »Lass dich fallen, Sam.« Die Wärme des Feuers hüllte mich wohlig ein, genau wie Coles starke Arme, die mich umfingen, als er sich neben mich legte. Ich drehte mich ihm zu, sodass wir uns in die Augen sehen konnten. Eine Weile küssten und streichelten wir uns gegenseitig, bis ich dachte, ich würde die Spannung nicht mehr aushalten.

»Sam«, raunte er an meinen Lippen, während er sich fordernd an mich presste.

Ich stöhnte leise auf. Wieder vergrub ich meine Finger in seinem herrlich dichten Haar. Wir küssten uns, während seine Hände zu meinem Hintern glitten, um ihn zu liebkosen. Schließlich schob er sanft, aber bestimmt, ein Bein zwischen meine Schenkel. Erneut schloss ich die Augen und verlor mich in Coles zärtlicher Berührung, ließ mich tragen und treiben von den anschwellenden Wellen der Lust. Alles um mich herum zerschmolz in einem warmen, hellen Glühen. Mein

Körper brannte lichterloh. Am Rande nahm ich das leise Knistern des Kaminfeuers wahr und seinen angenehmen harzigen Pinienduft, mit dem es den Raum erfüllte. In der Glut der Leidenschaft gefangen verschmolzen wir miteinander zu einer Einheit. Nichts existierte mehr außer uns beiden auf dem dicken weichen Teppich im sanft flackernden Lichtschein des Kaminfeuers.

Einige Zeit später, während ich dem beruhigenden, kräftigen Schlagen von Coles Herz und dem leisen Knistern der Flammen lauschte, genoss ich das sanfte Streicheln seiner Finger, die durch mein Haar glitten. Und versuchte zu verstehen, was soeben geschehen war.

Durch das geöffnete Schlafzimmerfenster drang frühlingshaftes Vogelgezwitscher. Der zarte Vorhang bauschte sich leicht im Wind. Goldene Flecken aus Sonnenlicht tanzten an der Wand. Mich unter dem Laken rekelnd blickte ich mich um. Offensichtlich befand ich mich in Coles Schlafzimmer, dafür sprachen zumindest das breite robuste Eisenbett und die wenigen geschmackvollen Nussbaummöbel. Ein unverkennbar männlicher Touch. Langsam kroch die Erinnerung zurück. Ich musste gestern Abend vor dem Kaminfeuer eingeschlafen sein, denn als ich irgendwann schläfrig die Augen geöffnet hatte, lehnte mein Kopf gegen Coles Schulter und ich bemerkte, dass er mich durch den Flur trug. »Was ist los?«, murmelte ich mit Gliedern träge vor Glück und schwer wie Blei, während er mich in seinen Armen hielt.

»Shh … schlaf weiter«, hatte er leise erwidert und mir einen Kuss auf den Scheitel gedrückt.

Vermutlich war ich sofort wieder eingeschlafen und hatte ohne Unterbrechung bis zum Morgen durchgeschlafen. Meine Gedanken drifteten zur vergangenen Nacht zurück, und ich dachte daran, wie leidenschaftlich Cole und ich uns geliebt hatten. Noch nie hatte mich ein Mann so zärtlich berührt, so gestreichelt und derart in Erregung versetzt. Ich hatte etwas Wunderbares genossen und sehnte mich danach, es noch einmal zu erleben. Ich sehnte mich danach, mit Cole zu schlafen. Mein Herz schlug unwillkürlich höher, als ich ihn neben mir erblickte. Seine Augen waren geschlossen, sein Brustkorb hob und senkte sich in gleichmäßigen Atemzügen. Einen Arm hielt er über den Kopf angewinkelt. Er wirkte jung, fast verletzlich. Eine widerspenstige Haarsträhne fiel ihm in die Stirn, und ich widerstand dem Impuls, sie ihm zärtlich aus dem Gesicht zu streichen. Auf seinen Wangen lag ein Bartschatten, der seine dunkle Attraktivität unterstrich. Ich konnte nicht widerstehen. Behutsam rutschte ich näher an ihn heran, und erfüllt von einem intensiven, warmen Nachglühen unserer Liebesnacht legte ich meine Lippen auf die Kuhle zwischen seiner Schulter und dem Hals und küsste ihn. Seine Haut duftete herb, sie schmeckte süß und salzig zugleich, verführerisch wie dunkler würziger Honig. Ich stützte meinen Kopf in die Hand, um Cole zu betrachten. Stundenlang hätte ich so daliegen und diesen verführerischen Anblick genießen können. Als ob er meine Blicke spürte, öffnete er die Augen, in deren verträumten Blau ich sofort versank. »Guten Morgen, Mr. Walker.«

Cole gähnte ungeniert. Mit seinem zerzausten Haar und dem Bartschatten, der ihn verwegen wirken ließ, sah er selbst dabei so unverschämt attraktiv aus, dass das Kribbeln in meinem Bauch erneut begann. »Hey, Samantha. Gut geschlafen?«

Mein Blick blieb an seinen Lippen hängen und ich erinnerte mich daran, wie wir uns gestern geküsst hatten. Wie es sich angefühlt hatte, seine Zunge in meinem Mund zu spüren, seine sanft knabbernden Zähne an meiner Unterlippe ...

»Sam? Alles okay?«

»Was?« Ich riss mich zusammen. »Ja, klar. Ich habe wunderbar geschlafen.«

Erneut gähnte er und schob sich anschließend alle zehn Finger durchs Haar – eine Angewohnheit von ihm, die mir inzwischen vertraut war. Ein Lächeln huschte über mein Gesicht. Fasziniert beobachtete ich das Spiel seiner Muskeln unter der gebräunten Haut seiner Oberarme und die eine widerspenstige Haarsträhne, die ihm in die Stirn zurückfiel. Ich fühlte ein intensives Gefühl der Zärtlichkeit für ihn aufsteigen. Etwas, das von meinem tiefsten Inneren Besitz nahm und meinen ganzen Körper erwärmte. Die Erkenntnis traf mich so unvermittelt wie ein überraschender Faustschlag in die Magengrube. Mein Herz setzte eine Sekunde lang aus, bevor es wie ein junges Fohlen auf der Koppel weitergaloppierte.

»Sam, bist du sicher, dass alles in Ordnung ist?« Cole rieb sich über die bartstoppelige Kinnpartie. »Du wirkst gerade, als hättest du einen Geist gesehen.«

Mir wurde glühendheiß unter seinem prüfenden Blick. »Alles bestens«, erwiderte ich rasch, während ich mich bemühte, es zu begreifen. »Wie fühlst du dich?«

»Könnte nicht besser sein. Ich hab wie ein Baby geschlafen. Kein Wunder, nachdem wir uns so verausgabt hatten.« Er bedachte mich mit einem frechen anzüglichen Grinsen, schlug das Laken zurück und schickte sich an, aufzustehen. »Käffchen?«

»Warte.« Geh nicht. Wir müssen reden. Ich berührte flüchtig seine Hand.

Er verharrte auf der Bettkante und blickte mich verwundert aus seinen blauen Augen an. Mein Herz hüpfte und stolperte in meiner Brust wie das eines liebeskranken Teenagers. »Geh nicht. Noch nicht«, bat ich ihn. »Ich will dich –« Hilflos brach ich ab. Verdammt, was wollte ich eigentlich? Wollte ich lediglich noch einmal mit ihm schlafen? Zum Abschied sozusagen? Oder ihm meine Gefühle gestehen? In mir tobte ein wahrer Sturm an widersprüchlichen Emotionen. Ich brachte kein Wort über die Lippen. Vielleicht weil ich ahnte, dass es keinen Sinn haben würde, mich ihm zu offenbaren. Hatten er und Melissa mir nicht deutlich gemacht, dass er kein Mann für eine Liebesbeziehung war? Und außerdem – ich war ja vollkommen verrückt. Ich hatte einen Ehemann. Ich hatte nicht das Recht, etwas von Cole zu erwarten oder mit einem überstürzten Geständnis sein Leben durcheinanderzubringen. Vielmehr sollte ich endlich mein eigenes Beziehungschaos ordnen. »Können wir im Bett bleiben und kuscheln?« Samantha, du kleiner Feigling. Ich verdrängte die bösartige kleine Stimme.

»Kuscheln?« Das warme Leuchten in Coles Augen verschwand. Er sah mich an, als hätte ich ihm gerade vorgeschlagen, splitterfasernackt in seiner Einfahrt Ballett zu tanzen.

Ich setzte mich auf und zerrte das Laken vor meine nackte Brust, als müsste ich etwas vor Cole verbergen, was er nicht längst schon gesehen hätte. Irgendwie war ich plötzlich schrecklich verlegen in seiner Gegenwart. Ich zuckte mit einer Schulter und warf ihm einen Blick unter meinen Wimpern hervor. »Ja. Das wäre schön.«

Für den Bruchteil einer Sekunde sah ich eine Vielzahl an Emotionen über sein Gesicht huschen, die ich nicht deuten konnte. »Okay«, entgegnete er schließlich flach.

Wow. Ebenso gut hätte er mir einen Eimer Eiswasser über den Kopf schütten können. Musste ich jetzt auf die Knie fallen und ihm danken? »Du hörst dich nicht sonderlich begeistert an.« Ich konnte nicht verhindern, dass ich leicht verschnupft klang.

»Unsinn.« Er hüpfte zurück ins Bett, hob das Laken an und legte sich zu mir.

»Cole –«

»Sei still.« Mit zwei Fingern hob er sacht mein Kinn und verschloss meine Lippen mit einem Kuss. Seufzend ergab ich mich.

Anschließend lag ich in Coles Arme geschmiegt, meine Wange an seiner Brust und lauschte seinem Herzschlag. Ich genoss es, mit ihm hier zu liegen und ihm nahe zu sein, aber ich wünschte mir so sehr, wir würden uns wieder lieben. Und dass er mir sagen würde, dass er sich auch in mich verliebt hätte. Doch wohin würde das führen? Ein Geständnis von Cole würde meine Eheprobleme auch nicht lösen. Nachdenklich zeichnete ich mit dem Zeigefinger die verführerische Kurve eines Brustmuskels nach und verharrte in dem samtigen Dreieck der dunklen Haare. Verflixt, ich konnte diesem Mann nicht widerstehen. Ich wollte mit ihm schlafen. Wieder und wieder. Zärtlich küsste ich seine Brust, ließ spielerisch meine Lippen darüber gleiten. Gleichzeitig strich ich mit einer Hand seinen durchtrainierten Bauch entlang, spürte die harten Muskeln, und wie sie vibrierten, als meine Finger entlang des Bunds seiner Boxershorts glitten. Neu erwachte Leidenschaft ließ mich erwartungsvoll erzittern. Ich wollte Cole verführen. Wollte, dass er mich ebenso begehrte wie ich ihn. Sich nach mir verzehrte, so wie er es am Abend zuvor getan hatte. Er knurrte leise, als ich den Stoff dehnte, um meine Finger in seine Hose zu schieben.

»Du bringst mich um den Verstand, Sam.« Blitzschnell packte er mein Handgelenk und hielt es fest.

Ich hob den Blick. »Ist das gut oder schlecht?« Mein Grinsen erstarb und mein Herz klopfte schrecklich schnell, als sich Coles Blick verdüsterte.

»Hör auf, Sam. Bitte.« Seine Stimme klang gepresst.

Schamesröte stieg mir ins Gesicht. Irritiert zog ich meine Hand zurück. »Hab ich etwas falsch gemacht?« Ein schmerzhafter Stich fuhr durch meine Brust.

Cole blieb mir eine Antwort schuldig. Wortlos nahm er mein Gesicht in beide Hände und küsste mich. Es war ein Kuss, der die Schmetterlinge in meinem Bauch zum Flattern brachte und mich nach mehr sehnen ließ. Er küsste mich lange und unendlich zärtlich. Aber es blieb bei diesem einen Kuss. Es war ein Kuss, der keine Folgen hatte. Als ich später, sehr viel später über diesen Kuss nachdachte, wurde mir bewusst, dass es ein Abschiedskuss gewesen war.

Kapitel 8

Cole

Die wummernden Bässe trafen meine Magengrube wie Maschinengewehrsalven, bevor sie zum Echo meines eigenen Herzschlags wurden. In der überfüllten Bar herrschte wie üblich Gedränge. Mühsam bahnte ich mir einen Weg zur Theke, wo ich einen freiwerdenden Hocker ergatterte, und schob meinen Hintern darauf. Bei der säuerlich dreinblickenden Bardame bestellte ich ein Guinness. Wo zum Henker war Amber, die hier sonst die Stellung hielt? Mit Amber hätte ich jetzt quatschen können. Amber kannte meine ganze beschissene Geschichte und sie hatte immer ein offenes Ohr und ein nettes Lächeln für mich übrig, wenn ich in meiner Lieblingskneipe auftauchte. Während ich auf mein Bier wartete, bemühte ich mich verzweifelt, das Gedankenkarussell in meinem Hirn abzuschalten. Verdammt. Ich hatte Mist gebaut. Es war genau das passiert, was ich eigentlich hatte vermeiden wollen. Ich hatte eine Frau zu nah an mich herangelassen. Wie zum Teufel hatte es nur so weit kommen können? Frustriert stützte ich die Ellenbogen auf dem Tresen ab und fuhr mir mit allen zehn Fingern durchs Haar. Als mich jemand im Vorbeigehen anrempelte, fuhr ich genervt herum.

»Pass doch auf, Idiot.«

»Sorry.« Ein Kerl in einem grauen T-Shirt mit Linkin-Park-Aufdruck und einem Glas Bier in der Hand hob in einer Geste der Entschuldigung die Hände.

»Tut mir leid«, räumte ich rasch ein, bevor sich der junge Mann kopfschüttelnd entfernte. Normalerweise war ich nicht so ein Stinkstiefel. Das Hard Rock quoll immer über, unfreiwilliger Körperkontakt und ohrenbetäubender Lärm gehörten einfach dazu. Es hatte mich noch nie gestört. Aber in diesem Augenblick waren meine Nerven zum Zerreißen gespannt, ich war gereizt und müde, konnte keinen klaren Gedanken fassen. Ich bekam Sam einfach nicht aus meinem verdammten Schädel. Wenn ich an den aufflackernden Ausdruck der Überraschung und der Enttäuschung in ihren schönen braunen Augen dachte, wurde mir richtig schlecht. Es hatte all meiner Willenskraft bedurft, sie abzuweisen. Mir war klar, ich hatte sie verletzt. Sie hatte mich zum Sex verführen wollen, genau so wie ich es am Abend zuvor getan hatte, und ich hatte sie von mir gestoßen. Aber was zum Henker hätte ich denn tun sollen? Den unvermeidlichen Abschied hinauszögern? Es uns unnötig schwermachen? Es wäre ein Fehler gewesen, noch einmal mit ihr zu schlafen. Unkomplizierter, unbedeutender, flüchtiger Sex ohne emotionale Verwicklungen, das war es, was ich praktizierte. Und da machte ich keine Ausnahme. Auch nicht, ja schon gar nicht, wenn ich die Frau gern hatte. Ich verdrängte Samanthas Bild aus meinem Kopf. Seit ich heute früh das Haus verlassen hatte, vermied ich es zurückzukehren. Ich scheute die Konfrontation mit ihr. Vielleicht weil ich ahnte, wie unglaublich schwer es mir fallen würde, sie erneut zurückzuweisen, wenn sie mich mit diesen sanften braunen Augen ansah. Zur Hölle, wo hatte ich mich da nur hineingeritten?

»Sir? Ihr Guinness.« Die Spröde knallte mir mein Bier vor die Nase.

Ich neigte mich vor, um ihren Namen auf dem Plastikschild auf der Brusttasche ihrer Bluse zu entziffern, und zog die Stirn kraus. »Ist Amber nicht da, Hayley?«

Hayley streifte mich mit einem leicht gereizten Blick. »Wieso, gibt's ein Problem?«

Ich zwang mich zu einem höflichen Lächeln. »Amber und ich sind gute Bekannte. Ich hab mich nur gefragt, warum sie nicht hier ist.«

»Amber hat die nächsten Tage frei, irgendwas Privates. Ich springe für sie ein.« Hayley taxierte mich mit abschätzigem Blick. »Kann ich sonst noch was für dich tun?«

Ja, setz deinen Hintern in Bewegung und nerve jemand anderen. »Nope. Danke.« Ich sah ihrer hageren Kehrseite hinterher, während ich an meinem Bier nippte. Schade, ein wenig Zeit in Ambers angenehmer Gesellschaft hätte mir jetzt gut getan. Vielleicht hätte sie sogar einen Rat für mich gehabt. Mit Melissa konnte ich unmöglich über Sam reden. Meine Schwester würde mich um einen Kopf kürzer machen. Sie hatte mich ausdrücklich gewarnt, die Finger von ihrer verheirateten Freundin zu lassen. Ich war ein Mistkerl. Ein hormongesteuerter Idiot, der einer hübschen Frau nicht widerstehen konnte. Verflucht. Erneut hob ich mein Glas an die Lippen und nahm einen großzügigen Schluck. Und noch einen. Versuchte, Samanthas Bild durch das normalerweise verlässliche Rezept von Bier und lauter Musik loszuwerden. Leider ohne Erfolg. Ich sehnte mich nach Sam. Nach ihrem hellen Lachen, den tausend Sommersprossen auf ihrer Nase, ihrem Körper, ihrem Duft. Ich sehnte mich so heftig nach ihr, dass es sich anfühlte, als ob ein verdammter Felsklotz von der Größe Marylands in meiner Brust hockte. Sam war süß, liebenswert, clever. Und sehr reizvoll. Hätte ich sie irgendwann früher getroffen, vor Amy, hätte ich mir durchaus vorstellen können, dass aus uns mehr hätte werden können. Die Intensität meiner Gefühle überraschte mich. Ich rieb mit den Knöcheln über meine Bartstoppel. Nicht einmal rasiert hatte ich mich, so eilig hatte ich es gehabt, heute früh die Haustür hinter mir zu schließen. Ich hatte mit dem Feuer gespielt und mich verbrannt. Deshalb musste ich diese Frau aus meinem Hirn verbannen. Aus meinem System. Ich musste Samantha vergessen. Und dazu war mir jedes Mittel recht, insbesondere, wenn es – wie ich soeben erfreut feststellte – auf langen schlanken Beinen, die in sündhaft hohen High Heels endeten, meinen Weg kreuzte. »Hey, Sherry!« Ich hob mein Bierglas, um die Brünette am anderen Ende des halbmondförmigen Tresens auf mich aufmerksam zu machen.

Ein kokettes Lächeln glitt über Sherrys exotische Züge, als sie mich entdeckte. Mit einem Proseccoglas in der Hand steuerte sie auf mich zu. »Hey, Cowboy, so allein?« Sie überkreuzte ihre Arme, um ihr ausladendes Dekolleté in Szene zu setzen, mit dem ich schon einmal ausführlich Bekanntschaft hatte machen dürfen. Danke Schicksal. Genau das, was der Doc jetzt verordnen würde.

Benommen öffnete ich die Augen und bemühte mich, meine in einem Nebel von Restalkohol und Kopfschmerzen schwimmenden Gedanken zu ordnen. Ich starrte an die Zimmerdecke, wo sich direkt über mir mit einem beständigen, nervtötenden Quietschen die Rotorblätter eines Ventilators drehten. Wo zum Henker war ich gelandet? Stöhnend drehte ich den Kopf. Sherry. Heiliges Kanonenrohr. Was tat ich in Sherry Merryweathers mit Brokat- und Blümchenkissen überladenem Bett? Ich schoss hoch, um gleich darauf wieder fluchend in die nach Rosenblüten duftenden Laken zurückzusinken. Ein stechender, bohrender Schmerz fuhr mir durch den Kopf. Ich versuchte, mich an Einzelheiten des gestrigen Abends zu erinnern, der nach reichlichem Alkoholkonsum offensichtlich in Sherrys Bett geendet hatte. Aber wer zur Hölle konnte schon klar denken, wenn einem ein verdammter Güterzug durch den Schädel brauste? Hatten Sherry und ich ...? Mit einem mulmigen Gefühl der Vorahnung schob ich meine rechte Hand unter die Decke und ließ sie meinen Bauch entlang hinabgleiten. Wir hatten. Dumm nur, dass ich mich nicht wirklich daran erinnern konnte. Ich musste ganz schön gebechert haben.

»Hey, guten Morgen, mein Schöner, wie hast du geschlafen?« Sherrys markante Reibeisenstimme spaltete mir fast das Hirn. Eine Grimasse ziehend hob ich abwehrend eine Hand, um sie zum Schweigen zu bringen, doch sie drückte mir einen feuchten Kuss auf den Mund und plapperte munter weiter. »Da hat wohl jemand einen gewaltigen Brummschädel, was?«

»Kondom?«, krächzte ich.

Sherry lachte leise. Sie verstand sofort, was ich meinte. »Keine Sorge, Cowboy. Hab an alles gedacht.« Mit einem Finger zeichnete sie eine Schlangenlinie auf meiner Brust.

Dem Himmel sei Dank! Erleichterung überfiel mich, die allerdings rasch einer jähen, unerträglichen Hitze wich. Unsanft schob ich Sherrys Hand von mir, denn schlagartig wurde mir bewusst, dass Sam und ich nicht verhütet hatten. Im Taumel der Leidenschaft hatte ich nicht daran gedacht. Verflucht, war ich denn völlig von Sinnen? Mein Herz vollführte ein paar wilde Schläge gegen meine Rippen. Ich konnte nur hoffen, dass es nicht die gefährliche Zeit in ihrem Zyklus war. Vielleicht verhütete sie auch. Sie sagte, sie wüsste nicht, ob sie ihren Mann noch liebte. Nicht wortwörtlich, aber etwas in dieser Art hatte sie geäußert. Also könnte es durchaus sein, dass sie sich schützte. Knurrend stieß ich einen heiseren Laut aus. Grundgütiger, Cole Walker. Setz das nächste Mal einfach deinen Verstand ein, wenn du einer Frau an die Wäsche gehst!

»Hab mich ehrlich gesagt gewundert, dass du noch fähig warst, eine Nummer zu schieben, angesichts der vielen Drinks, die du intus hattest«, fuhr Sherry unbekümmert fort.

Erneut stöhnte ich auf. Halt die Klappe, Sherry. Halt einfach die Klappe.

»Na ja, ein bisschen Hilfe hast du schon benötigt.« Sie konnte ihre Finger nicht von mir lassen. Provozierend umrandete sie eine meiner Brustwarzen. »Aber dann hat doch alles so funktioniert, wie es sollte.« Wieder lachte sie leise an meinem Ohr. »Und es war gar nicht mal übel.«

Der penetrante Geruch ihres nach orientalischen Blüten stinkenden Parfums verursachte mir Brechreiz. Als auch noch ihre Hand zielstrebig meinen Oberkörper hinabglitt, um dem schmalen Haarstrich von meinem Bauchnabel abwärts zu folgen, machte ich Anstalten, mich zu erheben. Nichts wie weg, dachte ich, musste jedoch aufgeben, weil sich das Zimmer um mich herum in einem kreiselnden Wirbel drehte. Der schale Geschmack in meinem Mund brachte das Fass beinahe zum Überlaufen. »Oh Gott«, entfuhr es mir. Ich schloss die Lider und legte meinen Unterarm über meine mit einem leichten Schweißfilm benetzte Stirn, um das grelle Tageslicht abzudämpfen.

Sherry drückte mir einen Kuss auf die Brust. »Bleib liegen, Cowboy. Ich mach uns erstmal einen starken Kaffee.«

Samantha

Mit hochgezogenen Knien kauerte ich am Küchentisch, einen Becher dampfend heißen Kaffees und mein Smartphone vor mir. Irgendwie hatte ich den gestrigen Tag überstanden. Hatte versucht, so gut es ging, mich abzulenken und mir eingeredet, Coles Verschwinden hätte nichts mit unserer gemeinsamen Nacht zu tun. Ich hatte Melissa angerufen und gefragt, ob sie Lust hätte, mit mir einen Bummel durch den Ort zu machen, doch Melissa war zu einer schwierigen Entbindung gerufen worden, die fast den ganzen Tag angedauert hatte. So hatte ich mich mit meinem Roman auf die Verandaschaukel gesetzt und ein paar Seiten gelesen. Doch nach einer Weile hielt mich nichts mehr in dem stillen, leeren Haus. Ich hatte mich ins Auto gesetzt, um die Küste entlang ohne Ziel Richtung Süden zu fahren. Irgendwo in einem Café am Highway bestellte ich mir ein Käse-Thunfisch-Sandwich, das ich mit einem eisgekühlten Glas Mountain Dew herunterspülte. Während ich aß, ließ ich die Nacht mit Cole noch einmal Revue passieren, und mein Herz zog sich schmerzhaft zusammen. Ich hatte mich ihm so nah gefühlt, so verbunden. Es war nicht nur der unglaublich gute Sex gewesen, der mich umgehauen hatte, sondern auch dieses Gefühl der Geborgenheit und Sicherheit, das ich in seinen Armen erfahren hatte. Es hatte sich so natürlich angefühlt, ihn zu lieben. Aufregend und neu, aber auch eigentümlich vertraut. Eine Art Heimkommen. Als würden wir uns schon ewig kennen. Als wären wir füreinander geschaffen. Ich verdrängte den Gedanken und sah aus dem schmuddeligen kleinen Fenster, aber für die schroffe Schönheit der zerklüfteten, dichtbewaldeten Küstenlandschaft hatte ich keinen Sinn. Nach einem kurzen lustlosen Spaziergang auf einer Landzunge, an deren Ende ein Leuchtturm in den blassblauen Himmel ragte, machte ich mich schließlich wieder auf den Rückweg nach Angel's Cove. Als ich in die Ocean View Lane einbog, hoffte ich insgeheim, Coles Land Rover in der Einfahrt zu entdecken, doch der Platz vor der Garage war noch immer leer. Auch im Haus ließ nichts darauf schließen, dass Melissas Bruder zwischenzeitlich hier gewesen wäre. Mein Herz machte einen erwartungsvollen Satz, als das Smartphone in meiner Hosentasche vibrierte, aber dann fiel mir ein, dass Cole gar nicht meine Handynummer besaß. Ein Blick aufs Display zeigte mir, dass eine kurze Nachricht von Ethan eingegangen war, in der er mich wissen ließ, dass er sich wieder zu Hause in Chicago befände. Seine anschließende Frage nach meiner Rückkehr ließ ich unbeantwortet.

Nach einer unruhigen Nacht, in der ich mich in meinem Bett hin und her gewälzt hatte, weil es mir nicht gelingen wollte, das Gedankenkarussell abzustellen, saß ich also nun mit meinem Kaffee brütend am Küchentisch. Wo steckte Cole eigentlich? Mir war bewusst, dass er mir keine Rechenschaft schuldig war. Dass er tun und lassen konnte, wie es ihm beliebte. Dennoch störte es mich, dass er so sang- und klanglos verschwunden war. Und Ethan – was sollte ich ihm am Telefon sagen? Wie sollte ich ihm gegenübertreten? Überrascht stellte ich fest, dass ich keine große Lust verspürte, ihn zu sehen. Irgendwie schien meine Wut auf ihn verbraucht zu sein und der Groll war einer gewissen Gleichgültigkeit gewichen. Zwar verspürte ich angesichts seines Verhaltens noch immer Enttäuschung, aber es war mehr die Art von Ernüchterung, die man mit einem tiefen Seufzen und einem Achselzucken abtat. Verwundert schob ich diese neue Erkenntnis beiseite. Ich hob meine Tasse an die Lippen und trank meinen Kaffee aus. Ich musste dringend mit Melissa sprechen, sonst würde ich noch verrückt werden. Kurz entschlossen griff ich nach meinem Smartphone. Angespannt hielt ich den Atem an und wartete darauf, dass Melissa meinen Anruf entgegennahm. Ich setzte mich kerzengerade auf, als sie sich meldete, und fiel gleich mit der Tür ins Haus.

»Entschuldige Mel, ich hoffe, ich hab dich nicht geweckt. Ich weiß, es ist viel verlangt, aber könntest du vielleicht vorbeikommen?« Mein schuldbewusster Blick heftete sich auf die Küchenuhr neben der Spüle. Sechs Uhr dreißig. Es war verdammt früh, aber meine Nerven lagen blank.

»Ist etwas passiert?« Melissa klang alarmiert.

»Nein, nein.« Ich hoffte es jedenfalls. »Aber – ich muss dich unbedingt sehen. Bitte.« Verzweifelt nagte ich an meiner Unterlippe, nicht sicher ob ich mit Mel über das, was vorgefallen war, reden sollte. Schließlich hatte sie mich davor gewarnt, mich mit Cole einzulassen. Doch Melissa war der einzige Mensch, den ich hier kannte. Mich plagten Schuldgefühle wegen Ethan. Ich war verwirrt. Verletzt. Und fühlte mich schrecklich allein. »Bitte Mel«, setzte ich leise nach. »Ich brauche dich.«

Einen Moment herrschte Stille in der Leitung. »Okay, Sam, lass mich schnell ein paar Klamotten überwerfen, ich bin in ein paar Minuten bei dir, ja?«

Tiefe Erleichterung durchströmte mich, als ich ihre Worte hörte. Ich brauchte jetzt einen lieben Menschen um mich. Seit meiner Teenagerzeit war ich nicht mehr so durcheinander gewesen.

Etwa fünfzehn Minuten später klopfte es forsch an der Haustür. »Mel, du bist so ein Schatz.« Ich fiel meiner Freundin in die Arme. Sie tätschelte meinen Rücken und löste sich dann sanft von mir, um vor meiner Nase mit einer braunen Papiertüte zu wedeln.

»Machst du einen Kaffee? Ich hab uns was Süßes mitgebracht. Ich brauch jetzt erst mal meinen morgendlichen Zuckerschock, damit ich funktionieren kann.«

»Danke, das ist lieb.« Ich nahm ihr die Tüte ab, aus der ein verlockender Duft nach frischem Backwerk strömte. Melissa sah müde aus, fand ich. Sie hatte sich nicht einmal die Mühe gemacht, einen Zopf zu flechten. Unter ihrem Beanie trug sie das lange Haar offen, und ihre Füße steckten in pinkfarbenen Crocs. Mich überfiel prompt das schlechte Gewissen. »Ich hab dich geweckt, stimmt's?« Zerknirscht sah ich sie an.

Sie winkte ab. »Kein Problem. Mein erster Termin ist heute zwar erst um halb elf, aber es kann durchaus sein, dass mich vorher ein Notfall erreicht.« Sie grinste. »Mach dir keinen Kopf. Aber jetzt brauch ich erst mal Kaffee.«

»Den sollst du bekommen.« Wir gingen in die Küche, wo ich vor einigen Minuten in weiser Voraussicht die Maschine mit frischen Bohnen gefüttert hatte. Ich schenkte ihr eine großzügige Tasse ein, die ich ihr reichte, nachdem sie sich auf einen Stuhl fallen gelassen hatte.

»Danke, Sammy.« Genüsslich schloss sie die Augen und probierte. »Ah, kein Vergleich zu dem schrecklichen Gebräu, das mir mein Herr Bruder immer kredenzt.«

Mein Stichwort. Ich zog mir einen Stuhl heran und kam ohne Umschweife zur Sache. »Cole ist letzte Nacht nicht nach Hause gekommen, Mel.«

Melissa schob mir die Papiertüte zu. »Bediene dich, Sam. Vanillecremedonuts. Mit bunten Streuseln auf der Zuckerglasur, genauso, wie du sie magst.«

Ich schüttelte den Kopf. »Nein, danke, lass nur. Melissa, hörst du mir eigentlich zu?«

Unbekümmert fischte Melissa nach einem der zuckergussüberzogenen Ringe und biss mit sichtlichem Appetit hinein. »Mhhh ... göttlich. Also, von vorne bitte. Jetzt hat mein Hirn genug Energie, um zu funktionieren.« Sie grinste mich breit an und wieder einmal haute mich das strahlende Blau ihrer schönen Augen um, das mich so sehr an Coles erinnerte.

»Cole, also dein Bruder«, stammelte ich, »ist letzte Nacht nicht nach Hause gekommen.« Sehr intelligent. Als ob Melissa nicht wüsste, wer ihr Bruder war.

»Hm.« Melissa biss ein weiteres Mal ab und kaute nachdenklich. Oder zumindest wirkte es so.

Liebe Güte, Mel. Sag doch etwas. Irgendetwas. Nervös verflocht ich meine Finger in meinem Schoß.

»Mel, hast du gehört? Ich hoffe, ihm ist nichts passiert.« Ich verfluchte das leichte Schwanken in meiner Stimme.

Melissa heftete ihren Blick prüfend auf mich. Sie legte ihren angenagten Donut auf den Tisch. »Wieso sollte ihm etwas passiert sein?«

Ich sah ihr in die Augen und in dem Moment wusste ich, dass ich es ihr besser nicht erzählen sollte. Ich schämte mich und außerdem wollte ich nicht Gefahr laufen, meine Freundin zu verlieren. Nicht jetzt, wo wir wieder zueinandergefunden hatten. Schon einmal hatte uns ein Mann entzweit. Ein zweites Mal würde dies nicht geschehen. Ich sprang auf und um meine Hände zu beschäftigen, schnappte ich mir das Küchenhandtuch, das zerknüllt neben der Spüle lag, und fing an es zusammenzufalten. »Ach weißt du, ich frage mich nur, weshalb er nicht heimgekommen ist. Er war schon gestern den ganzen Tag verschwunden. Nicht, dass es mich etwas anginge«, fügte ich rasch hinzu und zwang mich zu einem Lachen. »Und als ich heute Morgen aufstand, stand sein Land Rover nicht vor der Garage. Ich glaube, er hat gar nicht hier geschlafen –« Die letzten Worte schwebten bedeutungsschwer durch die Luft.

»Ist irgendetwas vorgefallen? Habt ihr euch gestritten?«

»Gestritten? Natürlich nicht!« Wieder lachte ich. Selbst in meinen Ohren klang es unnatürlich und schrill. »Ich mache mir einfach Sorgen, weil er mir gegenüber nicht erwähnte, dass er fortbleiben würde. Und du bist seine – vielleicht weißt du ja –« Ich verhaspelte mich. »Schließlich bist du seine Schwester.« Mist. Was redete ich nur für einen Stuss.

Melissa leckte sich in aller Seelenruhe den Zuckerguss von ihren Fingern und zupfte sich ein langes dunkles Haar von der Wange. »Du musst dir keine Sorgen machen, Sam. Cole hat die vergangene Nacht anscheinend mit einer alten Bekannten verbracht. Betty vom Donut-Laden hat mir vorhin brühwarm erzählt, wie sie ihn zusammen mit Sherry Merryweather in deren Haus verschwinden sah. Betty wohnt schräg gegenüber und ihrem wachsamen Auge entgeht nichts. Also mach dir keine Gedanken, mein Bruder hat nur wieder einmal einem Paar hübscher Brüste und einem verlockenden Hintern nicht widerstehen können.«

Das Handtuch, das ich so sorgfältig zusammengelegt hatte, glitt mir aus der Hand und drapierte sich auf den Steinfliesen zu meinen Füßen. Ich bückte mich danach. »Ach so, dann ist ja gut.« Meine Wangen wurden heiß.

»Sam?«

»Hm?« Verzweifelt blinzelte ich das sich mir aufdrängende Bild von Cole mit einer umwerfenden, nackten Frau im Bett fort, während ich mich langsam aufrichtete, und beschäftigte mich erneut mit dem dummen Handtuch.

»Alles in Ordnung?« Melissa zog ihre Brauen zusammen.

Ich brachte ein gequältes Lächeln zustande. »Alles okay, Mel.«

»Ist es das wirklich? Du wirkst irgendwie, als seist du durch den Wind.« Melissas Stimme klang sanft.

»Nein, alles prima.« Ich nickte. Vielleicht eine Spur zu heftig, um überzeugend zu wirken.

»Schockiert dich das, was ich über Cole gesagt habe? Du wusstest doch, dass er jemand ist, der gelegentlichen One-Night-Stands nicht abgeneigt ist.«

»Natürlich.« Ich gab mich lässig. »Wie gesagt, ich hab mir nur Gedanken gemacht.«

Meine Freundin ließ sich nicht so leicht täuschen. Sie sprang auf und kam auf mich zu. Mein Herz pochte wild und schnell, als ich ihre zupackende schmale Hand auf meiner Schulter spürte. »Sam. Mir drängt sich gerade ein beunruhigender Gedanke auf. Du hast dich doch nicht etwa in Cole verguckt?« Sie drehte mich sanft, sodass sie mir ins Gesicht blicken konnte. »Sag nicht, du bist seinem Charme verfallen.«

Ich schämte mich, aber ich konnte ihr die Wahrheit nicht sagen. Sie wäre bestimmt enttäuscht von mir. Und das war mehr, als ich im Augenblick verkraften konnte. Ich weiß nicht wie, aber irgendwie brachte ich es zustande, Mels forschenden Blick fest zu erwidern. »Nein. Es ist alles in Ordnung. Ehrlich, Mel.«

Sie strich mir eine Locke aus der Stirn. »Ich bin für dich da, wenn du mich brauchst.« Ein warmer Schimmer lag in ihren Augen.

»Das weiß ich doch.« Erneut bemühte ich mich um ein Lächeln. »Aber ich bin okay. Wirklich. Es war nur alles ein bisschen viel in der letzten Zeit.« Ich wandte mich ab und starrte aus dem Fenster in den hinteren Garten, wo die tief herabhängenden Zweige einer Weide das frische Grün berührten, als würden sie es streicheln. »Vermutlich bin ich noch immer nicht ganz über die Sache mit dem Baby hinweg.« Ich wunderte mich, dass sich angesichts meiner Flunkerei nicht auf der Stelle ein riesiger schwarzer Abgrund im Boden auftat, der mich verschlang. Natürlich würde ich dem verlorenen Kind immer nachtrauern. Tatsache aber war, dass es nicht mehr ganz so wehtat, wenn ich daran dachte. Oh Gott, ich schämte mich, meine gute Freundin so schamlos zu belügen. Tief Luft holend beschloss ich einen raschen Themenwechsel und legte das Handtuch neben die Spüle zurück. »Weißt du, vielleicht sollte ich mich der Tatsache stellen, dass meine Ehe gescheitert ist.«

»Was?«

Ich drehte mich zu Melissa um. »Es ist vorbei mit Ethan und mir, Mel.«

»Bist du dir sicher?«

Ich schnappte mir meinen Becher vom Tisch und ging zur Kaffeemaschine, um mir eine weitere Tasse zu gönnen. Anschließend setzte ich mich wieder.

»Denk nochmal in Ruhe nach, Sam. Du bist aufgewühlt, durcheinander. Noch immer. Triff keine übereilten Entscheidungen.« Melissa musterte mich stirnrunzelnd.

»Ethan und ich haben ein einziges Mal miteinander telefoniert, Mel, seitdem ich in Angel's Cove bin. Und dieses Gespräch war alles andere als erfreulich.« Ich nahm einen Schluck aus der Tasse. Ich trank zu viel. Das würde ich später vermutlich mit Magengrummeln büßen. Egal, ich brauchte meine Nervennahrung. »Er vermittelte mir nicht gerade den Eindruck, dass er Sehnsucht nach mir hätte.«

»Er ist sicher genauso durcheinander wie du.« Zögerlich setzte sich Mel mir gegenüber.

»Das Schlimme ist, dass er mit mir nicht über meinen – unseren Schmerz redet. Er verdrängt ihn einfach. Schiebt ihn in irgendeine verdammte Schublade und wirft den Schlüssel weg.«

»Jeder Mensch geht anders mit seinem Schmerz um.«

»Das weiß ich, Mel. Aber ich kann so nicht leben. Ich brauche einen Partner, der für mich da ist. Der mich versteht. Ethan war schon immer ein Meister darin, unbequeme Wahrheiten zu ignorieren oder sich aus dem Staub zu machen, wenn es kompliziert wurde.« Ich seufzte tief.

»Und wenn ihr es mal mit einer Paartherapie versucht?«

Mit dem Zeigefinger fuhr ich den Rand meines Bechers nach, verweilte auf dem winzigen Sprung im Porzellan. »Ich denke nicht, dass es noch einen Sinn hat.« In dem Augenblick, da ich die Worte aussprach, war ich mir so sicher wie noch nie zuvor in meinem Leben. Das mit Ethan und mir war endgültig vorbei. Ich konnte mir nicht vorstellen, an seine Seite zurückzukehren. Seit der Nacht mit Cole wusste ich, dass ich Ethan nie wieder würde in die Augen blicken können, ohne an Cole zu denken. Ich musste mich der Wahrheit stellen: Ich hatte mich in Cole verliebt. Das wäre nicht passiert, wenn meine Ehe intakt gewesen wäre. Wenn ich Ethan noch so lieben würde, wie man seinen Ehemann lieben sollte. Stattdessen sehnte sich mein Herz nach einem Mann, für den ich lediglich ein netter kleiner One-Night-Stand gewesen war. Eine flüchtige Begegnung, die er vielleicht bald schon vergessen haben würde. Die er mit Sicherheit schon vergessen hatte, korrigierte ich mich, denn er hatte sich offensichtlich bereits ins nächste sexuelle Abenteuer gestürzt. Aber Melissa hatte mich gewarnt. Ich hatte gewusst, worauf ich mich einließ. Also musste ich auch jetzt damit klarkommen. Mein Herz stolperte. »Ich liebe Ethan nicht mehr«, sagte ich leise. »Ich habe ihn schon eine Weile nicht mehr geliebt, aber jetzt weiß ich es sicher.«

Melissa suchte über den Tisch hinweg meine Hand und hielt sie fest. »Das tut mir leid, Süße. Kann ich irgendetwas für dich tun?«

»Du hast schon genug getan.« Sanft erwiderte ich den Druck ihrer Finger. »Ich hatte ein paar wunderschöne Tage hier bei euch in Angel's Cove. Konnte endlich mal durchatmen.« Und hab mich Hals über Kopf verliebt.

Melissa zog ihre Hand zurück und sah mich entgeistert an. »Das hört sich an, als wolltest du schon abreisen? Wir hatten noch gar nicht unseren geplanten Mädelsabend in meiner Bude, mit verboten scharfen Doritos, Eiscreme und Grey's Anatomy, so wie früher im College, weißt du noch?«

»Es tut mir leid, Mel, aber Ethan hat mich wissen lassen, dass er wieder in Chicago ist. Mich drängt es, mit ihm zu reden und die Dinge zwischen uns zu klären. Es lässt mir keine Ruhe.« Außerdem wollte ich so rasch wie möglich aus Coles Umlaufbahn verschwinden.

Bevor ich Gefahr lief, noch etwas Dummes zu tun.

Kapitel 9

Cole

Nach zwei Tassen starken Kaffees, anderthalb Aspirin, einer heißen Dusche und einer hingebungsvollen Rückenmassage von Sherry fühlte ich mich in der Lage, mich auf den Weg in die Ocean View Lane zu begeben. Ich dankte Sherry für ihre Gastfreundschaft, lehnte ihr freundliches Angebot, sie nochmals zu beglücken, höflich ab und klemmte mich samt Brummschädel hinters Steuer. Mein eigenes Bett rief unüberhörbar laut meinen Namen, und ich konnte es kaum erwarten, mich mit ausgebreiteten Armen rücklings auf meine eigene Matratze fallen zu lassen, die nicht penetrant nach Lavendel oder schwülstigen Blüten roch. Verdammt, wie hatte ich mich nur mit Sherry Merryweather einlassen können? Die Frau war bei Tageslicht und ohne Alkohol schwer zu ertragen. Ich knurrte zufrieden, als ich den Land Rover in die Ocean View lenkte, doch der klitzekleine Anflug von guter Laune verpuffte wie Zigarrenrauch, als ich Melissas knallroten Rover Mini in der Auffahrt entdeckte. Er parkte direkt neben dem kleinen Honda von Sam. Als hätten sich die beiden miteinander verbündet. Zur Hölle. Ich war in Schwierigkeiten. Ich kalkulierte gerade meine bescheidenen Fluchtmöglichkeiten, als sich die Haustür öffnete und Melissas buntes Beanie zum Vorschein kam.

»Morgen, Mel, was machst du denn hier?« Angestrengt starrte ich auf ihre in pinkfarbenen Crocs steckenden Füße. Himmel, angesichts der grellen Farbe machte mein Magen einen Satz. Und auch der ratternde Güterzug in meinem Hirn nahm wieder an Fahrt auf. Eine Diskussion mit meiner Schwester war das Letzte, was ich jetzt gebrauchen konnte.

»Bruderherz. Wie schön, dich auch einmal hier anzutreffen.« Irrte ich mich, oder schwang in ihrer Stimme ein leichter Hauch von Sarkasmus? Ich hob den Blick, um ihr in die blauen Augen zu blicken. Ja. Sie war sauer.

»Seit wann bist du zu meinem Kindermädchen mutiert? Soweit ich weiß, ist dies ein freies Land.« Die Brauen zusammenkneifend, presste ich einen Handballen gegen meine rechte Schläfe, um ihr zu demonstrieren, wie sehr ich litt.

In aller Seelenruhe fischte Melissa den Autoschlüssel aus ihrer überdimensionalen Tasche. »Sicher ist es das. Doch du hast einen Gast in deinem Haus. Da gebietet es allein der Anstand –«

»Was ich tue oder lasse, ist allein meine Sache, Mel«, unterbrach ich sie scharf. Das verdammte Hämmern in meinen Schläfen intensivierte sich. Mir wurde übel, wenn ich daran dachte, dass ich vermutlich gleich auf Samantha treffen würde. »Hör zu, Mel«, lenkte ich etwas versöhnlicher ein. »Ich hab ultimatives Schädelsausen und möchte mich jetzt einfach nur noch flachlegen und die Augen schließen.«

»Flachgelegt hast du wohl gestern schon jemanden.«

»Verflucht, Mel, was soll das?« Ich schob mich an ihr vorbei und legte meine Hand auf den Türknauf, während ich mich fragte, welche Buschtrommeln da schon wieder am Werk gewesen waren. »Ich bin erwachsen. Ich weiß, was ich tue.« Entschlossen stieß ich die Fliegengittertür auf.

»Da bin ich mir manchmal nicht so sicher«, hörte ich Mel hinter meinem Rücken murmeln, doch ich beschloss, nicht auf diesen Kommentar einzugehen. Alles, was ich jetzt wollte, war, mir ein großes Glas eiskaltes Wasser in die Kehle zu schütten und eine halbe Stunde bei herabgelassenen Jalousien die Abgeschiedenheit meines Schlafzimmers zu genießen. Vielleicht würde ich mich danach wieder halbwegs wie ein Mensch fühlen.

In der Küche schnappte ich mir ein Glas vom Regal und füllte es mit Wasser aus dem Hahn. Ich hatte einen solchen Brand, dass ich es in einem Zug leerte. Recht unsanft beförderte ich das leere Glas ins Spülbecken, stützte mich auf der Spüle ab und rieb mir mit der anderen Hand über den Nacken, als könnte ich dadurch die höllischen Schmerzen vertreiben. Verflucht, warum hatte ich so viel getrunken? Warum hatte ich nicht Stopp gesagt, als Sherry die zweite Flasche Wein entkorkt hatte? Ich wusste warum. Weil die Erkenntnis, dass ich für einen Augenblick unachtsam gewesen war und meine sorgsam um mich errichtete Schutzmauer hatte einreißen lassen, im Nebel des Alkohols einfacher zu ertragen war. Verdammt, verdammt. Meine zusammengeballte Faust schloss Kontakt mit dem Spülstein. »Walker, du Idiot«, knurrte ich. »Du hast es vermasselt. Einfach alles.« Ich fuhr herum, als ich ein Geräusch in meinem Rücken hörte, und bereute die heftige Bewegung sofort. Ich hatte das Gefühl, mein Schädel würde zersplittern, als ich mich Samantha gegenüber fand, die mit vor der Brust verschränkten Armen am Türrahmen lehnte.

»Hi, Sam.« Meine Stimme klang grauenvoll. Genauso grauenvoll, wie ich mich fühlte.

»Hi.« Samanthas Blick war undurchdringlich.

»Ich ... ähm«, ich räusperte mich, »war unterwegs.«

»Ich weiß.« Ihre Augen hefteten sich auf einen Punkt links auf meiner Wange.

Automatisch wischte ich mir mit dem Handrücken darüber. Ein intensives Burgunderrot sprang mich anklagend an. Sherrys nach Erdbeeren schmeckender Lippenstift. Ich hob den Blick und glaubte zu sehen, wie etwas in Samanthas Augen zerbrach.

»Das hier –« Erneut empfand ich den Zwang, mich zu räuspern.

Verflucht.

Sam hob abwehrend beide Hände. »Geht mich nichts an.«

Damit hast du verdammt recht. Eine Sekunde lang fühlte ich blinden Zorn aufflackern. Warum hatte ich das Gefühl, mich rechtfertigen zu müssen? Ich hatte ihr nie etwas versprochen, hatte mit offenen Karten gespielt. Warum also verhielt sie sich jetzt wie eine verfluchte Eisprinzessin und bedachte mich mit Blicken, die das Schmelzen in der Arktis aufhalten könnten? Ich ballte die Hände an meinen Seiten zu Fäusten. Und atmete tief durch. Ich wollte keine Missstimmung zwischen uns. Ich wollte mich mit Samantha vertragen. Wollte zurück zu dieser fröhlichen Unbeschwertheit, dem heiteren Geplänkel, den kleinen Anzüglichkeiten. Ich wünschte, alles wäre wieder wie zuvor, bevor wir miteinander geschlafen hatten und sich alles verändert hatte. Aber diesen Schlamassel hatte ich mir höchstpersönlich selbst zuzuschreiben. »Sam, hör zu –«, begann ich zögerlich, brach dann unvermittelt ab. Was sollte ich ihr sagen? Sicher war es unglücklich, dass ich nach unserer Nacht gleich ins Bett einer anderen gehüpft war, doch wir waren zwei erwachsene Menschen, die gewusst hatten, auf was sie sich einließen. »Ich hätte dir vermutlich Bescheid geben sollen, dass ich die Nacht über wegbleibe«, sagte ich schließlich lahm, verzweifelt bemüht, das hämmernde Klopfen in meinem Schädel zu ignorieren. »Das war unhöflich von mir.«

Sie umklammerte ihren Kaffeebecher so fest, dass die Knöchel weiß hervortraten. »Kein Problem.« Ihre schönen vollen Lippen wandelten sich zu einem schmalen Strich. Ich wusste instinktiv, sie hatte die Tür zwischen uns geschlossen. Aber hatte ich das nicht schon letzte Nacht getan, als ich mit Sherry zugange gewesen war? Frustriert legte ich den Kopf in den Nacken und schob mir alle zehn Finger durchs Haar. Mir gefiel nicht, wie wir miteinander umgingen. Aber ich musste das Problem vertagen. Musste mich dringend in die Horizontale begeben, bevor mein Schädel explodierte. Trotz Aspirin und Wasser nahmen die beschissenen Kopfschmerzen stetig an Intensität zu. Einen missmutigen Laut ausstoßend stieß ich mich von der Arbeitsfläche ab und wappnete mich, Sams vorwurfsvollem Blick zu begegnen. Doch ich fand den Raum leer. Sam hatte die Küche verlassen.

Kapitel 10

Samantha

Die Bodenplanken knarrten unter meinen bloßen Füßen, als ich mit meinen Kaffeebecher in der Hand auf die Veranda trat. Ich lehnte mich gegen das Geländer und ließ den Blick über die stille Straße bis an den nahen Waldrand schweifen. Eine frische Brise trug den süßen Duft von Wildblumen heran, vermischt mit dem würzigen Harzgeruch der Kiefern und dem Salz des nahen Atlantiks. Kleine Insekten tanzten im frühen Sonnenlicht, und der Tau auf Blättern und Gräsern funkelte wie winzige Diamanten. Ich atmete tief ein, schloss die Augen und gab mich ganz dem Zauber des Morgens hin, der mit seinen Gerüchen und Farben hier am Meer seine ganz besondere Magie entfaltete. Einen Herzschlag lang wünschte ich, ich könnte bleiben. Hier in Coles wunderbarem Haus in der Ocean View Lane in Angel's Cove. Es war ein schönes Fleckchen Erde, etwas ganz Besonderes. Ein Platz für die Seele. Ich konnte gut verstehen, dass sich Cole in dieses Anwesen verliebt hatte. Angel's Cove war ein wundervoller Ort, um Kinder großzuziehen. Ich legte meine Finger um den Kaffeebecher und genoss die Wärme. Der Gedanke an Cole machte mich plötzlich ganz unruhig. Wie würde er reagieren, wenn ich ihm sagte, dass ich beschlossen hatte, heute noch abzureisen? Seit dem unglücklichen Zusammentreffen gestern früh in der Küche hatte ich ihn nicht mehr gesehen. An meinem Kaffee nippend ließ ich den gestrigen Tag noch einmal Revue passieren. Nach seinen kläglichen Erklärungsversuchen hatte ich Cole seinem Schicksal überlassen. Was kümmerte es mich, dass er offensichtlich einen Mordskater hatte? Seiner Bitterleichenmiene nach zu urteilen, war es ihm richtig schlecht gegangen, aber diese Erkenntnis hatte kein Mitleid in mir geweckt. Ich war stinkwütend auf den Kerl. Fühlte mich verletzt und betrogen, obwohl mir klar war, dass ich kein Recht hatte, so zu empfinden. Cole hatte mir nie etwas versprochen. Aber dass er bereits einen Tag später, nachdem wir gemeinsam die Nacht verbracht hatten, mit einer anderen ins Bett gehüpft war, empfand ich wie einen Schlag ins Gesicht. Deutlicher hätte er mir nicht zeigen können, dass ich ihm nichts bedeutete. Weil ich das Gefühl gehabt hatte, es keine Sekunde länger unter einem Dach mit ihm aushalten zu können, war ich – während Cole mit geschlossenen Augen gegen die Spüle lehnte und litt – aus der Küche gestürmt. In meinem Zimmer hatte ich rasch meine Strandtasche gepackt und mein Buch eingesteckt. Möglichst weit weg aus Cole Walkers Dunstkreis plante ich, in meiner kleinen Lieblingsbucht in meinem Roman zu schmökern, um auf andere Gedanken zu kommen. Ich hatte Cole in seinem Schlafzimmer rumoren gehört, als ich durch den Flur zur Haustür floh, und ihm die sprichwörtliche Pest an den Hals gewünscht. Warum hatte ich mich auch mit dem größten Mistkerl von ganz Angel's Cove einlassen müssen?

Mein Zorn war nicht gerechtfertigt, sagte ich mir immer wieder. Mein Verstand wusste das, doch mein törichtes Herz rebellierte. Am meisten ärgerte ich mich über mich selbst. Weil ich mich hatte verlieben müssen. Ich konnte nur hoffen, dass die Zeit für mich arbeitete und meine Gefühle für Cole Walker sich bald wieder in Nebel auflösten. In der Bucht angekommen, war es mir nicht gelungen, mich auf meinen Roman zu konzentrieren. Zu allem Unglück wehte auch noch ein frischer Wind von Norden, und da ich es versäumt hatte, eine Jacke mitzunehmen, fror ich erbärmlich in meinem kurzärmeligen Shirt. Obwohl ich mich in das Strandhandtuch kuschelte und mich vom Wind wegdrehte, schien die Kälte durch den Stoff zu dringen. Nach einer Weile gab ich es auf. Fröstelnd packte ich meine Sachen zusammen und kehrte zu meinem Wagen zurück, um die Strandtasche darin zu verstauen. Ich entschloss mich zu einem Bummel durch den Ort. Schon lange hatte ich in den Trödel- und Geschenkelädchen stöbern gehen wollen, es mir bislang jedoch nicht gegönnt. In Kimberly's Art & Jewellery-Lädchen erstand ich eine zarte Kette mit einem in Silber gefassten Bernsteinanhänger als Souvenir. Weil mich das hübsche Schmuckstück nicht wie erhofft tröstete und ich mich schrecklich einsam fühlte, rief ich Melissa an, um sie zu einer Pause zu überreden. Zu meiner Freude konnte Melissa sich eine Stunde Zeit für mich nehmen. Sie lud mich in einer süßen kleinen Bäckerei zu himmlisch leckeren Blaubeerpfannkuchen ein, eindeutig das Highlight meines verkorksten Tages. Maines berühmte Blaubeerpfannkuchen würde ich garantiert vermissen, wenn ich wieder in Chicago war. Und nicht nur die. Als ich einige Stunden später in die Ocean View Lane zurückgekehrt war, fand ich das Haus leer vor. Cole war ausgegangen. Vielleicht war es besser, wenn wir uns nicht über den Weg liefen, grübelte ich, wobei ich versuchte, den leisen Stich der Enttäuschung zu ignorieren. Auf dem Küchentresen fand ich zu meiner Überraschung eine Nachricht von ihm. Wow, diesmal hatte er daran gedacht, mich über seinen Verbleib zu informieren, stellte ich in einem Anflug von Sarkasmus fest. Der Mann war lernfähig. In einer großzügigen, männlich geschwungenen Schrift ließ er mich wissen, dass er in Bangor zu tun hätte, und dass es spät werden würde. Umso besser, dachte ich trotzig. Dann hatte ich das schöne große Haus für mich allein. Irgendwann gegen Mitternacht, als ich im Bett gelegen und vergeblich auf Schlaf wartend an die dunkle Decke gestarrt hatte, hatte ich seinen Wagen in der Einfahrt gehört. Kurze Zeit später das Öffnen der schweren Eichentür. Mein dummes Herz war gestolpert, als ich seine sich nähernden Schritte im Flur vernommen hatte, und einen verrückten Augenblick lang hatte ich gehofft, Cole würde gleich neben meinem Bett in meinem Zimmer auftauchen.

Ein kratzendes, scharrendes Geräusch riss mich aus meiner Erinnerung und holte mich in die Gegenwart auf der Veranda zurück. In der Annahme, Cole würde zu mir nach draußen auf die Veranda treten, wirbelte ich mit dem Kaffeebecher in der Hand herum. Doch es war nur ein kleiner Spatz, der hüpfend zwischen den Holzspalten der Bohlen nach Krümeln suchte. Wie albern, Samantha Carrigan, schalt ich mich selbst. Du verwünschst den Kerl, der in dir geheime Sehnsüchte weckt, dem du aber ziemlich egal bist, und gleichzeitig hoffst du, ihn zu sehen. Du hast eindeutig den Verstand verloren. Ich seufzte leise auf und öffnete die Fliegengittertür, um zurück in mein Zimmer zu schlüpfen. Zeit, meine Tasche zu packen.

Eine Weile später schritt ich mit meiner Reisetasche in der Hand durch das stille Haus. Cole war nirgendwo zu entdecken. Ob er noch immer schlief? Zaghaft pochte ich an seine Schlafzimmertür. Ich konnte nicht einfach zurück nach Chicago fahren, ohne mich zumindest für seine Gastfreundschaft zu bedanken. Als ich keine Antwort erhielt, bewegte ich den Knauf, um die Tür einen Spaltbreit zu öffnen. Automatisch fiel mein Blick auf das leere, breite Bett mit den zerwühlten Laken. Meine Wangen fingen an zu brennen. Heiße Erinnerungen durchfluteten mich, die ein begehrliches Kribbeln in meinem Bauch auslösten. Als hätte ich mich an einem glühenden Eisen verbrannt, zog ich die Tür wieder zu. Meine Hand flog an meine Kehle. Mir war, als könnte ich Coles Finger auf meiner Haut spüren. Seinen warmen Atem an meiner Wange. Die Erinnerung an unsere gemeinsame Nacht fuhr mir schmerzhaft durch die Glieder. Oh verflixt, ich sehnte mich nach seiner Berührung, nach seinen Küssen. Ich wünschte, er würde mich genauso begehren, wie ich ihn. Aber das war ein Wunsch, der sich niemals erfüllen würde. Außerdem war ich noch immer verheiratet. Ich musste dringend mit Ethan reden. Der Gedanke an das bevorstehende Gespräch ließ einen harten Knoten in meinem Magen entstehen. Meine Finger krampften sich um die Griffe der Reisetasche. Wie würde Ethan reagieren, wenn ich ihm sagte, dass ich keine Zukunft mehr für uns sah? Ob er mir eine Szene machen würde? Und was sollte mit dem Haus geschehen? Eines war klar: Wenn wir uns trennten, würde ich mir eine neue Bleibe suchen müssen. Mein Herz sank. Eine Grimasse ziehend öffnete ich die Haustür und blieb wie versteinert auf der Schwelle stehen. Wenige Meter vor mir stand das Objekt meiner Begierde. Cole. Er drehte mir den Rücken zu und war dabei, die Windschutzscheibe des Land Rovers mit einem Lappen zu reinigen. Unbewusst biss ich mir auf die Unterlippe. Warum musste der Mann so verdammt attraktiv sein? Er war barfuß, hatte vermutlich gerade geduscht, denn sein schwarzes Haar glänzte feucht und kringelte sich im Nacken. Er könnte mal wieder einen Haarschnitt vertragen, schoss es mir durch den Kopf, während ich mit meiner Musterung fortfuhr. Unverschämt frisch und fit wirkte er in seinem strahlend weißen T-Shirt, das sich über seinen breiten Rücken spannte, und den verwaschenen engen Jeans, die wie angegossen an seinem göttlichen Hintern klebten. Gebannt verfolgte ich das Spiel seiner Muskeln unter der gebräunten Haut seiner Arme. Vielleicht hatte er gemerkt, dass ich in der Haustür verharrte und ihn schamlos taxierte. Unvermittelt hob er den Kopf und fing meinen Blick ein. Mein verräterisches Herz schlug einen Purzelbaum.

Cole

»Sam.« Mein Magen vollführte einen zirkusreifen Salto, den ich meinem schlechten Gewissen zuschrieb.

Ich war nicht der charmanteste Gastgeber, soviel war klar. Seit unserer letzten Begegnung war ich Samantha aus dem Weg gegangen. Es war einfacher, mich mit anderen Dingen zu beschäftigen, als mich damit auseinanderzusetzen, dass ich sie möglicherweise mit meinem Verhalten verletzt haben könnte. Die Art, wie sie mich angesehen hatte. Wie sich ihr Blick verdüstert hatte, als sie die allzu offensichtlichen Folgen meines nächtlichen Abenteuers bemerkt hatte. Der unterschwellige Vorwurf und die leise Enttäuschung in ihren braunen Augen hatten mich verunsichert und ein Gefühl in mir geweckt, das ich weit von mir schob. Ich wollte die Dinge leicht und unkompliziert halten, hatte keine Lust auf Stress. Schwungvoll warf ich den Lappen, mit dem ich Fliegenreste, ein Souvenir von der Fahrt nach Bangor, von der Windschutzscheibe entfernt hatte, in den Putzeimer. »Guten Morgen.« Mein Blick wanderte zu der Reisetasche in ihrer Hand. »Tut mir leid, dass es gestern so spät geworden ist. Ich hatte einen geschäftlichen Termin.« Reisetasche? Mein Herz klopfte schneller. Wollte sie etwa abhauen?

Samantha schüttelte den Kopf. »Du musst dich mir gegenüber nicht rechtfertigen.« Ihre Stimme klang kühl. »Ich wollte mich verabschieden.«

Mein Herz setzte einen Schlag aus, bevor ich meine Worte wiederfand. »Verabschieden?«

Sam kam langsam auf mich zu, so als wöge sie jeden Schritt einzeln ab. »Ich fahre nach Hause, Cole. Es ist Zeit, ein paar Dinge zu klären.« Dicht vor mir blieb sie stehen.

Ich widerstand dem Verlangen, ihr eine dieser wundervollen kupferroten Locken hinters Ohr zu stecken.

Ihr Anblick in dem hellen kurzen Leinenrock und dem enganliegenden cremefarbenen Shirt, das die zarte Bräune ihrer Haut hervorhob, versetzte meinen Blutkreislauf in Wallung. Samantha wirkte in diesem Outfit elegant und verdammt aufreizend zugleich. Es fiel mir schwer, meinen Blick im Zaum zu halten, der zwischen den verführerischen Rundungen ihres Busens und der Hüfte hin- und herflog. »Warum willst du jetzt schon abreisen? Das kommt so plötzlich.« Der Gedanke, sie jetzt und hier gehen lassen zu müssen, behagte mir ganz und gar nicht.

»Warum sollte ich bleiben?«, gab sie zurück.

Ich fand keine Antwort, starrte stattdessen auf ihren schön geschwungenen Mund. Verdammt, Samantha Carrigan. Ich will dich küssen. Ungebetene Bilder fluteten mein Hirn. Bilder, die etwas mit den unteren Regionen meines Körpers anstellten. Rasch verlagerte ich mein Gewicht und verschränkte die Arme vor der Brust, das seltsame Ziehen in meiner Brustgegend ignorierend. »Wenn du zurück musst, musst du zurück.« Verflucht, Cole Walker. Was bist du nur für ein selbstgefälliger Idiot? »Natürlich hätte ich mich gefreut, wenn du noch länger geblieben wärst«, ergänzte ich flink und setzte meinen Dackelblick auf.

Für den Bruchteil einer Sekunde schlich sich in kleines Lächeln in ihr Gesicht und entblößte die schmale Lücke zwischen ihren Vorderzähnen. Wie wunderschön sie doch war! Wir waren uns so nah, dass ich die winzigen Goldsprenkel in der schokoladenfarbenen Iris sehen konnte. Es wäre so leicht, mich fallenzulassen und in diesem wundervollen warmen, braunen Meer ihrer Augen zu versinken. »Cole –«

»Sam«, begann ich gleichzeitig.

Sam biss sich verlegen auf die Unterlippe. Zum Teufel, es war verflucht sexy, wenn sie das machte.

Einem Impuls folgend griff ich nach ihrer Hand und strich mit dem Daumen über die zarte Haut. »Es ist doch alles klar zwischen uns, oder? Du hast hoffentlich nicht angenommen, dass wir –«

Sofort kroch sie in ihr Schneckenhaus zurück. Ihre Augen verdunkelten sich und sie entzog mir ihre Hand. »Ich habe und hatte keinerlei Erwartungen an dich.«

»Natürlich. Das habe ich auch nicht angenommen. Ich wollte nur klarstellen –«

»Hör zu, Cole«, unterbrach sie mich. »Du musst keine Befürchtung haben, dass ich mich unsterblich in dich verliebt habe, nur weil wir eine Nacht miteinander verbracht haben.«

»Schade eigentlich.«

Wären ihre Augen in der Lage gewesen wären, Giftpfeile zu schießen, hätte soeben einer meine Stirn durchbohrt. Autsch. Mein kläglicher Versuch, die angespannte Stimmung zu lockern, war gründlich danebengegangen. »Es tut mir leid«, sagte ich leise, »falls ich in irgendeiner Weise –«

Sie ließ mich nicht ausreden. »Hast du nicht.« Sie trat einen Schritt zurück und vergrößerte damit die Distanz zwischen uns. »Danke für alles. Für deine Gastfreundschaft. Es war wirklich sehr großzügig von dir, mich in deinem Haus wohnen zu lassen.« Mein Blick blieb an ihren Lippen hängen.

»Nichts zu danken, ich hab das gern gemacht. Und du kannst gern wiederkommen.« Ich folgte ihr zu ihrem silbernen Honda, hielt die Hintertür auf, als sie ihre Reisetasche hineinbugsierte.

Sie schlüpfte unter meinem Arm hindurch und ich erhaschte ihren Duft. Frisch, lieblich und ungemein weiblich. Ich atmete tief ein. All meine Sinne vibrierten. Es hätte nicht viel gefehlt und ich hätte sie mir geschnappt, meine Hände um ihre Taille gelegt und sie geküsst. Ich verkrampfte meine linke Hand zur Faust. Es gelang mir, Sam ein unverbindliches Lächeln zu schenken. »Komm gut nach Hause. Wie lange wirst du unterwegs sein?«

Sie legte ihre Hand an den Griff der Fahrertür. »Etwa siebzehn Stunden. Ich werde unterwegs irgendwo übernachten.« Ihr Blick hielt meinen, und mir war klar, dass wir in diesem Augenblick beide an dasselbe dachten. An die Intimität, die Vertrautheit und die Leidenschaft, die wir miteinander geteilt hatten, und die noch zwischen uns nachhallten und uns gefangen hielten. Die elektrisierende Spannung zwischen uns war fast mit den Händen greifbar. »Also dann.« Samantha räusperte sich und öffnete schwungvoll die Tür, um hinter das Steuer zu schlüpfen. Kurz darauf kurbelte sie das Seitenfenster hinunter und streckte ihren Kopf heraus. Das Sonnenlicht fing sich in ihren Locken in einem feurigen Rot. »Ich fahre noch bei Melissa vorbei, um mich zu verabschieden.«

»Alles klar.« Ich klopfte zum Abschied leicht mit den Knöcheln auf das Autodach und entfernte mich einen Schritt. Winkte Sam noch einmal zu, als sie den Motor startete, und fühlte eine seltsame bedrückende Leere aufsteigen. Sie fuhr los, die Einfahrt hinunter und auf die Straße. Sie verließ Angel's Cove und ich hielt sie nicht auf. Ich konnte nicht. Tief in mir ahnte ich, dass ich verloren wäre, wenn ich mir eingestand, dass sie mir mehr bedeutete als ein flüchtiges Abenteuer. Das konnte ich unmöglich riskieren.

Samantha

Das war es also, dachte ich, während ich mich hinter das Steuer meiner geliebten Klapperkiste klemmte. Meine kleine Auszeit in Angel's Cove hatte ein jähes Ende gefunden. Ein bleiernes Gefühl begann sich in meinem Magen auszubreiten, als ich den Motor startete und den ersten Gang einlegte. Langsam ließ ich den Wagen über die kiesbestreute Auffahrt zur Straße rollen, vermied dabei bewusst den Blick in den Rückspiegel. Ich fürchtete, zu weinen anzufangen, wenn ich Cole darin erblickte. Ich wusste, dass er mir nachsah. Niemals hätte ich geahnt, dass es so wehtun würde, ihn und Angel's Cove zu verlassen. Und Mel. Mel natürlich auch. Wir hatten vereinbart, dass ich zum Abschied bei ihr in der Praxis vorbeischauen sollte. Ich bog in die Ocean View Lane ein und bewunderte ein letztes Mal den zauberhaften Anblick der von alten Platanen gesäumten Straße mit den hübschen Einfamilienhäusern. Mir schnürte sich die Kehle zu. Vermutlich würde ich niemals mehr in die Ocean View Lane zurückkehren. Warum auch? Cole hatte mir deutlich zu verstehen gegeben, dass er kein Interesse – welcher Art auch immer – an mir hatte. Ich kam damit zurecht. Trotzdem verletzte es meinen Stolz, dass er sich so schnell nach unserer leidenschaftlichen Nacht mit einer anderen vergnügt hatte. Außerdem hatte ich diesen Mistkerl gern, aber diese Zuneigung schien leider nur auf Einseitigkeit zu beruhen. »Männer«, entfuhr es mir. Der Honda reagierte mit einem empörten Röhren, als ich unsanft in den nächsten Gang schaltete. Die einen versprachen dir das Blaue vom Himmel und hauten ab, wenn es kompliziert wurde, die anderen stahlen sich klammheimlich in dein Herz, während sie einen verdammten Schutzwall um ihr eigenes mauerten. Warum hatte mir das passieren müssen? Warum hatte ich mich in den erstbesten Kerl verlieben müssen, dessen Anblick mein Herz höherschlagen ließ? Bisher hatte ich nie auch nur einen ernsthaften Seitenblick auf einen anderen geworfen. Von kleinen, harmlos-neckischen Blicken, die ich mit dem einen oder anderen Mann mal gewechselt hatte, abgesehen, war ich Ethan immer treu gewesen. Dass der eine oder andere mal anziehend oder gutaussehend gewesen war, hatte ich zwar irgendwo in meinem Unterbewusstsein registriert, aber keiner hatte mich je ernsthaft interessiert. Niemand hatte je zuvor verborgene Sehnsüchte in mir geweckt. Bis ich Cole Walker begegnete. Das einzig Gute daran war, dass mir jetzt eindeutig klar war, dass meine Ehe nicht mehr funktionierte. Ich wollte wieder frei sein. Raus aus diesem bedrückenden Konstrukt einer Beziehung, die in Wirklichkeit keine mehr war. Irgendwo zwischen Hoffen und Bangen, zwischen Pläneschmieden und Alltagsleben, war uns die Liebe abhandengekommen. Leise seufzend fädelte ich mich in den Verkehr in der Main Street ein. Mit leiser Wehmut betrachtete ich die schmucken, holzverkleideten Häuser mit ihren bunten Markisen und schattigen Veranden. Wer weiß, wann ich je wieder in dieses Bilderbuchstädtchen an der Ostküste zurückkehren würde? Andererseits hatte ich Melissa versprochen, sie bald zu besuchen. Ich wollte den Kontakt zu ihr nicht wieder abreißen lassen. Diesmal sollten nicht erneut etliche Jahre vergehen, bis wir uns endlich wiedersahen. Ich setzte den Blinker, um in das Seitensträßchen einzubiegen, wo Melissa wohnte und arbeitete, und quetschte den Wagen mehr recht als schlecht zwischen einen rostigen Pick-up und einen froschgrünen Ford. Da ich wusste, dass Mel schon früh in der Praxis sein wollte, um Papierkram zu erledigen, steuerte ich schnurstracks ihr Büro an. Diesmal konnte ich die Bilder der Neugeborenen im Warteraum ansehen, ohne das Gefühl zu haben, gleich in Tränen ausbrechen zu müssen. Noch immer wünschte ich mir, irgendwann einmal so ein winziges Wesen im Arm halten zu dürfen. Aber jetzt wollte ich mich erst einmal darauf konzentrieren, die verfahrene Situation mit Ethan zu klären. Ich war noch jung, hatte noch alle Zeit der Welt. Und dann wäre da ja auch noch die Frage eines geeigneten Partners. Ich verscheuchte das sich mir aufdrängende Bild von Coles attraktiven Zügen und klopfte an die milchige Glastür, hinter der ich Mels Schatten erahnen konnte.

»Immer herein, wenn es kein Axtmörder ist!«

Ich grinste und drehte den Türknauf. Typisch Mel. Ich würde ihre fröhliche, freche Schnauze vermissen. »Hey!«

»Hey, Sammy.« Mel legte einen Ordner beiseite und hüpfte vom Schreibtisch, um mich zu umarmen.

»Wieso in aller Welt sitzt du auf deinem Tisch?« Ich lugte über ihre Schulter auf das Papierchaos.

»Kennst mich doch. Ich bin gern mittendrin.« Ihre Augen funkelten schelmisch. »Außerdem habe ich so das Gefühl, über dem Chaos zu stehen und nicht mittendrin.« Sie zwinkerte mir zu.

»Oh, Mel, ich werde dich vermissen.« Die Worte brannten in meiner Kehle.

Melissa löste sich von mir und hielt mich auf Armeslänge von sich. »Samantha Carrigan, du wirst doch jetzt nicht anfangen zu weinen?«

Ich schüttelte den Kopf.

»Denn wenn du das tust, öffnen sich auch bei mir die Schleusen. Und ich kann dir versichern, das wird kein schöner Anblick.«

»Ach du.« Schon hatte sie mich wieder zum Lächeln gebracht. Ich zwickte sie liebevoll in den Oberarm. Sie knuffte mich zurück. »Mel?«

»Hm?«

»Ich hab dich lieb.« Ich meinte es aus tiefstem Herzen. Melissa war eine Freundin gewesen, als ich am dringendsten eine gebraucht hatte. Ihre Herzlichkeit und ihre Wärme, ja und auch ihre klugen Worte, hatten mir geholfen, manche Dinge ins rechte Licht zu rücken und meinen Verlust zu verarbeiten.

»Ich dich auch, Samantha Carrigan. Obwohl du leider meine ausgesprochene Liebe zu knusprigen Schalentieren offensichtlich nicht teilst.« Melissas Lippen verzogen sich zu einem breiten Grinsen.

Ich streckte meine Hand aus und schloss meine Finger um ihre. »Ich meine es ernst. Danke für alles, Mel.«

»Nichts zu danken, meine Liebe. Ich hab doch nichts gemacht.«

»Doch, das hast du. Du hast mich nach Angel's Cove geholt. An einen der bezauberndsten Orte an der Ostküste. Du hast mir zugehört, mich getröstet, mit mir geredet. Trotz der dummen Sendepause zwischen uns.«

Sie löste sich aus meinem Griff und strich mir über die Wange. »Das ist doch selbstverständlich. Vergiss dieses Missverständnis von damals. Wir sind Freunde.«

»Für immer«, ergänzte ich leise.

»Für immer«, bekräftigte sie.

Ich seufzte tief. »Ich werde dir nie vergessen, dass du in dieser schwierigen Zeit für mich da warst, Mel.«

Sie lächelte. Coles Lächeln, und es schnitt tief in mein Herz.

»Ich hoffe, ich kann dir das irgendwann einmal zurückgeben.«

»Das hast du schon. Danke für deine Freundschaft.« Ihr Lächeln vertiefte sich. »Dein Vertrauen.«

Ich nickte nur, denn irgendwie brachte ich kein Wort über die Lippen.

»Sam?«

»Hm?«

»Ich hoffe, du kommst wieder. Auch wenn es zwischen dir und Cole vielleicht Unstimmigkeiten gab, und du –« Sie ließ den Rest des Satzes in der Luft schweben.

Mein Herzschlag beschleunigte sich. »Zwischen Cole und mir ist alles in bester Ordnung«, log ich.

»Ist es das wirklich?« Melissa warf mir einen zweifelnden Blick zu.

»Natürlich«, erwiderte ich rasch. »Ich werde wiederkommen.« Sobald ich über die Sache mit Cole hinweg
wäre. Ich schenkte ihr ein zuversichtliches Lächeln.
»Nichts und niemand wird mich davon abhalten, dich
zu besuchen, Mel.«

Weil es mir zunehmend schwerer fiel, die aufsteigen-
den Gefühle des Abschieds zurückzuhalten, nahm ich
Melissa in meine Arme und drückte ihr einen Kuss auf
die Wange. »Ich muss gehen«, flüsterte ich. Wir drückten uns ein letztes Mal, dann nahm ich Reißaus, weil
ich die Tränen nicht länger zurückhalten konnte.

Mit einiger Mühe schaffte ich es, den Wagen aus der
engen Parklücke zu manövrieren, ohne einen anderen
zu beschädigen. Bevor ich den ersten Gang einlegte und
den Weg zurück Richtung Main Street einschlug,
schickte ich noch rasch eine SMS an Ethan, um ihm
mitzuteilen, dass ich mich auf dem Heimweg befand.
Ich zögerte kurz und überlegte, ob ich ihm texten sollte,
dass wir dringend reden mussten, entschied mich aber
dagegen. Er würde früh genug erfahren, dass ich mir
die Trennung wünschte.

Kapitel 11

Samantha

Es kam mir unwirklich vor, als ich nach mehrstündiger Fahrt in unsere Einfahrt bog und den Honda vor der Doppeltor-Garage parkte. Fast so, als würde ich mich auf dem Anwesen einer fremden Familie befinden. Als würde ich nicht hierher gehören. Dabei war ich doch nur ein paar Tage fort gewesen. Ich stellte den Motor ab und zog den Zündschlüssel. Nachdenklich lenkte ich meinen Blick auf das Haus und den Rosenstock neben dem Eingang, der sich unter der Last üppiger roter Blüten bog. Dieses Haus war mein absolutes Wunschhaus gewesen und hätte nicht perfekter sein können. Wie glücklich waren Ethan und ich gewesen, als wir das Anwesen in dem ruhigen Chicagoer Vorort gefunden hatten. Ich ließ meinen Kopf gegen die Kopfstütze sinken und erinnerte mich an den Tag, an dem wir den Vertrag unterschrieben hatten. Überglücklich war ich Ethan um den Hals gefallen. Mein Traum von einem eigenen Haus in der Vorstadt hatte sich erfüllt. Bald würde unser Kind über den Rasen tollen, mit seinem Dad vor der Garage Basketball spielen und mit den Nachbarskindern auf der Straße Skateboard fahren. An dem Tag, an dem uns die Maklerin mit einem freundlichen Kopfnicken die Schlüssel übergeben hatte, hatte ich gedacht, dass das Leben nicht vollkommener sein könnte. Tja, ich wurde eines Besseren belehrt. Das Schicksal hatte mich auf den Boden der Tatsachen zurückgeholt. Einen resignierten Seufzer ausstoßend schnappte ich mir die Reisetasche vom Rücksitz und stieg aus. Sofort umfing mich ein warmer, schwüler Wind, der den Geruch nach Regen mit sich führte. Sehnsucht überfiel mich. Sehnsucht nach der klaren, frischen Atlantikluft. Nach dem Duft von Kiefern und Salzgeschmack auf meinen Lippen. Nach einem Mann, der ein Tattoo auf der linken Schulter und ein Faible für schwarze Motorräder besaß. Instinktiv schloss ich meine Finger um das kühle Metall des silbernen Anhängers, in dessen Mitte der Bernstein funkelte, den ich aus Angel's Cove mitgebracht hatte. Ach verflixt, ich wollte nicht an Cole denken. Vielmehr sollte ich mich jetzt auf das Zusammentreffen mit Ethan konzentrieren. Mein Bauch fing zu grummeln an und meine Handflächen wurden feucht. Mir wurde fast schlecht bei dem Gedanken, dass ich Ethan sagen müsste, dass ich die Trennung wollte. Erneut wanderte mein Blick über unser Haus, die großzügige Einfahrt, die Doppelgarage und den gepflegten Vorgarten, der an einer Seite von Bertas Kirschlorbeerhecke begrenzt wurde. Wollte ich das hier wirklich durchziehen? Für den Bruchteil einer Sekunde geriet ich ins Schwanken. Ich stellte mich auf die Zehenspitzen, um durch das eingelassene Glas im Garagentor ins Innere zu spähen. Ethans Geländewagen stand nicht drin. Offensichtlich war er nicht zu Hause. Das Schicksal gewährte mir Aufschub, und ich fühlte, wie sich augenblicklich die Anspannung von meiner Brust löste.

Nachdem ich die Reisetasche in den Flur geworfen und dort liegengelassen, mir Hände und Gesicht gewaschen hatte, ging ich in die Küche, um mir einen Kaffee aufzubrühen. Nach der langen Reise brauchte ich unbedingt etwas, das meine Lebensgeister weckte. Mit dem Kaffeebecher in der Hand ließ ich mich auf einen Stuhl sinken und sah mich in meiner hübschen, eleganten und funktionell eingerichteten Küche um, auf die ich so stolz war. Es würde mir wehtun, sie zu verlieren. Denn eins war mir klar: Sollten Ethan und ich uns wirklich trennen, müsste ich mich von all dem hier verabschieden. Niedergeschlagen vergrub ich die Finger in meinem Haar. Ethan und ich hatten die Einrichtung unseres Heims mit so viel Liebe ausgesucht. Bei den meisten Räumen hatte ich meinen Geschmack durchsetzen können, nur beim Schlafzimmer hatte Ethan auf eine Kombination aus Metall und Schwarz bestanden, statt des hellen schwedischen Ambientes, mit dem ich geliebäugelt hatte.

Ich nippte gerade an meinem Kaffee, als sich die Haustür schwungvoll öffnete. Kurz darauf gab es einen dumpfen Schlag, geräuschvolles Schlüsselklirren und ein unüberhörbares Räuspern. Ethan war noch nie ein Freund der zurückhaltenden Auftritte gewesen. Fast hätte mir sein vertrautes Verhalten ein Lächeln entlockt, wäre ich nicht so furchtbar nervös gewesen. Ich drückte mein Kreuz durch, um mich für die bevorstehende Begegnung zu wappnen. Sekunden später erschien Ethan in der Küchentür, und mein Magen machte einen Satz.

»Hey, Sam.« Lässig die Arme vor der Brust verschränkt lehnte er sich gegen den Türrahmen. Er sah gut aus in seinen dreiviertellangen Jogginghosen, einem Hightech-Nylonshirt mit Chicago Bulls-Aufdruck und den teuren Nikes, die er sich letztes Weihnachten von mir gewünscht hatte. Sein Haar, wie immer akkurat geschnitten, glänzte feucht. Ich schätzte, dass er direkt aus seinem heißgeliebten Sportstudio kam.

»Hey.« Ich hob meine Kaffeetasse. »Hab gerade Kaffee gemacht, falls du auch einen willst.«

Er schüttelte den Kopf. »Seit wann bist du zurück?« Er klang nicht sonderlich erfreut, mich zu sehen.

»Bin vor ungefähr einer Stunde angekommen.« Ich sprang auf, holte tief Luft und stützte mich mit den Händen auf der Arbeitsplatte ab. »Ethan, wir müssen reden.«

Seine Lippen wurden schmal. »Fängst du schon wieder an? Ich dachte, wir hätten vereinbart, das Thema erst einmal ruhenzulassen.«

»Darum geht es nicht.« Ich schluckte mein aufsteigendes Unbehagen hinunter wie bittere Galle. Ethans Befürchtung, ich könnte ihn erneut mit meinem Kinderwunsch bedrängen, schien groß zu sein. »Warum hast du dich davongestohlen, als es schwierig mit uns wurde? Bist einfach abgehauen.« Die anklagenden Worte rutschten mir heraus, bevor ich nachdenken konnte. Eigentlich hatte ich vorgehabt, Ethan höflich und gefasst gegenüberzutreten, um den Boden für ein freundliches und sachliches Gespräch zu ebnen. Ach, zur Hölle mit meinen Vorsätzen. Die Situation war ohnehin verfahren.

Ethans Miene blieb unbeweglich. »Ich hab's dir doch erklärt, Sam. Ich musste mal abschalten. Tapetenwechsel. Ich konnte so nicht weitermachen. Ich brauchte wieder einen klaren Kopf. Im Sportstudio muss ich funktionieren.«

»Natürlich.« Für sein verdammtes Sportstudio tat er alles. »Man muss schließlich Prioritäten setzen, nicht wahr?« Die spitze Bemerkung wurde von Ethan mit einem Stirnrunzeln quittiert.

Er verlagerte sein Gewicht. »Was soll das, Sam? Bist du auf Streit aus?«

Ethan hatte recht. Es würde zu nichts führen, wenn wir stritten. Ich wollte mit ihm reden. In Ruhe, vernünftig. Schließlich lag mir viel daran, dass wir uns in Freundschaft trennten. Ich holte tief Luft. »Wollen wir uns nicht setzen? Ich würde wirklich gern etwas mit dir besprechen.«

Er musterte mich argwöhnisch, als er sich vom Türrahmen löste und auf den Küchentisch zusteuerte. Ich ließ mich ihm gegenüber auf einen Stuhl sinken. Mit einem Mal fühlte ich mich total erschöpft. Erledigt und müde. Die lange Fahrt hatte ihren Tribut gefordert. Außerdem hatte ich letzte Nacht schlecht geschlafen und mein Rücken schmerzte. Ich verfluchte innerlich die miese Matratze meines Motelbetts in Pennsylvania. Ethan dagegen wirkte wunderbar ausgeruht, er verströmte Kraft und Vitalität. Er wirkte zufrieden, stellte ich fest, als ich ihn genauer betrachtete. Nicht wie jemand, der sich Sorgen machte oder seine Ehefrau vermisst hatte.

»Ethan«, begann ich, unsicher wie ich es am besten formulieren sollte. Unwillkürlich wanderte mein Daumen an die Lippen. Verflixt, ich sollte endlich mal mit dem Nägelknabbern aufhören. Rasch schob ich meine Hände unter meinen Po, um mich nicht in Versuchung zu führen. Mein Blick glitt abermals durch die Küche mit den schicken, glänzenden Einbaumöbeln. Meine Küche. Einen Herzschlag lang überfiel mich regelrechte Panik. Würde ich in der Lage sein, wieder von vorn zu beginnen? Allein, in einem winzigen Apartment ohne den gewohnten Komfort? Ohne Partner an meiner Seite? Unvermittelt blitzte Coles Bild vor meinem geistigen Auge auf. »Ich will die Scheidung«, entfuhr es mir.

Ethans helle Augenbrauen schossen in die Höhe. Innerhalb einer Sekunde huschten unzählige Emotionen über sein Gesicht.

Meine rechte Hand flog an den Mund. »Oh Gott, es tut mir leid.«

Eine gefühlte Ewigkeit starrte Ethan mich an, ohne ein Wort zu sagen. Allein der zuckende Nerv an seiner Schläfe verriet, dass er diese Nachricht erst einmal verdauen musste. Wie unsensibel von mir, dachte ich. Ich hatte ihn nicht vor den Kopf stoßen wollen. Was hatte ich mir nur dabei gedacht? Meine Aussage musste ihn wie eine Ohrfeige getroffen haben. »Hör zu.« Mit gespreizten Fingern fuhr ich mir durch die Locken, während ich fieberhaft überlegte, wie ich die Situation retten könnte. »Es tut mir –«

Ethan stoppte mich mit einer Handbewegung. »Nein, du hast recht. Ich denke auch, es ist das Beste, wenn wir uns trennen.« Unbehaglich rutschte er auf seinem Stuhl. »Ich spiele schon eine Weile mit dem Gedanken.«

Ich beugte mich vor, als hätte ich ihn nicht richtig verstanden. »Wie bitte? Du spielst schon lange –« Meine Stimme versagte. Sein Geständnis verschlug mir einen Moment lang die Sprache. Schlagartig wurde mir so vieles klar. Die fehlende Leidenschaft in seinen Umarmungen, die kühle Gleichgültigkeit, mit der er mich betrachtete. Eigentlich hätte ich erleichtert sein müssen, dass er mir keine Szene, keine Vorwürfe machte. Doch obwohl ich mir die Scheidung wünschte, traf es mich in diesem Moment hart zu erfahren, dass Ethan unsere Beziehung anscheinend schon lange abgeschrieben hatte. Eine einzelne Träne stahl sich ihren Weg über meine Wange.

Ethans attraktive Züge wurden weicher. »Hey, Sam.« Er langte über den Tisch und schnappte sich meine Hand. Ich starrte auf seine schlanken, sehnigen Finger, als würde ich sie das erste Mal sehen. Dort, wo sich bis vor Kurzem noch sein Ehering befunden hatte, lief ein schmales weißes Band. Ethan folgte meinem Blick. »Ich hab ihn vorgestern abgezogen«, erklärte er sanft.

Ich löste mich von ihm. »Dir ist es schon lange klar, oder?«

»Dass das mit uns nicht mehr funktioniert?« Ethan lehnte sich zurück. Er schien kurz zu überlegen, bevor er weitersprach. So als würde er abwägen, ob er mir die Wahrheit zumuten dürfte. »Als du schwanger wurdest, bemerkte ich entsetzt, dass ich mich überhaupt nicht darüber freuen konnte. Es war mir alles zu viel geworden. Der ganze Druck, der Stress. Ich wollte nur noch weg. Frei sein. Auf einmal wollte ich keine Familie mehr. Keine Ehe.« Er brach ab.

»Verstehe«, ergänzte ich flach.

»Es ist nicht so, dass ich nichts mehr für dich empfinde, Sam, nur –«

Du wolltest unser Kind nicht.

Sein Blick hielt meinen.

»Ich verstehe«, wiederholte ich. Meine Stimme klang seltsam entfernt. So, als würde sie zu jemand anderem gehören. Ich rang mit der Erkenntnis, dass Ethan das Kind nicht gewollt hatte. Unser Wunschkind. War er am Ende froh gewesen, dass ich es verloren hatte? Der Gedanke war zu entsetzlich. Ich schoss hoch, so ungestüm dass mein Stuhl drohte umzukippen, und stürzte auf Ethan zu, der seinerseits ebenfalls aufgesprungen war. Mit beiden Fäusten trommelte ich gegen seine Brust. »Verdammt, verdammt! Wie konntest du nur! Unser Kind – mein Kind! Du hast es überhaupt nie gewollt! Du bist froh, dass es gestorben ist!« Meine Stimme überschlug sich. Die Erkenntnis, dass Ethan das Kind nicht gewollt hatte, verletzte mich tief. Tiefer und stärker als sonst irgendetwas in meinem Leben.

Ethan hielt meine Handgelenke fest. »Sch, Sam, beruhige dich. Beruhige dich doch.« Er zog mich an sich, und ich benetzte sein Sportshirt mit zornigen, verzweifelten Tränen.

»Ich bin so enttäuscht von dir. Ich dachte –« Wieder versagte meine Stimme und wich einem wilden Schluchzen.

Ethan ließ meine Hände los, legte einen Finger unter mein Kinn und hob es an, um mir in die Augen zu sehen. »Ich wollte ein Kind mit dir. Ich wollte diese Familie. Anfangs. Aber«, er schüttelte den Kopf und füllte seine Lungen tief mit Luft, »irgendwann schlug alles wie eine Welle über mir zusammen und ich hatte das Gefühl zu ertrinken. Ich fühlte mich in etwas hineingetrieben, für das ich nicht bereit war – oder was ich nicht mehr wollte. Es tut mir leid, Sam.« Sein Blick brannte sich in meinen. »Bitte, du musst mir glauben. Ich hab auch um dieses Kind getrauert. Aber – wenn ich ehrlich bin, war ich auch erleichtert.«

»Wow.« Ich schluckte heftig. Auf einmal verspürte ich das dringende Bedürfnis, mich wieder zu setzen. Ich sank auf den nächsten Stuhl. Mein Herz hämmerte wie verrückt.

Ethan kam zu mir, ging in die Knie und sah mich eindringlich an. Seine Hand ruhte warm und fest auf meinem Oberschenkel. »Du sagst doch selbst, du wünschst dir die Scheidung. Du musst also auch gemerkt haben, dass es nicht mehr funktioniert, oder?« Seine Stimme streichelte mich sanft, seine Augen blickten warm. Plötzlich sah ich wieder den Mann, in den ich mich einst im College verliebt hatte. Den unbekümmerten, charmanten Kerl, der mein Herz im Sturm erobert hatte.

»Oh, Ethan«, rief ich erneut aufschluchzend. Weinend fiel ich ihm um den Hals. Ich weinte um unser verlorenes Kind, um unsere Liebe, unsere Ehe. Um dieses ganze, ungerechte, komplizierte Leben.

Noch am selben Abend organisierte sich Ethan ein Motelzimmer und zog aus dem Haus aus. Er meinte, es sei leichter für uns, wenn es einen sauberen Schnitt gäbe, und insgeheim gab ich ihm recht. Ich war froh, seine Gesellschaft nicht länger ertragen zu müssen. Auch wenn ein winziger Teil von mir ihn noch immer liebte, so verspürte ich tief in meinem Inneren eine unbändige Wut, die ich erst einmal verarbeiten musste. Die Tatsache, dass Ethan unser Kind nicht in dem Maß gewollt hatte wie ich, verletzte mich zutiefst. Zwar konnte ich seine Gründe nachvollziehen, mein Herz jedoch war noch nicht bereit, ihm zu verzeihen. Ich vergrub mich in unserem Haus, das ich nur verließ, um zum Supermarkt zu fahren und mich mit dem Nötigsten zu versorgen. Tagsüber saß ich vor dem PC und arbeitete wie eine Wilde, um mich abzulenken. Abends kuschelte ich mich mit einem Riesenbecher Häagen-Dazs-Eiscreme aufs Sofa, während ich mich vom Fernseher mit Sendungen berieseln ließ, für die ich mich nicht interessierte. Ich dachte lange und gründlich über meine gescheiterte Ehe nach. An manchen Tagen kämpfte ich gegen den Drang an, Ethan anzurufen, um mich mit ihm zu versöhnen. An anderen war ich mir so sicher wie nie zuvor, dass es richtig war, dass wir künftig getrennte Wege gingen. Mein Kleenex-Verbrauch war astronomisch hoch. Nach drei Wochen der absoluten Funkstille telefonierten wir wieder miteinander, vermieden dabei jedoch alles Persönliche. Mit einer gewissen Distanz, als ob die ganze Sache nicht uns, sondern Fremde betreffen würde, besprachen wir die bevorstehende Scheidung. Wir gingen behutsam miteinander um, es war ein Tanz auf Eierschalen. Und plötzlich schien alles furchtbar schnell zu gehen, viel zu schnell für meinen Geschmack, obwohl ich mir die Trennung gewünscht hatte. Um Komplikationen zu vermeiden, war Ethan der Meinung, dass sich jeder von uns einen eigenen Anwalt nehmen sollte, der das Finanzielle abwickeln würde. Er bot mir an, mich ein Jahr lang mit einer bestimmten Summe zu unterstützen, doch ich lehnte ab. Ich hatte frei sein wollen. Und das bedeutete auch Selbstständigkeit. Mit meiner Tätigkeit als Online-Designerin verdiente ich nicht übermäßig viel, jedoch gerade genug, dass es für mich zum Leben reichte. Zudem würde ich eine bestimmte Summe aus dem Hausverkauf erhalten, die mich eine Weile über Wasser halten würde. Wir übergaben das Haus einem Makler und suchten neue Wohnungen für uns. Durch die Vermittlung eines Freundes ergatterte Ethan praktischerweise ein Loft in unmittelbarer Nachbarschaft seines Studios. Innerhalb einer Woche hatte auch ich all meine Habseligkeiten, meine Kleidung und jeglichen Krimskrams, auf den Ethan allzu gern verzichtete, in Möbel und Kisten verpackt, die ich an einem verregneten Montagmorgen in einen U-Haul-Anhänger verstaute. Mein neues Heim war ein winziges Zwei-Raum-Apartment in einem großen, backsteingemauerten Wohnblock in South Shore, in der Nähe des Windsor-Parks. Es war nichts Besonderes, aber ruhig gelegen. Der Ort, an dem mein neues Leben beginnen sollte. In den ersten beiden Nächten lag ich grübelnd und zweifelnd wach und lauschte den ungewohnten Geräuschen, die durch das halbgeöffnete Fenster in mein Schlafzimmer drangen. Ich vermisste mein altes Zuhause. Die vertrauten Gerüche und Laute. Die Vorstadt. Meinen gepflegten Garten. Selbst Berta, die mir mit ihrer unverhohlenen Neugier stets auf die Nerven gegangen war. Ich fühlte mich so verdammt einsam, so verlassen. Ich hatte alles gehabt und alles verloren. Mit einem Mal fiel es mir schwer, mich auf meine Arbeit zu konzentrieren. In einem Nebel aus Niedergeschlagenheit und Antriebslosigkeit gefangen schlich ich durch mein neues Apartment, unfähig einen klaren Gedanken zu fassen. Würde es mir wirklich gelingen, von vorn zu beginnen? Oder hatte ich mir etwas vorgemacht? Leise Zweifel nagten an mir. Streng genommen hatte ich noch nie ganz allein gelebt. Während meiner Collegezeit hatte ich in einem Mini-Apartment in einem Haus voller Studenten auf dem Campus gehaust. Im Grunde genommen war man dort niemals allein, ständig hockte jemand im Zimmer, der kurz mal zum Quatschen vorbeikam, oder jemand klopfte an die Tür, um sich etwas auszuleihen. Später dann zog ich mit Ethan zusammen. Ehrlich gesagt, war mir ein wenig mulmig zumute, und ich fragte mich mehr als einmal, ob es nicht doch ein Fehler gewesen war, meine Ehe aufzugeben.

Fünf Tage nach meinem Einzug in South Shore lernte ich meine Nachbarin kennen, eine junge, herzliche Frau, die mit ihrem schwulen Freund zusammenlebte. Die beiden luden mich zu einem Willkommensumtrunk ein. Wir verbrachten eine lange, fröhliche Nacht, und ich hegte die Hoffnung, neue Freunde gefunden zu haben. Langsam, ganz langsam regte sich so etwas wie zaghafte Zuversicht in mir. Dass es mir gelingen würde, mir ein neues Leben aufzubauen. Ohne Ethan. Und ganz allein. Meine Trauer über das verlorene Kind verwandelte sich nach und nach in leise Wehmut. In eine traurige Erinnerung. Hoffentlich würde auch die Begegnung mit Cole, die gemeinsam verbrachte Liebesnacht, irgendwann nur noch Erinnerung sein. Immer wenn ich mit Melissa telefonierte, lenkte sie das Gespräch geschickt auf Cole. Mit dem intuitiven Gefühl einer Frau ahnte sie vermutlich, dass die Dinge zwischen Cole und mir nicht ganz so harmlos verlaufen waren, wie ich versucht hatte, ihr weiszumachen. Ich hatte den Verdacht, sie wollte die Wahrheit über meine Gefühle für ihn aus mir herauskitzeln, und hatte meine liebe Mühe, ausweichend zu antworten. Ich beteuerte, dass Cole mir absolut gleichgültig sei. Obwohl es mich natürlich insgeheim brennend interessierte, wie es ihm ging und was er machte. Melissa erzählte mir, dass er vermutlich in Kürze nach New York beordert werden würde, um das neue Projekt zu betreuen. Wann immer sie von ihm sprach, überfiel mich eine spontane, tiefe Sehnsucht. Dieses Gefühl würde vergehen, redete ich mir ein. Die Sache mit Cole war nur eine flüchtige Affäre gewesen, ein nettes Abenteuer. Er war ein Mann, der mir Wärme und Zuneigung geschenkt hatte, als ich sie dringend gebraucht hatte, nicht mehr, nicht weniger. Mit aller Macht kämpfte ich gegen die starken Emotionen an, die mir mitunter die Kehle zuschnürten. »Hau ab«, flüsterte ich Coles Bild zu, das sich mir immer wieder aufdrängte. »Lass mich endlich in Ruhe!« Ich hoffte, dass ich Melissa gegenüber überzeugend wirkte, gab mich betont fröhlich und unbekümmert.

Ich werde Cole Walker vergessen, sagte ich mir immer wieder, als wäre es eine Art Beschwörungsformel.

Ich würde über ihn hinwegkommen.

Irgendwann.

Kapitel 12

Cole

Zu der fetzigen Rockmusik aus dem tragbaren Miniradio pfeifend, schraubte ich an meiner Harley, als ich ein vertrautes, sich unmissverständlich näherndes Knattern vernahm. Ich hob den Blick und knurrte ungehalten, als ich Melissas Mini in meine Einfahrt einbiegen sah. Seufzend legte ich den Schraubenschlüssel beiseite, richtete mich auf und wischte meine Hände an dem grauen Lappen ab, um ihn anschließend in die Gesäßtasche meiner Jeans zu stopfen. Argwöhnisch sah ich zu, wie Mel ihren Wagen einen knappen Meter vor mir zum Stehen brachte. Melissa kam nie unangemeldet vorbei. Außer sie wollte etwas von mir.

»Schwesterherz.« Ich hielt ihr die Fahrertür auf. »Was für eine Überraschung«, bemerkte ich über Kid Rocks rauchige Stimme hinweg.

Sie kletterte vom Fahrersitz, schnappte sich ihre Riesentasche vom Rücksitz und warf mir einen vieldeutigen Blick zu.

»Käffchen?«, bot ich scheinheilig an, in der Hoffnung sie würde verneinen. Ich war gerade so schön mittendrin meine Harley aufzumotzen. Ein Männerding. Dabei wurde ich nur ungern gestört. Auch wenn es sich um meine Schwester handelte, die ich von Herzen liebte.

»Gern«, sagte sie.

Ich stellte das Radio ab, bedachte meine Harley mit einem letzten wehmütigen Blick und folgte Melissa zum Haus. »Willst du nicht mal diese bescheuerte Beanie absetzen?«, grummelte ich übellaunig, während ich ihr die Haustür aufhielt.

Mel schlüpfte unter meinem Arm hindurch. »Welche Laus ist dir denn über die Leber gelaufen? Komme ich unpassend?«

»Ehrlich gesagt, ja.« Wir waren in der Küche angekommen und ich machte mich an der Kaffeemaschine zu schaffen.

»Ich mach's kurz, versprochen.« Mel ließ sich auf einen Stuhl am Küchentisch fallen. »Aber eine Tasse Kaffee wirst du für deine Lieblingsschwester doch wohl noch haben.« Jetzt klang sie verschnupft.

Ich befüllte die Maschine mit einem Schwung frischer Bohnen, stellte sie an und drehte mich um. »Ach, Mel, sorry. So hab ich es nicht gemeint. Es ist nur so, ich war grad mit dem Bike beschäftigt –«

»Männer und ihre Maschinen.« Mel rollte mit den Augen.

»Das klingt jetzt aber etwas zweideutig.« Ich erwiderte ihr Grinsen, verschränkte die Arme vor der Brust und lehnte mich mit dem Hintern gegen den Tresen.

Melissa bedachte mich mit einem vielsagenden Blick. »Typisch Mann, immer nur unanständige Gedanken.«

In einer übertriebenen Geste, die etwas Ähnliches wie *wir Männer sind nun einmal so gestrickt* ausdrücken sollte, hob ich beide Hände. »Also, Mel, was führt dich zu mir?«

»Mom würde sich übrigens freuen, mal wieder etwas von dir zu hören.« Melissa fegte einen Brotkrümel von der Tischplatte.

Um mir dies mitzuteilen, war Melissa hier aufgetaucht? Mit Sicherheit nicht. Dennoch überfiel mich das schlechte Gewissen, als ich sie einer skeptischen Musterung unterzog. Seit ich aus New York zurückgekommen war, hatte ich mich noch nicht bei meinen Eltern gemeldet, die vor einigen Jahren in einen etwas größeren Ort ein paar Kilometer landeinwärts gezogen waren. »Verflucht, ja.« Ich fuhr mir mit gespreizten Fingern durchs Haar. »Du hast recht, ich sollte sie schleunigst anrufen.« Die Kaffeemaschine gab ein paar gurgelnde, zischende Geräusche von sich als untrügliches Zeichen, dass sie nun einsatzbereit war.

Melissa nahm ihre Beanie ab, legte sie sorgfältig auf den Tisch und schüttelte ihre langen Haare, die sie heute zur Abwechslung mal offen trug. Nicht zum ersten Mal fragte ich mich, warum Melissa keinen Mann an ihrer Seite hatte. An ihrer etwas gewöhnungsbedürftigen Garderobe lag es doch wohl nicht. Mel war eine intelligente, schöne junge Frau, nach der sich die Männer gern umdrehten. Die Beziehung zu ihrer Highschool-Liebe war zerbrochen, als sie sich an der Boston University für Biologie und Anatomie eingeschrieben hatte, und seitdem hatte es nur ein paar unbedeutende Liebeleien oder Flirts gegeben. Möglicherweise hatten Männer vor klugen Frauen Respekt, mutmaßte ich, meine Schwester nachdenklich studierend.

»Ich hab Mom schon gesagt, dass du wieder da bist.« Melissas Stimme riss mich aus meinen Betrachtungen.

»Ups, sie ist vermutlich sauer.« Ich stellte die Brühstärke an der Maschine ein, schnappte mir zwei Becher aus dem Hängeschrank und befüllte sie mit dampfendheißem Kaffee.

»Nein, eher enttäuscht.« Mel nahm den Becher entgegen, den ich ihr reichte.

Mist. Das würde ich mit einer Einladung zum Essengehen wiedergutmachen müssen. Ich schaufelte großzügig Zucker in mein Gebräu, rührte um und setzte mich zu Mel an den Tisch. »Also, Sis, spuck's schon aus: Was liegt dir wirklich auf dem Herzen?« Ich lehnte mich zurück, streckte meine langen Beine aus und überkreuzte die Fußknöchel. Genüsslich nippte ich an meinem Kaffee. Großartig. Genauso, wie ich ihn liebte. Vermutlich würde Mel wieder meckern, weil er ihr zu stark war, aber …

»Hast du etwas mit ihr angefangen?«

Ich verschluckte mich und spuckte prustend quer über den Tisch.

Mir einen gereizten Blick zuwerfend wischte sich Mel mit den Fingern über ihr T-Shirt, das ein paar Kaffeespritzer abbekommen hatte.

»Entschuldige, Mel, tut mir leid.«

»Also? Hast du?« Meine Schwester konnte unerbittlich sein. Natürlich war mir sofort klar, auf was – oder besser wen – sie hinauswollte, doch ich ließ es auf einen Versuch ankommen und stellte mich ahnungslos.

»Wovon zur Hölle sprichst du?« Ich steckte meine Nase in meinen Kaffeebecher.

»Du weißt verdammt genau, von wem ich spreche, Cole Walker.« Wenn Melissa sauer wurde, wurde ihre Stimme gefährlich leise und sanft, genau wie Moms, wenn sie mich früher zurechtgewiesen hatte.

»Herrgott, Mel. Was heißt schon angefangen? Das ist ein dehnbarer Begriff.«

»Cole. Verkauf mich nicht für dumm. Immer wenn ich mit Sam telefoniere, gibt sie sich alle Mühe, es zu verbergen, aber sie wirkt seltsam bedrückt.« Melissa verlagerte ihr Gewicht und fixierte mich eingehend. »Sie kam mir schon so komisch vor, als wir uns verabschiedeten. Und ich vermute, ihre Niedergeschlagenheit hat etwas mit dir zu tun.« Ihre Augen wurden schmal. »Ich wollte mich nicht einmischen, weil es eine Sache zwischen euch beiden ist, aber Sam ist meine Freundin und da stimmt definitiv etwas nicht. Mein Gefühl hat mich selten getäuscht. Nenn es den sechsten Sinn einer Frau.«

Ich griff mir an den Hals, um meinen Hemdkragen zu lockern, dann fiel mir ein, dass ich gar kein Hemd trug. »Ach, du und dein Gefühl«, brummte ich.

Melissa lehnte sich über den Tisch und berührte meinen Arm. Das zum Fenster hereinfallende Sonnenlicht fing sich in ihrem Silberarmreif. »Cole. Falls etwas zwischen euch gelaufen sein sollte, ich kann es verstehen. Wirklich. Sam ist eine bezaubernde Frau, ich kann mir gut vorstellen –«

»Ach, verdammt, Mel«, unterbrach ich sie, da ich realisierte, dass Leugnen zwecklos sein würde. »Es hätte niemals passieren dürfen. Sam ist verheiratet.«

Einen Wimpernschlag lang schien die Zeit stillzustehen. Nur das leise Ticken der Küchenuhr war noch zu hören, und Melissas Atmen. Sie starrte mich mit einem Gesichtsausdruck an, den ich nicht deuten konnte. Was sie dann sagte, überraschte mich.

»Du vermisst sie, oder?«

Für den Bruchteil einer Sekunde blitzte ein Bild vor mir auf. Ich sah Samantha auf der Verandaschaukel mit einem kleinen Mädchen im Arm sitzen, das ihr widerspenstiges Haar zu roten Zöpfen geflochten trug. Sams Kinn lag auf dem Scheitel der Kleinen, während sie ihr aus einem Kinderbuch vorlas. Irritiert verscheuche ich das Hirngespinst. Wo zum Teufel kam das denn jetzt her? Ich räusperte mich und setzte mich aufrecht. Meine Finger legten sich um meinen Kaffeebecher. »Ach, Unsinn. Aber ich –«

»Komm schon, Bruderherz, mir kannst du nichts vormachen.« Melissas Augen studierten mich aufmerksam.

»Du irrst dich.«

Sie bedachte mich mit einem Blick, der eindeutig ihre Zweifel verriet. »Es geht mich ja nichts an, mit wem du pennst, Bruderherz. Aber wie schon gesagt, Sam ist meine Freundin, und ich will wissen, was mit euch los war.«

Ich holte tief Luft und stieß sie mit einem Zischen wieder aus. »Mit uns war gar nichts los, Mel. Wir hatten einen One-Night-Stand, und das war's. Wir haben uns nichts versprochen, und die Dinge waren von Anfang an klar geregelt.«

»Sieht Sam das genauso?«

»Himmel, Mel, ich weiß es nicht. Aber das ist nicht mein Problem.« Ich bemühte mich, ihrem intensiven Blick gelassen zu begegnen. »Mir ist klar, dass ich nicht hätte mit ihr schlafen sollen, weil sie gebunden ist, aber sie ist erwachsen, genau wie ich. Sie wusste, was sie tat.«

»Bei dir bin ich mir da nicht so sicher«, murmelte Melissa und hob ihre Tasse an die Lippen.

»Komm schon, Mel, das ist unfair. Es ist ja nicht so, als hätte ich Sam verführt.« Oder hatte ich das? Na ja, in gewisser Weise vielleicht schon, aber sie hatte es ebenso gewollt. Dessen war ich mir sicher. Ich schob mir alle zehn Finger durch die Haare. »Vielleicht ist Sam auch wegen etwas ganz anderem bedrückt, und dein sogenannter sechster Sinn trügt dich dieses Mal.« Die Stuhlbeine schrammten lärmend über die Fliesen, als ich aufsprang. So langsam zog es mich zu meiner Harley zurück. Außerdem passte es mir nicht, dass meine Schwester mich einem Quasi-Verhör unterzog. Meine gute Laune war nun endgültig dahin.

Melissa erhob sich ebenfalls. Sie ging zur Spüle, um ihre Tasse hineinzustellen. »Vielleicht solltet ihr einfach noch einmal miteinander reden.«

Ich rieb mir über den Nacken. »Nein. Ich denke, es ist besser, wenn du dir keine Gedanken mehr über mich und Samantha Carrigan machst. Denn da gibt es nichts, worüber du dir deinen hübschen Kopf zerbrechen solltest.«

Melissa schnappte sich ihre Tasche und warf sie sich schwungvoll über die Schulter. »Sie hat sich übrigens von ihrem Mann getrennt.«

»Hm.« Ich gab mir größte Mühe, möglichst unbeteiligt dreinzublicken. Das plötzliche schnelle Schlagen meines Herzens strafte meine zur Schau gestellte Lässigkeit Lügen.

»Okay, Bruderherz. Dann mach ich mich mal wieder vom Acker.« Sie zögerte. »Ich hoffe, du bist mir nicht böse ...?«

»Nein.« Ich hängte die Daumen in die Gürtelschlaufen meiner Jeans. »Aber lass uns das Thema Samantha bitte künftig nicht mehr anschneiden, Mel.«

Sie knuffte mich freundschaftlich in die Seite. »Okay. So, und jetzt muss ich rasch in die Fairview Lane zu Betty Simmons, sonst kommt das Baby vielleicht noch ohne mich. Gestern hatte sie schon leichte Senkwehen und der Muttermund hatte sich bereits –«

»Um Himmels Willen. Bitte erspar mir die Details.« In Abwehr beide Hände hebend blendete ich ihre Stimme aus, während ich Melissa durch den Flur zur Haustür begleitete.

Unfähig einen klaren Gedanken zu fassen, blickte ich kurz darauf ihrem knallroten Mini hinterher. *Sam hatte sich von ihrem Mann getrennt.* Warum warf mich diese Nachricht so aus der Bahn? Es konnte mir doch egal sein, was in Samanthas Privatleben passierte. Es ging mich schließlich nichts an. Und warum sollte es mich interessieren? Samantha war keine Freundin von mir, lediglich eine nette Bekannte, mit der ich mich eine Nacht lang vergnügt hatte. *Wem machst du eigentlich etwas vor?* Ich gab mir große Mühe, den fiesen kleinen Teufel in meinem Ohr zu ignorieren. Aber meine Schwester hatte mit ihrer Frage voll ins Schwarze getroffen. Auch wenn ich mit aller Macht versuchte, meine Gefühle zu verdrängen, musste ich mir eingestehen, dass ich noch immer brennendes Verlangen nach Samantha empfand. Eine quälende Sehnsucht. Ich sehnte mich danach, ihr helles, ansteckendes Lachen zu hören. In ihr sommersprossiges Gesicht zu blicken und im Schokoladenbraun ihrer Augen zu versinken. Ich erinnerte mich daran, wie sie an ihren Nägeln knabberte, wenn etwas sie beschäftigte. An die kleine Zahnlücke zwischen ihren Vorderzähnen. Ja, verdammt. Ich vermisste sogar diese bescheuerte Zahnlücke! Ich begehrte diese Frau wie noch keine zuvor. Ich stellte mir ihren schlanken, zarten Körper vor. Egal, was ich machte, sie ging mir einfach nicht aus dem Sinn. Die Frau raubte mir den sprichwörtlichen Verstand.

Seitdem Amy mich vor dem Altar hatte stehenlassen, hatte ich mit einigen Frauen meinen Spaß gehabt. Mit interessanten, attraktiven, anziehenden Frauen, mit denen ich unbekümmerten Sex genossen hatte. Doch keine von ihnen hatte mich je so gefesselt wie Samantha. Und es war nicht nur das Körperliche, das mich anzog. Es war ebenso ihre Warmherzigkeit, ihr Lachen, ihre Aufrichtigkeit und ihre Verletzlichkeit. Ihr ganzes Wesen. Mir gefiel einfach alles an ihr. Verflucht, ich vermisste diese Frau. Ich wollte sie wiedersehen. Jetzt, wo ich wusste, dass sie Single war, umso mehr. Mein Vorsatz, kein weibliches Wesen mehr nah an mich heranzulassen, geriet ins Wanken. Die Vorstellung, jemanden an meiner Seite zu haben, mit dem ich das Leben teilen konnte, war verlockend, verführerisch. Das Bild von vorhin kehrte zurück. Sam auf meiner Veranda, mit dem kleinen rothaarigen Mädchen im Arm. Oh Mann. Es stimmte, ein Teil von mir, den ich normalerweise sorgsam in meinem tiefsten Inneren verborgen hielt, sehnte sich nach einer Familie. Nach einer Frau, die meinen Ring trug. Doch wohin würde das führen? Schon einmal hatte ich mich auf dieses Wagnis eingelassen. Vergiss es, Cole Walker. Vergiss es! Du hast dich einmal verbrannt, ein zweites Mal passiert dir das nicht wieder. In der Hoffnung, dass die Zeit für mich arbeitete und mein Verlangen und meine Sehnsucht nach Samantha nachlassen würden, beschloss ich, so weiterzumachen wie bisher. Ich fuhr gut damit. Ich hatte einen interessanten Job und besaß ein Haus, auf das ich stolz war. Konnte tun und lassen, was ich wollte, musste niemandem Rechenschaft ablegen, wo oder mit wem ich die Nacht verbrachte, wie oft ich zum Segeln mit meinem Kumpel hinausfuhr oder warum ich beim Frühstück meine Nase gern in den Online-Nachrichten vergrub. Ich hatte ein schönes, ausgefülltes Leben. Und das sollte ich jetzt besser auch genießen. Ich hatte vorgehabt, das herrliche Wetter auszunutzen und später die Küste entlangzufahren. Zwar hatte mir Bradbury Inc. nach dem schwierigen Start unverhofft ein paar freie Tage zugestanden, doch es konnte sein, dass ich in Kürze wieder nach New York zurückbeordert werden würde. Entschlossen wandte ich mich wieder meiner Harley zu.

Kapitel 13

Samantha

An der Mauer unter dem Dach brüteten fleißig Schwalben, und die zarten Knospen im nahen Windsor-Park waren einem satten, saftigen Grün gewichen. Ich spähte aus dem Küchenfenster und beobachtete das muntere Treiben unten auf der Straße. Inzwischen hatte ich mich in der neuen Umgebung eingelebt. Keine fünf Gehminuten entfernt gab es an der Ecke einen Coffeeshop, der verboten leckere Donuts verkaufte. Ich hatte es mir zur lieben Gewohnheit gemacht, dort jeden Vormittag eine Pause einzulegen, um mir einen Espresso Latte in Begleitung eines dieser himmlisch süßen Teilchen zu gönnen. Leider machte sich meine neue Leidenschaft bereits an meiner in der Taille immer enger werdenden Jeans bemerkbar. Es war mir egal. Vermutlich versuchte ich mit dem süßen Zeug, mein Gefühl der Einsamkeit zu kompensieren. Zwar verband mich mit Karen, meiner neuen Nachbarin, eine nette lockere Freundschaft, dennoch fühlte ich mich, tief in mir drin, schrecklich verlassen. Ich sehnte mich nach Angel's Cove. Mir fehlte das wunderbare, warme Haus an der Ocean View Lane. Coles amüsante Gesellschaft. Das knisternde Prickeln zwischen uns. Und Melissas Freundschaft und Herzenswärme. Gedankenverloren stellte ich meinen Kaffeebecher auf das Abtropfgitter, schnappte mir das Händehandtuch, um meine Finger zu trocknen. Ein winziges Funkeln in dem goldenen Band an meinem linken Ringfinger, wo sich das hereinfallende Sonnenlicht brach, fesselte meine Aufmerksamkeit. Bisher hatte ich es nicht übers Herz gebracht, den Ring abzulegen. Immerhin waren Ethan und ich noch nicht geschieden. Ich hatte zwar die Scheidung eingereicht, aber erst in ein paar Wochen würden wir uns zu einem gemeinsamen Gerichtstermin wiedersehen. Sanft strich ich mit einem Finger über das Schmuckstück, bevor ich es abstreifte und auf dem Fenstersims ablegte. Danach faltete ich das Handtuch zusammen und hängte es sorgfältig über die Metallstange vor der Spüle zurück. Ich war im Begriff, die Küche zu verlassen, als sich der Raum um mich unvermittelt zu drehen begann. Meine rechte Hand schnellte zum Türrahmen. Ich hielt mich daran fest und schluckte heftig, bis der Schwindelanfall vorüber war. Was zum Teufel war das gewesen? Noch immer leicht benommen strich ich mir eine Locke von der Stirn. Anscheinend litt ich wieder unter niedrigem Blutdruck, genau wie ich es als junges Mädchen getan hatte. Mom hatte mich mehrmals aus der Highschool abholen müssen, weil ich zusammengeklappt war, erinnerte ich mich. Ich würde sie heute Nachmittag besuchen, beschloss ich, einer spontanen Eingebung folgend. Normalerweise besuchte ich sie jeden Sonntag, aber plötzlich war mir danach, Moms liebes Gesicht zu sehen. Auch wenn mir schmerzlich bewusst war, dass sie nicht einmal bemerken würde, dass heute kein Sonntag und infolgedessen auch kein Besuchstag war. Trotzdem würde es mir guttun, in ihrer Nähe zu sein.

Wie immer, wenn ich das eiserne Tor zur baumbestandenen Einfahrt passierte, fühlte ich eine Beklemmung in meiner Brust aufsteigen. Gleich würde ich wieder auf eine Frau treffen, für die ich eine völlig Fremde war. Ich sehnte mich danach, Mom in die Arme zu schließen. Mom, wie sie einmal gewesen war, mit funkelnden, wachen Augen und einem Lächeln, das jedes Herz erwärmte. Meine Mutter besaß europäische Wurzeln. Manchmal hörte ich im Geist noch ihre warme, melodische Stimme, die mir französische Schlaflieder vorsang, spürte ihre sanfte Hand, die mir über die Wange streichelte. Seufzend parkte ich den Honda auf einem der freien Parkplätze vor dem herrschaftlichen Anwesen im viktorianischen Stil. Ich schnappte mir meine Handtasche vom Beifahrersitz und stieg aus. Meine Schritte fühlten sich bleischwer an, als ich die breite Steintreppe zum Empfang hochstieg. Hinter dem blankpolierten Tresen am Empfang stand wie üblich Toby in seiner schmucken dunklen Uniform und grüßte mich mit einem vertrauten Augenzwinkern. Er kannte mich bereits, und ich musste mich nicht mehr, wie andere, die die Einrichtung zum ersten Mal betraten, mit meinem Ausweis anmelden. Zum Glück wusste ich Mom gut aufgehoben in diesem Heim. Voller Dankbarkeit dachte ich an Dad, dessen großzügige Rente von der Army meiner Mutter den Aufenthalt hier ermöglichte. Dad hatte Mom, »sein Pariser Mädel«, wie er sie immer liebevoll genannt hatte, zu Lebzeiten auf Händen getragen, und auch nach seinem Tod sorgte er noch für sie. »Ach, Dad«, flüsterte ich, als mich Sehnsucht erfasste. Wie gern hätte ich jetzt meinen Kopf an seine starke Schulter gelehnt. Ich sehnte mich danach, dass er mir zärtlich mit seinen kräftigen, schwieligen Händen übers Haar streichen würde, so wie er es immer getan hatte, als ich ein kleines Mädchen gewesen war. Toby einen freundlichen Gruß zurufend, eilte ich durch die in kühlem Granit gehaltene Empfangshalle zu den Aufzügen, die mich hinauf in den dritten Stock zum Zimmer meiner Mutter bringen würden. Obwohl mir klar war, dass ich keine Antwort erhalten würde, klopfte ich sachte an, bevor ich die Tür mit ihrem Namensschild darauf öffnete. Wie fast immer wenn ich zu Besuch kam, fand ich Mom am Fenster sitzend vor, den schmalen Rücken mir zugewandt. Sie schien so zerbrechlich in der letzten Zeit. Jede Woche schien sie ein wenig mehr zu schwinden.

»Hi, Mom, ich bin's Sam.«

Sie drehte sich nicht um und meine Stimmung sank endgültig auf den Nullpunkt. Würde das jetzt für immer so sein? Mein Verstand kannte die Antwort, doch mein Herz weigerte sich, die Hoffnung endgültig zu begraben. Eine Hoffnung, die mir Moms Arzt schon vor Jahren genommen hatte. Eine Träne kullerte meine Wange hinab und ich wischte sie ungeduldig fort. Meine Güte, heute hatte ich an nah am Wasser gebaut. Vermutlich lag es daran, dass ich in Kürze meine Tage bekommen würde. Tief einatmend ging ich in die Hocke, legte Mom eine Hand auf den Rücken und drehte mich so, dass sie mich ansehen konnte.

»Mom, wie geht es dir?« Sie neigte ihren Kopf, um mich mit glasigen Augen zu betrachten.

»Wer sind Sie?« Ihre einst so fröhliche Stimme, in der nach all den Jahren noch immer der fremde Akzent mitschwang, klang brüchig.

»Wollen wir uns drüben aufs Sofa setzen? Dort können wir uns besser unterhalten.« Behutsam half ich ihr hoch und führte sie durch das geräumige Zimmer zu einer buntgemusterten Chaiselongue. Alle Zimmer in diesem Heim waren in hellen, fröhlichen Farben gestaltet, um den Bewohnern ein Gefühl von Lebendigkeit und Leichtigkeit zu vermitteln. Das mochte bei Depressionen helfen, Moms Erinnerung brachten sie jedenfalls nicht zurück, dachte ich trübsinnig, als ich sie sanft auf das Polster drückte. »Soll ich uns einen Tee bringen lassen, Mom?«

Wieder sah sie mich an, mit diesen glasigen, hellen Augen. Ihr leerer Blick verursachte mir eine Gänsehaut im Nacken.

»Inès?«, versuchte ich es noch einmal behutsam. Aber selbst auf ihren Namen reagierte sie nicht. Keinen Tee, beschloss ich. Ich verspürte ohnehin keine Lust darauf. Behutsam nahm ich eine von Moms knochigen, mit blauen Adern durchzogenen Händen in meine. Und dann erzählte ich ihr von meinem Besuch in Angel's Cove. Ich erzählte ihr von Melissa, von Coles zauberhaftem Haus, dem herrlichen Garten und von der Veranda mit dem Blick auf die Bucht. Und von Cole. Cole, den ich vermisste, wie ich noch nie zuvor jemanden vermisst hatte. Mir war bewusst, dass Mom kein Wort von dem verstand, was ich ihr sagte. Auch wenn hin und wieder der Hauch eines Lächelns über ihre hageren Züge huschte und durchblitzen ließ, wie schön sie einst gewesen war. Ich streichelte Mom über die faltige Wange, dann schloss ich sie in meine Arme und hielt sie fest. »Ach, Mom«, sagte ich leise. Mein Herz wurde seltsam schwer. Nicht nur wegen ihr, sondern auch wegen mir. Plötzlich kochten alle Gefühle auf einmal hoch, und ich fing an, stumm zu weinen. Ich weinte um das Kind, das ich niemals kennenlernen würde. Um Ethan und mich, weil wir uns verloren hatten. Und weil ich einfach nicht aufhören konnte, an einen gewissen Mann in Angel's Cove zu denken, der mit Sicherheit keinen Gedanken mehr an mich verschwendete. Ich klammerte mich wie eine Ertrinkende an Mom und wünschte, sie würde verstehen, wie sehr ich jetzt ihren Trost und ihre Liebe brauchte. Aber Mom würde niemals mehr verstehen. Niemals mehr würde sie mich in die Arme nehmen und mir Halt geben. Ich schluckte hart, schloss kurz die Augen und atmete tief durch. Wie hieß es so schön? Die Welt drehte sich weiter. Ich straffte meinen Rücken und löste mich sanft von ihr. »Ich muss jetzt gehen, Mom.« Ein Blick auf meine Armbanduhr sagte mir, dass es gleich Abendessenszeit war. In Kürze würde eine der in adrette hellblaue Schürzen gekleideten Hausdamen erscheinen, um Mom hinunter in den Speisesaal zu bringen. Bei dem Gedanken an Essen wallte Übelkeit in mir auf. Ich legte eine Hand auf meine Mitte, um meinen grummelnden Magen zu beruhigen. Bisher hatte ich lediglich gefrühstückt – zwei Bagel mit Frischkäse und Orangenmarmelade. Vielleicht ein bisschen wenig in Anbetracht der Tatsache, dass es gleich siebzehn Uhr dreißig war. Kein Wunder, dass ich Hunger verspürte. Möglicherweise hatte aber auch der Frischkäse das Verfallsdatum überschritten, und ich hatte mir den Magen verdorben? Ich beschloss, gleich nachzusehen, sobald ich wieder zu Hause war. Mit einem flauen Gefühl im Bauch erhob ich mich, drückte Mom einen Kuss auf die Stirn und wandte mich zum Gehen. »Ich komme bald wieder, Mom.«

Sie sah mich nicht an. Blicklos fixierten ihre Augen einen Punkt irgendwo in der Mitte des Raums, während ihre Lippen lautlose Worte formten, die ich nicht verstand.

Der Frischkäse war in Ordnung, stellte ich fest. Vielleicht hatte ich mir einen Virus eingefangen? Während ich die Ursache für das merkwürdige Gefühl in meinem Magen zu ergründen suchte, stellte ich mir am Küchentresen ein Käse-Schinken-Sandwich zusammen. Butterweicher Cheddar Cheese, geräucherter Schinken, je zwei Gurken- und Tomatenscheiben und einen dicken Spritzer Majo. Herrlich. Ich schnappte mir meinen Lunch, fischte eine Dr. Pepper light aus dem Kühlschrank und ging ins Wohnzimmer, wo ich mir in Ruhe beim Essen die Nachrichten ansehen wollte. Das Singleleben bot durchaus Vorteile, stellte ich zufrieden fest, während ich es mir mit dem Teller auf dem Schoß in meinem geblümten Sessel gemütlich machte. Ich konnte essen, was und wann ich wollte, den Fernseher einschalten, aufstehen und ins Bett gehen, wie es mir beliebte. Nach meinem eigenen Rhythmus leben. Ich starrte auf mein Sandwich. Wenn ich ehrlich war, zog ich es vor, in einer Partnerschaft zu leben. Im Grunde genommen war ich ein Beziehungsmensch. Jemand, der es genoss, nachts die Atemgeräusche seines Lebensgefährten zu hören. Jemand mit dem man morgens gemeinsam aufwachte. Gemeinsam lachte. Das Leben war viel schöner mit einem Menschen an der Seite, den man liebte. Unwillkürlich wanderten meine Gedanken zu Ethan. Eine Zeit lang hatten wir alle paar Tage miteinander telefoniert. Es hatte eine Weile gedauert, die Dinge abzuwickeln und die eine oder andere Frage zu klären. Jetzt herrschte allerdings Funkstille zwischen uns. Wir hatten uns in Freundschaft getrennt, und Ethan würde immer einen Platz in meinem Herzen behalten. Aber zu meiner Überraschung vermisste ich ihn nicht.

Es war ein anderer Mann, der meine Gedanken beschäftigte.

Noch immer.

Ein Mann mit unverschämt blauen Augen und tintenschwarzem Haar. Ich rief ihn mir ins Gedächtnis und mich überfiel jäh brennende Sehnsucht. Ob er manchmal auch an mich dachte? Vermutlich nicht. Sicher hatte Cole unsere gemeinsame Nacht schon längst zu den Akten gelegt. Ich wünschte, ich könnte das auch, aber sein Bild hatte sich in mir festgesetzt wie eine liebgewonnene Melodie. Gedankenverloren biss ich in mein Sandwich, als mich erneut eine Welle der Übelkeit überrollte. Ich begann zu würgen, sprang auf und stürmte ins Badezimmer, wo ich die Reste meines Sandwiches in die Toilette spuckte. Irgendetwas stimmte nicht mit mir. Vielleicht sollte ich mal zu Doc McMahon im nahegelegenen Ärztezentrum gehen, um mich durchchecken zu lassen. Er war Karens Hausarzt, und sie hatte ihn mir unlängst wärmstens empfohlen. Ich trat ans Waschbecken, drehte den Wasserhahn auf und spritzte mir kaltes Wasser ins Gesicht. Danach ließ ich mich auf die kühlen Steinfliesen sinken, lehnte mit dem Rücken gegen den Wannenrand und betrachtete mich in dem wandhohen Spiegel. Ich fühlte mich hundeelend. Eben noch hatte ich Appetit auf mein liebevoll belegtes Sandwich verspürt, jetzt hob sich mein Magen allein bei dem Gedanken daran. Ich ließ meinen Blick über meinen Körper wandern. Das T-Shirt spannte über meiner Brust, und meine Hüften schienen runder. Ich hatte tatsächlich zugenommen. Ich sollte bei den Donuts kürzertreten, definitiv. Seufzend ließ ich meinen Kopf in den Nacken sinken und wartete darauf, dass das Unwohlsein abebbte. Unvermittelt durchzuckte mich ein beunruhigender Gedanke wie ein Stich.

Geschockt riss ich die Augen auf.

Absurd!

Völlig absurd. Ethan und ich hatten schon ewig nicht ... Die kleinen Härchen in meinem Nacken stellten sich auf. Eine Gänsehaut kroch über meinen Rücken. Dann wurde mir heiß. Schrecklich heiß. Mit einem Mal schien die Übelkeit wie weggeblasen, als sich eine Ahnung in meinem Bewusstsein manifestierte. Ich sprang auf, verließ das Badezimmer und stürmte in den Flur, um mir meine Tasche zu schnappen.

Es war nicht zu leugnen. Wie ich es auch drehte und wendete, der Test, den ich vor einer halben Stunde bei Walgreens um die Ecke erstanden hatte, sprach eine eindeutige Sprache. Die beiden pinkfarbenen Striche sprangen mir förmlich ins Auge. Ich ließ meine Hand, die das Teststäbchen hielt, gegen meinen Oberschenkel sinken. Es konnte nicht sein. Es war unmöglich. Die Erinnerung kroch zurück. Sie drängte sich unbarmherzig in mein Bewusstsein und ließ mein Herz schneller schlagen. Cole und ich hatten nicht verhütet. Im Eifer des Gefechts, im Feuer der Leidenschaft, hatten wir schlichtweg nicht daran gedacht, Vorkehrungen zu treffen. Meine Wangen fingen an zu brennen, als ich das Undenkbare langsam begriff.

Ich war schwanger. Von Cole Walker! Das durfte nicht wahr sein.

Eine seltsame, lähmende Starre erfasste mich. Jeder Schritt schien bleischwer, als ich das Bad verließ und ins Wohnzimmer schlich, um mich in meinen Sessel fallenzulassen. Ich vergrub das Gesicht in den Händen und bemühte mich, flach zu atmen, um meinen rasenden Puls in den Griff zu bekommen. Schwanger, schwanger!, hallte es in meinem Kopf nach. Warum hatten Cole und ich nicht aufgepasst? Warum hatten wir nicht verhütet? Lange Monate während meiner Ehe hatte ich mir ein Kind gewünscht. Und nun war ich unverhofft schwanger von einem Mann, der nichts von mir wissen wollte. Der sich nicht für mich und mein Leben interessierte. Eine einzige Liebesnacht, in der ich nicht aufgepasst hatte, und ich trug ein Kind unter dem Herzen. Ich konnte es nicht fassen. Automatisch fing ich an, am Daumen zu knabbern, während ich versuchte, die Information zu verdauen. Ratlosigkeit und Euphorie gepaart mit Schrecken und Angst überfielen mich gleichermaßen. Was sollte ich nun tun? In einem flüchtigen, unbedachten Augenblick der Leidenschaft hatte sich mein Leben geändert. Ich spürte das Herz in meiner Brust hämmern. Das Blut rauschte in meinen Ohren. Ich weiß nicht, wie lange ich einfach nur so dasaß und mich vergeblich bemühte, das verworrene Gedankenknäuel in meinem Kopf zu ordnen. Irgendwann stand ich auf und tigerte ziellos durch mein Wohnzimmer, auf und ab, unfähig, einen klaren Gedanken zu fassen. Ein dezentes Vibrieren an meinem Po riss mich aus meiner Schockstarre. Ohne auf das Display zu sehen, nahm ich das Gespräch an.

»Hey!« Melissas fröhliche Stimme.

Ich ließ mich aufs Sofa sinken und zog die Beine seitlich an. Melissa! Was in aller Welt passierte hier? Gedankenübertragung? »Mel«, begrüßte ich sie konsterniert. »Was für eine –« Überraschung, hatte ich sagen wollen, doch meine Stimme brach weg.

»Sam, was ist los? Du klingst irgendwie seltsam.« Melissa schnaufte ins Telefon.

Ich holte zitternd Luft. »Oh, Mel. Es ist einfach schrecklich.« Beängstigend. Schrecklich und wunderbar.

»Himmel, Süße! Jetzt machst du mir aber Angst. Was in aller Welt ist passiert?« Melissa klang alarmiert.

Ich fiel gleich mit der Tür ins Haus. »Ich bin schwanger!« In dem Augenblick, in dem ich es aussprach, wurde es real. Ja, ich war schwanger. Ich erwartete ein Kind. Coles Kind.

Sekundenlanges Schweigen folgte. Von unten auf der Straße drang verärgertes Hupen durch das geöffnete Fenster ins Zimmer, gefolgt von empörtem Frauengezeter. »Melissa«, bat ich schließlich. »Bitte sag doch etwas.«

»Ich – du liebe Güte. Ich meine, das ist wundervoll. Oder nicht?« Melissa machte eine kleine Pause. Als ich nicht antwortete, sprach sie weiter. »Natürlich ist der Zeitpunkt nicht günstig, jetzt, wo du und Ethan –«

Ich ließ sie nicht ausreden und konfrontierte sie mit der ungeschminkten Wahrheit. »Cole ist der Vater, Mel. Es ist Cole.«

»Wie bitte?!« Melissa schrie.

Instinktiv riss ich das Smartphone vom Ohr und hielt es in einigem Abstand.

»Sam, das kann doch nicht wahr sein! Warum um Himmels Willen, ich meine, habt ihr nicht? Wie konntet ihr überhaupt –«

Schicksalsergeben ließ ich ihren Wortschwall über mich ergehen.

»Es tut mir leid, Melissa«, sagte ich geknickt, als sie mich endlich zu Wort kommen ließ. »Ich hätte es dir sagen sollen, aber ich hab mich geschämt. Verzeih mir.«

Ich hörte, wie Melissa tief einatmete. »Sam?«

»Ja?«

»Ehrlich gesagt weiß ich schon eine Weile, dass ihr miteinander geschlafen habt.«

Hitze schoss in meine Wangen. »Oh. Du hast es gewusst?« Ich holte zitternd Luft. »Und ich habe dich belogen.« Beschämt studierte ich meine Fußzehen in den weißen Sneakersocken.

»Ich verstehe dich, Sam. Mach dir keine Gedanken. Aber – oh, ich könnte meinem Bruder die Gurgel umdrehen! Macht sich an meine verheiratete Freundin ran und vergisst auch noch das verdammte Gummi.«

Melissa war mal wieder herrlich direkt. Immerhin konnte ihre empörte Aussage mir ein winziges Lächeln entlocken. »Ich bin doch genauso daran beteiligt gewesen, Mel. Wenn du ihm etwas vorwerfen willst, dann bitte auch mir.«

Melissa gab ein unfeines Grunzen von sich. »Na warte, dem werde ich etwas erzählen.«

»Nein!« Das kam wie aus der Pistole geschossen. Aber mir war plötzlich klar, dass ich nicht wollte, dass Cole von der Schwangerschaft erfuhr. »Bitte behalte es für dich, Mel. Bitte«, flehte ich meine Freundin an. Ich brauchte Zeit zum Nachdenken. Allein. »Versprich es mir«, setzte ich nach.

»Warum? Cole sollte wissen, dass er Vater wird, Sam. Du solltest das nicht allein durchstehen.«

Ich legte das Smartphone ans andere Ohr und zupfte an einem losen Fädchen an meinem Shirt. »Versprich es mir, bitte. Ich will nicht mit Cole reden. Jetzt noch nicht.«

»Ich verstehe dich nicht, Sam. Du –«

»Mel«, unterbrach ich sie ungeduldig. »Es ist mir wichtig. Bitte.«

Melissa ließ ein resigniertes Schnauben hören. »Na gut. Ich kapier es nicht, aber ich respektiere deine Entscheidung. Aber bitte denk nochmal darüber nach, ja?« Ich hörte, wie sie scharf die Luft einzog. »Es ist doch auch sein Kind. Findest du nicht, er sollte mitentscheiden?«

Ein schrecklicher Gedanke nahm Gestalt an. Ich schwang meine Beine über die Sofakante, setzte die Füße auf den Boden und drückte meinen Rücken durch. »Du liebe Güte, nein! Hast du etwa gedacht –?« Die Vorstellung war so furchtbar, dass ich es nicht aussprechen wollte. »Ich will dieses Kind, Mel. Ich werde es bekommen und großziehen. Es ist –« Wieder versagte mir die Stimme. »Es ist ein Geschenk des Himmels.« Ich schniefte leise. »Ich hätte nie gedacht – vor allem nicht so schnell.«

»Oh nein, ich bin eine blöde Kuh. Entschuldige, Sam. Es ist nur, ich dachte, weil Cole und du ja nicht –« Sie ließ den Rest des Satzes in der Luft hängen.

Instinktiv schnellte meine freie Hand zu meinem Bauch und legte sich beschützend darauf. »Niemals. Ich würde niemals auch nur daran denken. Auch wenn Cole und ich kein Paar sind.«

»Natürlich nicht.« Melissa schwieg einen Moment, sie schien nachzudenken, wie sie ihre Worte am besten formulieren sollte. »Sam, meinst du nicht, dass er sich wünscht, dass aus euch mehr wird, wenn du ihm von dem Baby erzählst? Ich weiß, dass er dich gern hat, Sam. Ich kenne meinen Bruder.«

»Gernhaben ist nicht genug, Mel. Und du weißt selbst, dass dein Bruder für mehr nicht bereit ist.«

Melissa stieß einen tiefen Seufzer aus. »Männer.«

»Allerdings.« Ich presste die Lippen zusammen.

»Wenn ich irgendetwas für dich tun kann, lass es mich bitte wissen, ja?«

»Mach ich«, versprach ich schnell.

»Sam?«

»Hm?«

»Denk wenigstens noch einmal darüber nach, ja? Wegen Cole und dem Baby.«

Ich zog eine Grimasse. »Okay. Aber du –«

»Ich werde schweigen wie ein Grab. Meine Lippen sind versiegelt.« Ich konnte das leise Lächeln in ihrer Stimme hören.

»Danke, Mel.«

Nachdem wir das Gespräch beendet hatten, blieb ich noch eine Weile sitzen. Es stimmte, was ich Melissa gesagt hatte. Ich wollte das Kind. Unbedingt. Nicht nur, weil ich mir so sehr ein Baby wünschte, sondern auch, weil es Coles Kind war. Schon lange war mir klar, dass ich mich rettungslos in den Bruder meiner Freundin verliebt hatte. Doch wie sollte es nun weitergehen? Es gab niemanden an meiner Seite, mit dem ich das hier teilen, niemanden mit dem ich all das durchstehen konnte. Ich hob den Blick und starrte in den blassblauen Frühsommerhimmel von Chicago hinaus, als könnte ich dort irgendwelche Antworten finden. Ich wünschte mir ein Heim, eine Familie. Einen Mann für mich und einen Vater für mein Baby. Aber egal, wie sehr ich es mir auch wünschte, ich glaubte nicht, dass Cole der Richtige war. Cole Walker wollte keine Ehefrau. Keine Familie. Ich hatte nicht das Recht, mich ihm aufzudrängen, nur weil wir beide in einem Augenblick der Unachtsamkeit unvorsichtig gewesen waren. Es wäre möglich, dass er darauf bestehen würde, für mich und das Kind zu sorgen, wenn er von meiner Schwangerschaft erfuhr. Cole war so ein Mann. Er würde sich nicht vor der Verantwortung drücken, dessen war ich mir sicher. Aber ich wollte sein Mitleid nicht. Ich wollte keine Zuwendung, weil er sich verantwortlich fühlte. Ich wollte sein Herz. Cole Walkers Liebe. Und die würde ich niemals bekommen. Mein Mut sank. Niemals hätte ich gedacht, dass ich einmal in die Situation kommen würde, ein Kind allein großziehen zu müssen. Ich spürte, wie sich mein Magen verkrampfte.

Kapitel 14

Cole

»Danke, Mann.« Mit einem freundlichen Nicken nahm ich dem Kassierer im Seven Eleven, wo ich schnell einen Stopp auf dem Heimweg eingelegt hatte, das Sixpack ab. Ich freute mich auf einen gemütlichen Abend auf der Veranda mit einem kühlen Bud Light. Oder auch zweien. Die vergangenen Wochen auf der New Yorker Baustelle waren hart und stressig gewesen, aber zumindest schien jetzt alles wie am Schnürchen und in geregelten Bahnen zu laufen. Sogar Caldwell hatte sich – für seine Verhältnisse – relativ zivilisiert verhalten und mit mir kooperiert. Vermutlich hatten die Bosse von Bradbury Inc. ihn zurechtgestutzt. Sollte mir nur recht sein. Von nun an würde ich das Projekt von hier aus im Auge behalten und alle paar Wochen für ein Update rüberfliegen. Ein neues Bauprojekt hier in Angel's Cove fesselte meine Aufmerksamkeit. Henry Barker, einer der wohlhabendsten und einflussreichsten Einwohner unseres Städtchens, hatte mich kontaktiert, weil er ein Biohotel und Wellnesszentrum plante, und hatte mich gebeten, ihm einen entsprechenden Vorschlag zu unterbreiten. Er kannte meine Vorliebe für klare, funktionelle Strukturen, die ich gern mit traditionellen Akzenten kombinierte. *Walker, Sie könnten genau der Richtige für mein Vorhaben sein*, hatte er mich wohlwollend am Telefon wissen lassen. Wie immer, wenn ich mich mit einem neuen Konzept beschäftigte, ergriff mich ein aufgeregtes Kribbeln. Ich liebte es, etwas Neues erschaffen zu können und einem Entwurf Gestalt zu geben. In meinem Kopf existierten bereits einige vielversprechende Ideen. Ich brannte darauf, mich an meinen Schreibtisch zu setzen und mit der Arbeit zu beginnen. Doch zunächst verlangte mein von Flug und Fahrt müder Körper nach einem frischen, eisgekühlten Bud Light. Ich schloss den Kofferraum auf, verstaute das Sixpack und war gerade im Begriff, die Fahrertür meines Land Rovers zu öffnen, als eine weibliche Stimme meinen Namen rief.

»Cole! Warte!«

Ich drehte mich um und sah Melissa auf mich zusprinten. Ihr offenes Haar wehte wie ein dunkler Vorhang hinter ihr her und zufrieden stellte ich fest, dass sie zur Abwechslung mal keine ihrer bunten Beanies trug. Ich fand sie viel hübscher ohne dieses Häkelzeugs auf dem Kopf.

»Hey, Schwesterchen!« Ich breitete die Arme aus und sie flog hinein. Wir drückten uns, dann schob Mel mich von sich.

»Seit wann bist du denn wieder im Lande?«

Ich warf einen raschen Blick auf meine Rolex. »Bin vor zwei Stunden gelandet. Lust auf ein Bierchen bei mir daheim?«

Melissas blaue Augen funkelten übermütig, als sie die Hände in die schmalen Hüften stemmte. »Weißt du was? Heute ist dein Glückstag. Ich habe Feierabend und nehme deine Einladung sehr gerne an.«

»Was bin ich doch für ein Glückspilz.« Diese Bemerkung brachte mir einen freundschaftlichen Knuff in meine Magengegend ein. »Autsch.« In gespielter Überraschung zog ich eine Grimasse, die von Melissa mit hochgezogener Augenbraue quittiert wurde. Ich machte eine Kopfbewegung zum Auto. »Na komm, steig ein, wir fahren zu mir. Meine Kehle ist ausgedörrt und schreit nach Bier.«

Wenig später lümmelten wir auf der Veranda, die nackten Füße auf dem Geländer abgelegt und nippten in schöner Eintracht an unseren kühlen Dosen. Zufrieden ließ ich den Blick schweifen und die Aussicht auf mich wirken. Oh ja. Es war verdammt gut, wieder daheim zu sein. Die Strahlen der späten Abendsonne tauchten die Umgebung in goldenes Leuchten. In ihrem sanften Licht tanzten Insekten. Aus Richtung des Kiefernwaldes hallte der Ruf eines Vogels durch die abendliche Stille. Ab und an drang das Rauschen der Brandung von der Bucht bis hierher. Ich liebte dieses Fleckchen Erde. Die Abgeschiedenheit, die Ruhe. Die Nähe zum Meer. Es gab keinen Ort auf der Welt, an den ich lieber zurückkehrte. Auch wenn ich hin und wieder ins Grübeln geriet, war ich mir sicher, dass es die richtige Entscheidung gewesen war, das Haus zu kaufen. Amys Pech, dass sie sich dagegen entschieden hatte, hier zu wohnen. Dass sie sich gegen ein Leben mit mir entschieden hatte.

»Es soll übrigens in Amys Ehe kriseln«, sagte Mel unvermittelt, als könnte sie meine Gedanken lesen.

Ich verschluckte mich prompt. Hustend setzte ich die Bierdose ab. »Aha«, krächzte ich geistreich, diese Information verdauend. Das Leben war doch erstaunlich.

War es nicht laut Amy die ganz große, wahre Liebe gewesen, die meine Verlobte in die Arme meines ehemals besten Kumpels getrieben hatte? Meine Mundwinkel kräuselten sich spöttisch. Nein, es tat mir nicht leid, dass es in Amys Ehe nicht rund lief. Vermutlich war es kein schöner Zug von mir, aber ich empfand so etwas wie leise Genugtuung. »Wie kommt's?«

»Letzte Woche hat mich Laura Hamilton in der Praxis aufgesucht. Sie ist die beste Freundin von Eva Dalton und die wiederum hat ihr wohl erzählt, dass es zwischen Amy und Brandon heftig knirscht.«

Es dauerte kurz, bis ich das, was Mel mir auf typisch weiblich-verworrene Art präsentierte, auseinanderklamüsert hatte. Eva war eine von Amys Busenfreundinnen, die nach unserer Trennung den Kontakt zu mir abgebrochen hatte, wie die meisten ihrer Freunde. Was mich nicht sonderlich störte. Ich hatte Eva und all die anderen Ladys, mit denen Amy sich umgeben hatte, nie sonderlich gemocht. Hatte mich immer gewundert, wie Amy es mit diesen überkandidelten Weibchen, deren einziges Interesse darin zu bestehen schien, sich an den Wochenenden Mani- und Pediküreorgien hinzugeben, überhaupt ausgehalten hatte.

»Tja«, sagte ich. Mehr viel mir dazu nicht ein. Seltsamerweise brachte der Gedanke an meine Verflossene mein Blut nicht mehr in Wallung, wie es sonst der Fall gewesen war. Vielmehr nahm ich die Nachricht mit einem gewissen emotionalen Abstand auf. Wow. Was hatte sich geändert? Es wunderte mich, dass ich nicht wie üblich den Wunsch verspürte, meine Finger um die Gurgel meiner Ex zu legen.

»Tja?« Melissa beäugte mich kritisch. »Mehr fällt dir dazu nicht ein? Ich dachte, du würdest ein Freudentänzchen aufführen oder so.«

Ich atmete tief ein und ließ die Luft mit einem Zischen entweichen. Starrte auf die Bierdose in meiner Hand. »Ach, weißt du, ich will nicht leugnen, dass es mich mit einer gewissen Genugtuung erfüllt, zu hören, dass es zwischen Amy und Brandon kriselt. Aber ehrlich gesagt, ist es mir relativ egal, was Amy macht oder denkt.«

»Wow. Du erstaunst mich. Andererseits –«

Irgendetwas in ihrer Stimme ließ mich aufhorchen. »Andererseits was, Sis? Worauf willst du hinaus?«

Mel wandte den Blick ab und blickte auf die Straße, wo meine Nachbarin Dottie soeben mit ihrem Golden Retriever Barnaby vorbeispazierte und uns einen freundlichen Gruß zurief. Wir winkten zurück.

»Mel?«

Melissa warf ihre langen Haare über die Schulter und blickte mich nachdenklich an. »Könnte es sein, dass deine Gedanken manchmal um einen gewissen hübschen Rotschopf kreisen?«

»Unsinn«, brummte ich, wich jedoch sicherheitshalber ihrem prüfenden Blick aus. »Und was hat das jetzt überhaupt mit Amy zu tun?«

»Nun, es könnte doch sein, dass dir Amy inzwischen egal ist, weil dich jemand anders beschäftigt. Vielleicht solltest du Sam einfach mal anrufen?«

Ich hob die Dose an die Lippen und leerte sie. »Ich wüsste nicht, wozu das gut sein sollte.« Meine Stimme klang barscher als beabsichtigt, aber wir begaben uns gerade auf unsicheres Terrain. Ich wollte nicht über

Sam reden. Sie beschäftigte ohnehin meine Gedanken – ob ich es wollte oder nicht.

Melissa seufzte tief. »Cole, würde dir wirklich ein Zacken aus deiner nicht vorhandenen Krone brechen, wenn du einfach einmal zum Smartphone greifst und dich bei Sam erkundigst, wie es ihr geht? Du magst sie doch, oder?«

Mögen? Allerdings. Und das war noch stark untertrieben. Die Zeit arbeitete nicht für mich, wie ich gehofft hatte. Im Gegenteil. Mit jedem verdammten Tag, der verging, sehnte ich mich mehr und mehr nach ihr, mit einer Heftigkeit, die mir den Boden unter den Füßen wegzog. Samantha Carrigan beherrschte meine Gedanken. Tag und Nacht. Die Versuchung, zum Hörer zu greifen und sie anzurufen, nur um ihre Stimme zu hören, war überwältigend. Aber ich bemühte mich nach Kräften, ihr Bild zu verdrängen. Ich würde die Frau vergessen. Früher oder später. »Sie ist nett«, gab ich widerstrebend zu. »Aber das ist auch alles. Lass uns von etwas anderem reden, Mel.«

»Ihr habt miteinander geschlafen. Und du hast sie einfach abgeschoben. Wie ein altes, ungeliebtes Möbelstück. Ich finde, meine Freundin hat etwas mehr Respekt verdient.«

Einen Augenblick verschlug es mir die Sprache. Ich musste schlucken, so trocken war meine Kehle plötzlich. Melissas Worte dröhnten in meinem Schädel nach. »Hör gut zu, Mel.« Ich senkte meine Stimme um eine Oktave. »Das ist meine Privatsache.«

»Normalerweise würde ich dir zustimmen, aber Sam ist meine Freundin. Es tut mir einfach in der Seele weh, wenn ich sehe, wie sie –« Sie brach ab.

Mich hielt es nicht länger in meinem Sessel. Ich sprang auf. Die Holzbohlen unter meinen nackten Füßen knarzten, als ich zum Geländer ging und mich mit dem Hintern dagegenlehnte. Die Hände vor der Brust verschränkend fixierte ich meine Schwester. »Worauf willst du eigentlich hinaus?«

Ich konnte sehen, wie es hinter ihrer Stirn arbeitete und sie fieberhaft nach einer Antwort suchte. »Ich finde es einfach schade, dass ihr zwei nicht Kontakt haltet«, sagte sie schließlich ausweichend. »Meiner Meinung nach passt ihr wunderbar zusammen.«

»Ich bin auf keine Beziehung aus, Mel. Mein Leben ist gut so, wie es ist.« Ich hielt ihren Blick.

Melissas kluge blaue Augen scannten meine Züge und eine Sekunde lang hatte ich das Gefühl, sie könnte durch meine aufgesetzte, gleichgültige Fassade direkt in mein Inneres sehen. Unbehaglich verlagerte ich mein Gewicht und stützte mich mit den Händen auf dem Verandageländer ab. »Cole. Bitte. Sei einfach ehrlich zu dir selbst.«

»Hm«, brummte ich. Geflissentlich wich ich ihrem stoischen Blick aus. Meine Schwester konnte verdammt hartnäckig sein.

»Liebst du sie?«

»Wen?« Vielleicht half es, wenn ich mich dumm stellte?

»Sam.«

»Nein.« Meine Kiefermuskeln verkrampften sich.

»Du bist ein verdammt schlechter Lügner, Cole Walker.«

Plötzlich geriet meine sorgfältig einstudierte Gleichgültigkeit ins Wanken. »Verdammt, Mel. Selbst wenn ich Gefühle für Sam hätte, wohin würde das führen? Ich habe einmal bei dieser beschissenen Liebeslotterie teilgenommen. Und dachte, ich hätte das große Los gezogen. Du hast ja gesehen, was dabei herausgekommen ist.«

Melissa bedachte mich mit einem vielsagenden Blick. »Mitunter muss man viele Kröten schlucken, ehe –«

Ich ließ sie nicht ausreden. »Pfui Teufel. Verschon mich bloß mit Kröten.« Ich zog eine übertriebene Grimasse, die Melissa ein schiefes Grinsen entlockte.

Anschließend vollführte sie eine hilflose Geste mit der Hand. »Ich mein ja nur, dass du wirklich unbedingt einmal bei ihr anrufen solltest.«

Ich schüttelte den Kopf. »Ich will nicht, dass Samantha falsche Schlüsse zieht.« Womöglich hatte unsere Begegnung sie ebenso berührt wie mich. Aber das machte keinen Unterschied. Wir hatten keine Zukunft. Ich sah keinen Sinn darin, mich bei ihr zu melden. Ich stieß mich vom Geländer ab. »Übrigens wäre ich dir sehr dankbar, wenn wir das Thema Sam ein für alle Mal abschließen würden, Sis.« Ich hoffte, dass der Versuch eines kleinen Lächelns meinen Worten die Schärfe nehmen würde.

Melissa sah mich kopfschüttelnd an. »Du bist ein hoffnungsloser Fall, Cole Walker.« Mit einem resignierten Seufzen erhob sie sich, die Bierdose in der Hand. »Wie du willst. Aber es ist gut möglich, dass du dennoch irgendwann einmal wieder auf Sam triffst. Sie hat mir versprochen mich zu besuchen.«

»Kein Problem«, entgegnete ich lapidar, während mein verräterisches Herz einen Satz machte.

Ruhelos wälzte ich mich zwischen den zerknautschten Laken hin und her, als wollte ich mich darin panieren, und starrte auf die sich träge drehenden Ventilator-Rotoren über mir an der Decke. Ich fand keinen Schlaf. Immer wieder rief ich mir das Gespräch mit Melissa auf der Veranda ins Gedächtnis. Sie hatten eine Saite in mir zum Klingen gebracht, die nicht mehr verstummen wollte. Ob Sam ebenso wenig von den Erinnerungen an unsere gemeinsame Nacht loskam wie ich? Ich legte meinen Unterarm über die Stirn und schloss die Augen. Sofort stiegen Bilder auf. Bilder, die mich nicht mehr losließen. Samantha singend und Pfannenwender-schwingend in meiner Küche. Samantha am Strand, mit windzerzaustem Haar und tausend tanzenden Sommersprossen im Gesicht. Ich erinnerte mich an den Moment des Abschieds. An ihre sanften braunen Augen. Die Art, wie sie mich angesehen hatte. Ihr verloren wirkender Blick hatte mich mitten ins Herz getroffen. Ja, wenn ich ehrlich war, musste ich mir eingestehen, dass mir diese Frau unter die Haut gegangen war. Egal was ich machte, ich wurde ihr Bild nicht mehr los. Unstillbare, brennende Sehnsucht, sie wiederzusehen, überwältigte mich, sodass ich leise aufstöhnte. Gäbe es ein Heilmittel, mich von diesem unsäglichen Verlangen zu befreien, ich würde es mir auf der Stelle verordnen. Mein üblicher Selbsthilfecocktail aus Alkohol und One-Night-Stands hatte nicht den gewünschten Effekt gezeigt. Ich verglich jede Frau mit Sam, und jede dieser Gefährtinnen für eine Nacht zog dabei unweigerlich den Kürzeren. Keine konnte mit Samantha Carrigan mithalten. Ich wälzte mich auf die Seite. Verdammt, ich sollte endlich schlafen. Ein Blick auf den Wecker auf meinem Nachttisch sagte mir, dass es bereits weit nach Mitternacht war. Das leere Brandyglas auf meinem Nachttisch funkelte im Mondschein, der durch die schräggestellten Jalousielamellen sein kaltes, silbernes Licht in den Raum warf. Irgendwo draußen schrie ein Käuzchen und in der Nachbarschaft erklang raues Bellen – vermutlich Barnabys. Frustriert rollte ich auf die andere Seite. Wenn ich nicht bald ein Auge zumachte, würde ich morgen früh nicht in der Lage sein, mich mit Barker zu treffen, um klaren Verstands die Modalitäten für meine Entwürfe zum Bauprojekt zu verhandeln. »Schluss jetzt, Walker«, raunte ich, meine Rechte zur Faust ballend. Erneut warf ich mich herum, vergrub die Arme unter dem Kissen und presste die Lider zusammen, entschlossen endlich ins Reich der Träume hinüberzugleiten.

Das Handy ans Ohr gepresst, tigerte ich barfuß durch die Küche. Ich stieß einen erleichterten Laut aus, als sie sich endlich meldete. »Hey, ich bin's, Cole.«

»Es ist fünf Uhr morgens, um Himmels Willen, Cole, was zur Hölle ist los?« Melissa räusperte sich.

»Ich brauche Samanthas Adresse.«

Eine Sekunde lang herrschte verblüfftes Schweigen. »Wie bitte?« Instinktiv riss ich das Telefon vom Ohr, um Melissas entrüstetes Geschrei abzudämpfen. »Was in aller Welt … bist du des Wahnsinns? Grundgütiger, hätte das nicht bis später warten können? Du hast mich aus dem Schlaf gerissen!«

»Es tut mir leid, Sis, aber ich will gleich los. Ich muss nach Chicago.« Nachdem ich die Nacht mehr oder weniger schlaflos und grübelnd zwischen zerwühlten Laken verbracht hatte, war ich, kaum dass die Sonne ihre ersten Strahlen durch die Baumstämme des Kiefernwaldes sandte, zu dem Entschluss gekommen, dass ich Samantha von Angesicht zu Angesicht sprechen musste. Plötzlich fühlte ich einen überwältigenden Drang, sie zu sehen. Ich würde nicht eher meinen beschissenen Seelenfrieden finden, bis ich herausgefunden hatte, was zwischen uns war. Ich war nicht fähig, mich zu konzentrieren. Sam beherrschte meine Gedanken von morgens bis abends. Als ich in New York gewesen war, eingebunden in Arbeit, war es mir zeitweise gelungen, so zu tun, als wären wir uns nie begegnet. Aber seit ich zurück in Angel's Cove war, und vor allem nach Mels mysteriösen Andeutungen, konnte ich unmöglich länger leugnen, dass es zwischen mir und Sam dringenden Klärungsbedarf gab. »Rück endlich mit der Sprache raus, Mel«, sagte ich. »Du und deine Andeutungen gestern. Ich hab mir die Nacht um die Ohren gehauen. Ich will endlich wissen, was los ist.«

Melissa schien zu zögern. »Ruf sie doch einfach an«, erwiderte sie ausweichend.

»Das werde ich nicht.« Melissas Weigerung, mit offenen Karten zu spielen, verstärkte nur noch mein drängendes Bedürfnis, Sam leibhaftig gegenüberzustehen. Frauen und ihre Geheimnisse. Ich würde es nie verstehen. Ich schloss die Augen und rieb mir müde über meinen Nacken. »Mel, die Adresse. Bitte.«

»Du wirst ihr aber nicht sagen, dass ich dich geschickt habe ...«

Mein aus tiefster Seele kommendes Knurren drückte meinen Frust aus. Einen bizarren Augenblick lang hatte ich das Gefühl, Teil einer Sitcom zu sein. »Versprochen«, sagte ich schließlich und fischte umständlich aus einer Küchenschublade einen Bleistiftstummel und einen Notizblock.

Kapitel 15

Samantha

Ich pfefferte meine Handtasche auf die Kommode im Flur und schlüpfte aus meinen Sandalen. Ich schwebte wie auf Wolken, abgehoben, wie durch eine ferne Galaxie. Es schien alles so unwirklich. Surreal. Noch immer hallten mir die Worte des Gynäkologen durch den Kopf: *Gratuliere, Sie sind schwanger, Miss Carrigan.* Der Schwangerschaftstest hatte also nicht gelogen. Aber mein Körper hatte mir ohnehin schon ausreichend signalisiert, dass die Hormone sich in Aufruhr befanden. Meine Nachbarin Karen hatte mir nicht nur Doc McMahon, sondern auch gleich ihren Gynäkologen empfohlen, Grayson Travers, einen überaus sympathischen Arzt mit freundlichen grünblauen Augen, den ich heute früh aufgesucht hatte. Ich hatte es nicht übers Herz gebracht, mich meiner alten Ärztin, die meine erste Schwangerschaft betreut hatte, anzuvertrauen. Es wäre mir wie ein böses Omen erschienen. Dr. Travers hatte mir einen Teil meiner Angst nehmen können. *Es gibt keinen, absolut keinen Grund, warum Sie dieses Baby nicht bis zum Geburtstermin austragen sollten*, hatte er mit seiner sanften Stimme gesagt und mir beschwichtigend die Hand auf die Schulter gelegt. Natürlich hatte ich ihm von der Fehlgeburt und auch von der Scheidung erzählt. Ohne dass ich den Arzt kannte, hatte ich sofort Vertrauen zu ihm gefasst und dankte Karen im Stillen, dass sie mir den Kontakt vermittelt hatte. Ich würde später bei ihr klingeln und von meinem Arztbesuch erzählen. Um meine Mundwinkel zuckte ein leises Lächeln. Mit der Hand strich ich liebevoll über meinen flachen Bauch. Noch war nichts zu sehen, aber das würde sich bald ändern. Zu dumm, dass mir ausgerechnet Serena White bei Dr. Travers über den Weg gelaufen war. Von allen Menschen ausgerechnet sie! Serena war eine unglaubliche Plaudertasche und zudem eine von Ethans Mitarbeiterinnen im Fitnessstudio. Mit Sicherheit würde sie ihm brühwarm erzählen, wie mir an der Rezeption der Arztpraxis der Mutterpass ausgehändigt worden war. Sie hatte mir mit hochgezogener Augenbraue und einem falschen Lächeln einen fragenden Blick zugeworfen, den ich mit einem ebenso zuckersüßen falschen Lächeln quittiert hatte. Ich zog eine Grimasse, als ich jetzt daran dachte. Nun würde Ethan von der Schwangerschaft erfahren und vor allem davon, dass ich ihm untreu gewesen war. Ich konnte nur hoffen, dass diese Nachricht unser Verhältnis nicht trüben würde. Er hatte es sich in der letzten Zeit angewöhnt, hin und wieder anzurufen, um nachzufragen wie es mir ging, und ich freute mich stets von ihm zu hören. Nach allem was wir miteinander erlebt hatten, wäre es mir falsch vorgekommen, die Verbindung zu kappen. Zumindest gelang es uns, so etwas wie eine lose, freundschaftliche Beziehung aufrechtzuerhalten. Vielleicht sollte ich Serena zuvorkommen und Ethan heute Abend anrufen? Ich könnte ihn zum Essen einladen und ihm in Ruhe erklären – nein. Kopfschüttelnd verwarf ich den Gedanken. Nicht heute

Abend. Morgen. Morgen würde ich ihn anrufen. *Kleiner Feigling*, flüsterte eine Stimme in mir. Ich schob sie von mir, ebenso das aufkommende Gefühl des Unbehagens und ging in die Küche, um Teewasser aufzustellen. Kaffee dürfe ich zwar trinken, jedoch in Maßen, hatte Doc Travers bemerkt. Ich zog einen grünen Tee vor. Sicher war sicher. Ich wollte alles richtig machen bei dieser Schwangerschaft, von Anfang an. Die Angst steckte in mir, dass ich das Kind vielleicht wieder verlieren könnte, auch wenn der nette Arzt mir versichert hatte, es sei alles in bester Ordnung. Hatten wir das bei der ersten Schwangerschaft nicht auch gedacht? Mit der Teetasse in der Hand schlenderte ich ins Wohnzimmer, um es mir in meinem Lieblingssessel bequem zu machen. Ich hatte ihn so platziert, dass ich durchs Fenster auf den kleinen Park gegenüber der Straße blicken konnte. Dort tummelten sich Kinder unter den wachsamen Augen ihrer Mütter auf einem Spielplatz, und ich stellte mir vor, dass ich irgendwann auch dort sitzen würde und meinem Kind beim Schaukeln oder Rutschen zusehen würde. Vorsichtig nippte ich an dem heißen Tee. Ich wünschte mir einen kleinen Jungen. Einen Jungen mit rabenschwarzem Haar und blauen Augen. Meine Gedanken wanderten zu Cole. Wie gern würde ich ihm sagen, dass er Vater werden würde. Doch es würde keinen Sinn machen. Nach wie vor war ich mir sicher, dass er sich unter Druck gesetzt fühlen und dichtmachen würde, oder, was noch viel schlimmer wäre, sich genötigt fühlen würde, die Rolle des Familienvaters zu übernehmen. Das würde ich ihm auf keinen Fall antun. Ein Mann sollte sich aus freien Stücken für mich entscheiden. Auf Cole musste ich verzichten, aber mir blieb das Baby. Ein Lächeln huschte über meine Lippen. Das Kind war ein Geschenk, das mich und Cole für immer verband, auch wenn er nichts davon ahnte. Ich würde das Kleine allein aufziehen. Irgendwie würde ich es schaffen. Erfüllt von freudiger Entschlossenheit nippte ich an meinem Tee, beobachtete die spielenden Kinder im Park und lauschte ihren fröhlichen Rufen.

Oh Himmel, wie ich das hasste. Mein Magen zog sich krampfhaft zusammen und mit einem Stöhnen entlud sich der Inhalt. Seit einer halben Stunde hing ich über der Kloschüssel und würgte mir die Seele aus dem Leib. Die morgendliche Übelkeit schien sich von Tag zu Tag zu steigern. Falls das überhaupt möglich war. Noch nie in meinem Leben war mir derart schlecht gewesen. Schon allein der Gedanke an Essen ließ meinen Magen einen Salto vollführen. Diese Schwangerschaft war so ganz anders als die erste, in der ich mich nie auch nur einen Tag unwohl gefühlt hatte. Ich hatte Doc Travers angerufen, um ihn um Rat zu bitten. Er hatte mir geraten, schlückchenweise Tee zu trinken und Kekse oder Salzgebäck zu knabbern. Meistens ebbte die Übelkeit gegen Mittag ab, doch bis dahin blieb ich ein spuckendes Häuflein Elend. Nachdem ich eine Weile nur noch trocken aufgestoßen hatte, rappelte ich mich auf, wusch mir das Gesicht mit kaltem Wasser, putzte mir die Zähne und kroch zurück ins Bett, wo ich meinen Kopf erschöpft auf das Kissen sinken ließ. Ich war nicht fähig, mich an den Laptop zu setzen, um zu arbeiten, viel zu elend fühlte ich mich. Verfluchte Männer.

Sie hatten ihr Vergnügen und wir Frauen mussten es
am Ende ausbaden. Aufstöhnend kuschelte ich mich in
meine Baumwolldecke und schloss die Augen. Begleitet
von dem leisen regelmäßigen Ticken meines Weckers
auf dem Nachttischchen glitt ich in einen leichten
Dämmerschlaf.

Ein schrilles Klingeln riss mich unbarmherzig aus
meinem Traum. Ich hatte gerade von Mom geträumt,
wie sie vor vielen Jahren mit mir zusammen in unserer
Küche in unserem Haus in Beaver Falls Schokoladenkekse backte. *Tu es ma fille mignonne*, hatte sie lächelnd zu mir in ihrer Muttersprache gesagt. Ich
musste immer lachen, weil ich fand, dass sich die fremden Worte sehr ulkig anhörten, und sie hatte mir zärtlich mit ihrem Zeigefinger Schokolade auf die Nasen-
spitze getupft. Meine Brust zog sich schmerzhaft zusammen. Wie ich Mom vermisste! Gerade jetzt könnte
ich ihre Liebe und Unterstützung gut gebrauchen. Die
Erinnerung an diese glücklichen Tage zerriss mir fast
das Herz und mein wehmütiges Lächeln wich einem
Stirnrunzeln, als es erneut auf geradezu penetrante
Weise klingelte. Wer in aller Welt wollte jetzt etwas
von mir? Vielleicht Karen, für die ich hin und wieder
Pakete annahm, wenn sie nicht zu Hause war. Oder für
ihren Freund, der eine Vorliebe für teure Turnschuhe
hegte, und sich ständig ein neues Paar bestellte. Im Flur
lehnte bereits ein Päckchen für ihn an der Wand. Ich
hatte es später rüberbringen wollen. Ich wünschte, es
hätte nicht geklingelt. Dann hätte ich noch ein bisschen
länger von Mom träumen können. Da ich lediglich in
Slip und BH gekleidet war, schlüpfte ich rasch in meinen seidenen, spitzenbesetzten Morgenmantel und

tapste barfuß durch den Flur. Im Wandspiegel überprüfte ich rasch mein Aussehen, fuhr mir ordnend durch die Locken, was allerdings keinen Unterschied machte, und zog eine Grimasse. Ich sah in etwa so aus, wie ich mich fühlte. Bleich im Gesicht und mit dunklen Rändern unter den Augen. Egal, Karen und Oliver kannten mich bereits im Schlafanzug und ungekämmt – sie würden bei meinem Anblick gewiss nicht aus den Latschen kippen. Im Geiste legte ich mir ein paar Worte der Begrüßung zurecht, als ich die Tür öffnete und in Ethans Bernsteinaugen blickte.

»Du?«, entfuhr es mir wenig geistreich. Plötzlich fröstelnd hüllte ich mich enger in mein Negligé. Ethan würde sich vermutlich fragen, warum ich zu dieser Uhrzeit ungekämmt und im Morgenmantel herumschlich, während er natürlich wie üblich wie aus dem Ei gepellt wirkte. In meine Überraschung mischte sich ein Anflug von schlechtem Gewissen. Ethan ahnte ja den Grund meiner aktuellen Misere nicht.

»Allerdings.« Er unterzog mich einer kühlen Musterung, bevor er sich ohne zu fragen an mir vorbei in den Korridor schob.

»Komm doch rein«, bemerkte ich trocken.

Ethan reagierte nicht auf meinen leisen Zynismus, sondern stapfte ins Wohnzimmer voran und mir blieb nichts anderes übrig, als ihm zu folgen. Unvermittelt wirbelte er herum und funkelte mich ungehalten an. »Warum hast du mir nichts erzählt? Ich habe ein Recht darauf, es zu erfahren.«

Es dauerte einen Moment, bevor mein vom Schlaf noch verirrter Verstand begriff, wovon mein Exmann sprach. »Oh. Serena«, entfuhr es mir schließlich. Meinen Vorsatz, ihn anrufen zu wollen, hatte ich erfolgreich verdrängt.

»Allerdings.« Ethan stemmte die Fäuste in die Seiten. »Es ist eine Schande, dass ich es auf diese Weise erfahren musste, Sam. Ich meine, wir sind zwar nicht mehr verheiratet, aber als zukünftiger Vater —«

»Warte.« Ich stoppte ihn mit einer Handbewegung. »Es ist anders, als du denkst.« Die Worte schwebten bedeutungsschwer durch den Raum und blieben über unseren Köpfen hängen wie eine unheilverkündende Gewitterwolke.

Ethan zog seine Brauen zusammen. »Was genau willst du mir damit sagen?«

Fieberhaft suchte ich nach Worten, als es erneut klingelte. Zutiefst dankbar für die Ablenkung huschte ich zurück in den Flur, in der Annahme diesmal meine Nachbarin zu sehen. Ich riss die Tür auf und starrte in ein tiefblaues Augenpaar, das definitiv nicht zu Karen gehörte.

»Cole.« Sein unverhoffter Anblick ließ meinen Atem stocken. Cole sah unverschämt gut aus. Genau wie ich ihn in Erinnerung hatte. Groß, breitschultrig. Umwerfend. Das schwarze T-Shirt und der Bartschatten unterstrichen seine dunkle Attraktivität, die Jeans schmiegten sich wie angegossen an seine schmalen Hüften und die langen Beine. Mein Puls schoss in die Höhe. Ich schwankte zwischen unbändiger Freude, Aufregung und Neugierde. »Was in aller Welt machst du denn hier?« Wie oft hatte ich mir insgeheim gewünscht, er würde sich melden. Immer wieder hatte ich mein

Smartphone gezückt und sehnsüchtig aufs Display gesehen. Oft war ich nahe dran gewesen, meinen Vorsatz, ihm nichts von dem Baby zu sagen, zu brechen. Und jetzt stand er hier auf meiner Türschwelle, sah einfach umwerfend aus und ich dachte, ich würde träumen.

Coles Blick wanderte quälend langsam über meinen Körper, und ich wurde mir meines offenherzigen Outfits bewusst. Instinktiv raffte ich den zarten Stoff über meinem Busen zusammen. Cole folgte der Bewegung. Seine blauen Augen glitzerten gefährlich. »Ich muss dich sprechen«, forderte er ohne Umschweife.

Ich fühlte das rasche Pochen meines Herzschlags an meiner Kehle, während ich um Fassung rang. Dass Cole hier unverhofft aufkreuzte, haute mich um. Er war gekommen, um mich zu sprechen! Aber warum? Ob Melissa ihm gesagt hatte – aber nein, Mel würde ihr Wort nicht brechen. Weshalb aber hatte er sich auf den weiten Weg nach Chicago begeben? Hunderttausend Gedanken wirbelten gleichzeitig durch meinen Kopf. Vergeblich bemühte ich mich, meine Gefühle zu sortieren. »Bitte, komm rein«, sagte ich und konnte nicht verhindern, dass meine Stimme vor Aufregung wie die eines Schulmädchens zitterte.

Sein Arm streifte im Vorbeigehen meine Brust. Bei der zufälligen Berührung durchzuckte mich ein angenehmes Kribbeln. Du lieber Himmel! Cole war noch keine zwei Sekunden hier und schon gingen die Pferde mit mir durch. Als ich ihm mit klopfendem Herzen und vor nervöser Anspannung feuchten Händen ins Wohnzimmer folgte, wanderten meine Augen automatisch zu seinem knackigen Hinterteil in den engen Jeans. Begehren flutete meinen Körper. Sein Anblick, eine zufällige Berührung reichten aus, um mich schwachwerden zu lassen. Wie ein Magnet fühlte ich mich von ihm angezogen. Es hatte sich nichts geändert. Weder Zeit noch räumlicher Abstand hatten meiner Sehnsucht und meinem Verlangen etwas anhaben können.

Mit einem Gefühl des Unbehagens stellte ich die Männer einander vor. »Cole, das ist Ethan. Ethan, Cole ist der Bruder meiner Freundin Melissa, die ich in Maine besucht habe.« Dass ich in Coles Haus aufgenommen worden war, verschwieg ich vorsichtshalber lieber. Angesichts der verhärteten Mienen beschlich mich das Gefühl, dass sich die beiden nicht besonders sympathisch waren. In spannungsgeladenem Schweigen standen sie sich gegenüber und taxierten einander abschätzig. Cole hatte sich breitbeinig im Raum positioniert, die Daumen in die Gürtelschlaufen seiner Jeans gehängt, wie er es gern machte, und Ethan lehnte mit verschränkten Armen gegen die Wand. Zwei Cowboys, die ihre Reviere absteckten, schoss es mir durch den Kopf. Fast hätte ich hysterisch aufgelacht.

»Ethan«, grüßte Cole knapp, während sich mein Ex-Mann lediglich zu einem angedeuteten Kopfnicken herabließ.

Durch den Raum schien ein plötzlicher kalter Windhauch zu wehen. Ich wünschte, Ethan würde uns allein lassen, denn ich brannte darauf, mit Cole zu sprechen. Dennoch gebot es mir die Höflichkeit, den beiden Männern etwas anzubieten. So hatte Mom mich schließlich erzogen. »Soll ich uns einen Kaffee machen?« Mein fragender Blick huschte zwischen Ethan und Cole hin und her. »Ich hätte auch Coke im Kühlschrank oder —«

»Ich bin nicht gekommen, um ein Kaffeekränzchen zu veranstalten«, schnitt Ethan mir brüsk das Wort ab. »Lass uns reden, Sam. Allein«, setzte er mit einem knappen Seitenblick zu Cole nach.

Coles Miene ließ keine Regung erkennen. »Auch ich habe etwas mit Samantha zu klären. Sam?« Seine blauen Augen fixierten mich eindringlich.

Unter seinem intensiven Blick schoss flirrende Hitze durch meinen Körper. Mir wurde seltsam leicht im Kopf und mein leerer Magen gab ein Grummeln von sich, das einen Grizzly vor Neid erblassen lassen würde. »Ethan, Cole«, sagte ich, weil mich die Situation zu überfordern begann, »könnten wir vielleicht –« Erschöpfung überfiel mich anfallsartig, ebenso wie die Tatsache, dass ich noch immer nichts im Magen hatte. Meine Knie drohten wegzusacken. Ich sah, wie Cole einen Schritt auf mich zu machte und reflexartig einen Arm nach mir ausstreckte.

»Samantha.« Seine Stimme schien aus weiter Ferne zu kommen. Tausend glitzernde Fünkchen tanzten vor meinen Augen, als der geknüpfte Baumwollteppich unter meinen bloßen Füßen wie in einem orientalischen Märchen auf mich zuraste. Bevor es völlig dunkel um mich herum wurde, umfingen mich starke Männerarme. Ich erwischte einen herb-frischen, herrlich maskulinen Duft, und als sich flatternd meine Lider öffneten, blickte ich in das unglaubliche Blau von Coles Augen.

»Sam«, sagte er sanft.

Das besondere Timbre seiner dunklen Stimme hüllte mich wie ein warmer, beschützender Kokon ein. Er trug mich zu meinem Sessel und ließ mich behutsam nieder. Ich wollte nicht, dass er mich losließ. Ich wollte, dass er mich in seinen Armen hielt und für immer blieb.

»Lassen Sie Sam los.« Ethans Stimme durchschnitt die Stille des Raums. »Sam ist meine Frau.«

»Ex-Frau«, schaltete ich mich mit flacher Stimme ein, doch niemand schien auf mich zu hören. Die Spannung im Raum war fast mit Händen greifbar. Das Ganze hier war verrückt. Warum meldete Ethan plötzlich Besitzansprüche an? Und noch immer verstand ich nicht, warum Cole so unverhofft hier aufgetaucht war. Vor zwei Tagen erst hatte ich mit Melissa telefoniert und sie hatte keinerlei Andeutungen gemacht, dass ihr Bruder vorhatte, mich zu überraschen.

Cole ging nicht auf Ethans Bemerkung ein, lediglich seine verkrampften Kiefermuskeln verrieten seine Anspannung. Er neigte sich zu mir herab. »Alles okay?«

Ich nickte. »Ich glaube schon.« Nach und nach begann sich der Nebel zu lichten.

Ethan schob sich vor und stemmte die Fäuste in die Seiten. »Würden Sie uns bitte allein lassen, Mr. –?«

»Walker«, erwiderte Cole kühl, sich zu seiner vollen Größe aufrichtend. Er überragte Ethan um einen halben Kopf. »Wie ich eben schon erwähnte, bin ich gekommen, um mit Samantha zu sprechen. Ob es Ihnen nun passt oder nicht.«

Bevor die Situation eskalierte, erhob ich mich. »Ethan, bitte würdest du –«, begann ich, aber die Aufregung war vermutlich zu viel für meinen hohlen Magen, denn erneut überrollte mich eine Welle der Übelkeit und ich begann zu würgen.

»Sam, Sweetheart!« Ethan legte mir flink einen Arm um die Taille. »Du musst dich schonen. Die Aufregung ist in deinem Zustand einfach zu viel für dich. Ich bringe dich ins Bett, wo du hingehörst.«

Mir war auf einmal so sterbenselend, dass kein Wort des Protests über meine Lippen kam. Wie eine leblose Puppe schwankte ich im Arm meines Ex-Manns, ließ es zu, dass er mich Sweetheart nannte.

Coles Blick wurde hart. »Zustand?«

»Sam erwartet ein Kind.« Ethans Griff um meine Taille verstärkte sich. »Deshalb möchte ich Sie jetzt auch dringend bitten zu gehen. Das hier ist eine Familienangelegenheit.«

Ich sah, wie Cole schluckte. Einen Herzschlag lang flackerte etwas in seinen Augen auf. Aber vielleicht bildete ich mir das auch nur ein.

»Ethan«, wandte ich ein, verzweifelt gegen die Übelkeit ankämpfend. Das kalte Glitzern in Coles Augen ließ mich verstummen.

»Ich verstehe.« Ein Ruck ging durch seinen Körper. »Unter diesen Umständen habe ich hier nichts verloren.« Der Klang seiner Stimme glich einem arktischen Windhauch und ließ eine Gänsehaut über meinen Rücken laufen. »Nun ist mir klar, weshalb Melissa mir geraten hat, dich anzurufen«, sagte er zu mir gewandt, bevor er aus dem Zimmer stürmte.

In wilder Panik befreite ich mich von Ethan und stürzte Cole hinterher. »Warte, lass es mich erklären!« Ich erwischte ihn am Ärmelzipfel seines T-Shirts.

Er wandte sich zu mir um. Sein abweisender Blick traf mitten in mein Herz. »Nicht nötig, Samantha. Alles Gute.« Damit löste er sich von mir und öffnete schwungvoll die Tür. Und alles, was ich tun konnte, war, seinen sich rasch entfernenden Schritten im Treppenhaus zu lauschen.

Mir fehlten die Kraft und die Energie, um ihm hinterherzulaufen. Es fühlte sich an, als hätte er mir eine Ohrfeige versetzt. Ich schleppte mich zurück ins Wohnzimmer, um Ethan zu erklären, dass es nicht sein Kind war, das ich unter dem Herzen trug.

Kapitel 16

Samantha

Einige Tage später, als es mir glücklicherweise dank eines speziellen Vitaminpräparats von Doc Travers etwas besser ging, buchte ich mit United einen Flug nach Portland. Ich hatte weder Melissa noch Cole meinen Besuch angekündigt, weil ich fürchtete, Cole könnte mich abweisen. Das konnte ich unmöglich riskieren, ich musste dringend mit ihm sprechen. Ihn fragen, was ihn zu mir geführt hatte. Und ihm erklären, dass es nicht Ethans Kind war, das unter meinem Herzen wuchs. Der offensichtliche Schock in seiner Stimme, die Kälte in seinem abweisenden Blick, mit dem er mich an meiner Tür abgefertigt hatte, verfolgten mich wie ein böser Traum. Ich konnte es nicht ertragen, dass er Chicago in der Annahme verlassen hatte, dass ich von Ethan schwanger war. Ich musste nach Angel's Cove fliegen, um reinen Tisch zu machen.

Ethan hatte die Neuigkeit, dass er doch nicht Vater werden würde, denkbar schlecht aufgenommen. Als er begriff, dass ich ihn betrogen hatte, wich sämtliches Blut aus seinem Gesicht. Jeder Versuch, es ihm zu erklären oder mich bei ihm zu entschuldigen, schlug fehl. Die Tür schepperte in ihren Angeln, als er kommentarlos meine Wohnung verließ. Es tat mir weh, dass wir so auseinandergingen. Ich rief ihn noch am selben Abend mehrmals an, doch ohne Erfolg. Ethan ignorierte mich. Er war gekränkt, und ich konnte es ihm nicht einmal verdenken. Ich verstand mich ja selbst kaum. Niemals hätte ich gedacht, dass ich mich so unverhofft einem anderen Mann hingeben könnte. Nicht, solange ich gebunden war. Ich nahm mir fest vor, noch einmal in Ruhe mit Ethan zu sprechen. Es war mich wichtig, dass wir weiterhin freundschaftlich miteinander verkehren konnten. Ethan war mir nicht egal. Mit der Geschichte, die uns verband, würde er immer ein Teil meines Lebens bleiben. Doch nun brannte es mir unter den Nägeln, die Angelegenheit mit Cole zu klären. Es hatte einen Grund gegeben, weshalb er mich in Chicago aufgesucht hatte, und diesen musste ich herausfinden. Außerdem war es mir ein dringendes Bedürfnis, ihn wissen zu lassen, dass Ethan und ich nicht wieder zusammen waren, wie er offensichtlich angenommen hatte. Und ihm gestehen, dass ich sein Kind erwartete. Jetzt hatte ich keine Wahl mehr. Cole hatte falsche Schlüsse aus seinem Besuch bei mir gezogen. Ich konnte nicht damit leben, dass er Dinge annahm, die nicht der Wahrheit entsprachen.

In Portland angekommen, mietete ich mir einen Wagen bei Budget, eine schäbige Klapperkiste, die mich hoffentlich heil nach Angel's Cove bringen würde.

Der Weg entlang der Küste schien sich endlos hinzuziehen. Ich hatte das Fenster heruntergekurbelt, um frische Luft hereinzulassen. Das Geschrei der durch den lichtblauen Himmel segelnden Seevögel, der Wind in meinen Haaren und der Salzgeschmack auf meinen Lippen ließen mein Herz höherschlagen. Es fühlte sich wie eine Heimkehr an, dachte ich bei dem vertrauten

Anblick der Straße, die sich in einem Zickzack an der Steilküste entlang gen Norden wand. Links von mir bewaldete Berghänge, zur Meeresseite hin Halbinseln und Fjorde, so weit das Auge reichte. Einmal mehr wurde mir bewusst, wie sehr ich mich nach Maine gesehnt hatte. Nach Maine, diesem wunderschönen Flecken Erde, und nach Cole. Dem Mann, der mir das Herz gestohlen hatte. Auf halber Strecke hielt ich an einem Straßencafé, das mit hausgemachten Pancakes und Waffeln warb, und zwang mich, etwas zu essen. Doc Travers hatte mir eingebläut, wie wichtig es war, dass ich regelmäßige Mahlzeiten zu mir nahm. Damit das Baby mit allen wichtigen Nährstoffen versorgt wurde, hatte er erklärt. Gerade in den ersten drei Monaten sei dies von großer Bedeutung. Gehorsam schob ich mir ein vor Ahornsirup triefendes Stück Waffel in den Mund und spülte es mit einem Schluck frischgepresstem Orangensaft hinunter. Mein Appetit ließ noch immer zu wünschen übrig, aber ich wollte alles richtig machen. Ich wollte das Baby. Coles Kind. Mehr als alles andere. Sorgfältig legte ich mein Besteck beiseite, hob den Blick und betrachtete die von weißer Gischt gekrönten Wellen des Atlantiks, die sich jenseits des Fensters an den zerklüfteten Felsen der Steilküste brachen, und dachte an Melissas Bruder. Egal wie er meine Nachricht aufnehmen würde, das kleine Wesen in meinem Bauch würde uns auf immer miteinander verbinden. Das Kind würde mich immer an diese eine besondere, magische Nacht vor dem Kaminfeuer in der Ocean View Lane erinnern. Ich warf einen Blick auf meine Armbanduhr. In weniger als einer halben Stunde würde ich Angel's Cove erreichen. Mein Herz schlug unwillkürlich schneller. Wie Cole auf mein Auftauchen reagieren würde? Ich schob den Teller von mir. Auf einmal schnürte sich meine Kehle enger und Angst überfiel mich. Angst, Cole könnte mich wegschicken, ohne mir die Chance zu geben, mich ihm zu erklären. Fest entschlossen, mich nicht abweisen zu lassen, winkte ich der fülligen Kellnerin mit der Peggy-Bundy-Gedächtnisfrisur und fischte in meiner Handtasche nach dem Geldbeutel.

Melissa entglitt um ein Haar der Schokoladendonut zwischen den Fingern, als ich nach einem kurzen energischen Klopfen durch die Glastür in ihr Büro trat.

»Du liebe Güte, Sam!« Ein überraschtes Strahlen erhellte ihre hübschen Züge. Flink legte sie ihren Donut ab, leckte sich die Finger und stürzte auf mich zu, um mich in die Arme zu schließen. »Du liebe Güte«, wiederholte sie. »Was in aller Welt machst du denn hier?«

»Hi, Melissa«, murmelte ich und genoss das Gefühl, von ihr gehalten zu werden. »Ich musste dich einfach sehen.« Dich und Cole.

Melissa drückte mich und hielt mich dann auf Armeslänge von sich. »Sammy, du bist blass um die Nase.« Kritisch musterte sie mich. »Du scheinst mir ein bisschen dünn, oder irre ich mich? Du müsstest jetzt langsam etwas zulegen, Sam, damit das Kleine gut versorgt wird.« Da sprach unverkennbar die Hebamme aus Mel.

Schmunzelnd löste ich mich von meiner Freundin. »Du hast leicht Reden, Mel. Kotz du dir mal jeden Morgen die Seele aus dem Leib, manchmal auch noch weitere Male am Tag. Die beste Diät, das kann ich dir versichern.«

»Nein, lass mal gut sein. Ich verzichte dankend und behalte lieber meine Pölsterchen.« Melissa quittierte meinen vielsagenden Blick mit einem frechen Grinsen, bevor sie fragend ihre Brauen hob. »Damit ist aber jetzt hoffentlich Schluss? Sonst müsstest du –«

»Es ist alles in Ordnung«, versicherte ich ihr rasch. »Grayson Travers ist ein klasse Arzt. Ich fühle mich bei ihm bestens aufgehoben.« Ich holte tief Luft. »Du, Mel, ich – können wir mal reden?«

Melissas kluge blaue Augen studierten mich aufmerksam. »Er hat es also wirklich getan, oder? Cole hat dich in Chicago aufgesucht?«

»Du weißt davon?« Fassungslos erwiderte ich ihren Blick.

»Er hatte um deine Adresse gebeten, Sam. Aber ich war mir nicht sicher, ob er wirklich –«

Meine Finger schlossen sich um ihr Handgelenk. »Mel, bitte, du musst mir unbedingt sagen –«

»Warte.« Melissa schob den Ärmel ihrer karierten Bluse hoch, um einen Blick auf ihre Armbanduhr zu werfen. »Weißt du was? Ich hab zwei Stunden Luft. Den Papierkram kann ich auch heute Abend erledigen. Wollen wir auf einen Happen zu Erin's Bakery rüber? Ich könnte einen Kaffee vertragen. Und dann quatschen wir in aller Ruhe. Meine Güte, ich kann es noch immer nicht fassen ...«

Ich ließ Melissas Worte an mir vorbeiziehen wie eine Frühsommerbrise, während sich meine Gedanken verselbstständigten und in die Ocean View Lane zurückkehrten.

Zu meiner großen Enttäuschung hatte ich Cole nicht angetroffen, obwohl sein Land Rover in der Einfahrt vor der Garage parkte. Vergeblich hatte ich mehrmals den hübschen Elfen-Türklopfer betätigt. Ein Blick in die Garage offenbarte, dass Cole anscheinend mit dem Motorrad unterwegs war. Einen Augenblick lang zögerte ich, ob ich mich auf die Veranda setzen und auf ihn warten sollte, doch dann hatte ich mich entschieden, Melissa aufzusuchen. Vielleicht könnte sie mir sagen, wo sich Cole aufhielt.

»Mel«, begann ich zaghaft, als ich ihr nun auf der kleinen Sonnenterrasse von Erin's Bakery gegenübersaß. »Weißt du, die Sache ist die –«

Ich verstummte abrupt, denn Melissa neigte sich unvermittelt zu mir und zog mich in eine spontane Umarmung. »Mein Gott, Sammy. Du machst dir ja keine Vorstellung, wie froh ich bin, dich wiederzusehen!« Sie löste sich von mir, und ihr Blick wanderte zu meinem Bauch. »Du musst mir unbedingt erzählen, wie es dir und meinem Neffen da drin geht.«

Neffen? Ich schmunzelte. Auch ihre unverhohlene Begeisterung über mein Auftauchen erwärmte mein Herz. »Mir – uns«, verbesserte ich mich rasch, »geht es gut.« Ich legte eine Hand auf meinen Bauch, in dem das winzige Wesen heranwuchs, und unwillkürlich huschte ein Lächeln über meine Lippen. »Du ahnst nicht, wie ich mich auf das Kind freue, Mel. Ich gebe zu, dass ich anfangs wirklich Bedenken hatte, ob ich es schaffen würde, aber jetzt glaube ich fest daran.«

»Natürlich wirst du das schaffen«, pflichtete Mel mir bei. »Aber sag mal, weiß Ethan inzwischen von deiner Schwangerschaft?«

Das war mein Stichwort. »Ethan weiß Bescheid. Und Cole auch.«

»Du hast es ihm gesagt? Wow.« Stirnrunzelnd pickte sie einen Krümel von ihrem Blaubeermuffin. »Cole weiß also jetzt Bescheid.«

»Dass ich ein Baby erwarte, ja. Er glaubt allerdings, dass es Ethans Kind ist, Mel. Und er hat mir keine Gelegenheit gegeben, den Irrtum aufzuklären.« Ich ließ die Schultern sinken. »Er ist einfach abgehauen.«

Melissa stieß ein bitteres Lachen aus. »Das hört sich ganz nach meinem Bruder an.«

»Mel, ich muss Cole sprechen. Dringend. Kannst du mir sagen, wo ich ihn finde?« Eindringlich fixierte ich sie über den Rand meines Eisteeglases.

»Tut mir leid, Sam. Ich weiß auch nicht, wo er steckt. Seit seinem letzten Anruf habe ich nichts mehr von ihm gehört. Er geht nicht an sein Handy, scheint wie vom Erdboden verschluckt.« Nachdenklich biss sie ein Stück von ihrem Muffin ab.

»Ich möchte zu gern wissen, warum er sich auf den weiten Weg nach Chicago gemacht hat«, sagte ich und fummelte an der Zitronenscheibe, die mein Getränk dekorierte. »Oh, Mel, ich muss ihm unbedingt sagen, dass er der Vater meines Babys ist.«

»Das kannst du ja jetzt nachholen«, nuschelte Mel.

»Aber wie, wenn ich nicht weiß, wo und wie ich ihn erreichen kann?«

»Warte.« Flink säuberte Mel ihre Finger an der Papierserviette mit den aufgedruckten Blumenranken und kramte anschließend in ihrer Handtasche. »Ich versuche ihn auf dem Handy zu erreichen.«

Gebannt starrte ich auf ihre Lippen, während sie den Hörer ans Ohr presste. Mit einem bedauernden Schulterzucken ließ sie das Smartphone in die Tasche zurückgleiten. »Nur die Mailbox.«

»Ist er vielleicht wieder nach New York geflogen?«

»Nope.« Melissa steckte sich den Rest ihres Muffins in den Mund. »Ich weiß, dass er ein neues Projekt an Land gezogen hat. Hier in Angel's Cove.«

Mein Mut sank. Vor drei Tagen hatte er mich in Chicago aufgesucht. Vor drei Tagen war er in der Annahme, das Baby in meinem Bauch sei von meinem Ex, aus meiner Wohnung gestürmt. Wo steckte Cole? Mein Wunsch, ihn zu sprechen, wurde immer drängender. Ich seufzte laut und begegnete Melissas Blick, der nachdenklich auf mir ruhte.

»Ich würde mir so sehr wünschen, dass Cole wieder jemanden findet, den er lieben kann, Sam. Ich weiß, dass er nicht glücklich ist, auch wenn er verzweifelt versucht, diese Tatsache zu leugnen.« Sie steckte sich eine Haarsträhne hinter das Ohr, die ihr der Wind ins Gesicht wehte. »Weißt du, Cole als mein großer, starker Bruder war stets mein Beschützer. Immer konnte ich mich auf ihn verlassen. Ich will ihn verdammt nochmal wieder glücklich sehen. Und wenn du diejenige wärst –« Sie sprach den Satz nicht zu Ende.

Ich spürte Hitze in meine Wangen schießen.

»Du liebst ihn doch, Sam, oder? Liebst du meinen Bruder?«

Meine Kehle war auf einmal so trocken, dass ich nichts zu sagen vermochte. Ich nickte so heftig, dass mir die Locken ins Gesicht flogen.

»Ich denke, er liebt dich auch. Da ist immer so ein spezielles Funkeln in seinen Augen, wenn die Sprache auf dich kommt. Und warum glaubst du, hat er sich auf den weiten Weg nach Chicago gemacht, um dich zu sehen?« Sie beugte sich vor und griff nach meinen Fingern. »Sam, ich denke, er wollte dir sagen, dass er dich liebt.«

Aufregung stieg in mir hoch wie prickelnde Champagnerbläschen. »Das wage ich gar nicht zu hoffen. Und außerdem hab ich's versaut.«

»Unsinn. Du –« Weiter kam sie nicht, denn Erin tauchte auf, in ihrer adretten weißen Servierschürze und mit einem Lächeln im Gesicht, um zu fragen, ob sie uns noch etwas bringen dürfe. Wir verneinten freundlich.

»Du versuchst es einfach noch einmal«, fuhr Mel fort, nachdem Erin ins Café zurückgekehrt war.

»Er muss erfahren, dass ich sein Kind erwarte, Melissa. Das bin ich ihm schuldig.« Ich atmete so tief ein, dass es schmerzte. »Wenn wir nur wüssten, wo er steckt.«

Melissa gab meinen flehenden Blick ratlos zurück. Eine Weile saßen wir schweigend beieinander. Doch dann kräuselte sie die Stirn. »Warte mal, ich glaube, ich habe eine Idee.«

Kapitel 17

Cole

Verflucht! Meine Faust schloss schmerzhaft Kontakt mit dem Verandageländer. Wenn ich gedacht hatte, hier Samantha Carrigan endgültig aus meinem Kopf verbannen zu können, dann hatte ich mich gründlich getäuscht. Frustriert hob ich meinen Arm, setzte die Whiskeyflasche an die Lippen und legte den Kopf in den Nacken. Brennend floss das goldene Gesöff durch meine Kehle und erwärmte auf angenehme Weise meinen Magen. Das Unbehagen in mir konnte es leider nicht vertreiben. Ich ließ meinen Blick über die malerische Bucht vor dem Strandhaus schweifen. Während ich die hereinrollende Brandung und die weißen Tupfen der Segelboote weit draußen betrachtete, fragte ich mich, was zum Henker ich noch tun müsste, um Samantha aus meinem System zu kriegen. Meine Brust fühlte sich an, als läge ein verdammter Felsklotz darauf. Mit jedem Atemzug, jeder Sekunde, die verging, vermisste ich Sam. Mehr noch als je zuvor, seit mir klar geworden war, dass ich sie verloren hatte. Und das nur, weil ich zu feige gewesen war, mir einzugestehen, dass sie mir etwas bedeutete. Als Ethan die Bombe hatte platzen lassen, dass sie sein Kind erwartete, hätte er mir ebenso gut ein beschissenes Messer in die Eingeweide rammen können. Flüchtig hatte der Gedanke, dass das Kind auch von mir hätte sein können, mein Bewusstsein gestreift. Grundgütiger! Das war reines Wunschdenken. Immerhin sprach Ethans Präsenz eine deutliche Sprache. In jenem Augenblick war mir mit glasklarer Gewissheit schmerzhaft bewusst geworden, dass ich Sam liebte. Sie hatte mein Herz in seltsamer Weise berührt. Hatte die Schutzmauer durchbrochen, die ich so sorgsam um mich errichtet hatte. In jenem Augenblick wurde mir ebenso schmerzhaft bewusst, dass ich sie verloren hatte. Cole Walker, du verdammter Idiot. Du hast es verbockt. Vermasselt. Big Time. Entferntes Donnergrollen riss mich aus meinen düsteren Überlegungen. Über dem Meer zogen dunkle Wolkengebilde am Horizont zusammen, möglicherweise würde es bald gewittern. Ein Reiher flog herbei, landete elegant auf einem Stück Treibholz, das in einiger Entfernung am Strand lag, und spreizte sein Gefieder. »Du hast es gut, Kumpel«, stieß ich zwischen den Zähnen hervor. »Ich wette, bei euch läuft das mit der verfluchten Liebe nicht so kompliziert wie bei uns Menschen.« Eigentlich konnte ich es nicht fassen, dass sich Sam wieder mit Ethan eingelassen hatte. Und nun erwartete sie auch noch sein Kind! Es war nicht zu glauben. Aber was hatte ich erwartet? Dass sie nach einer Nacht mit mir meinem unwiderstehlichen Charme verfallen und fortan nur noch von mir träumen würde? Kopfschüttelnd hob ich erneut die Flasche an die Lippen und leerte sie. Den größten Teil des Whiskeys hatte ich gestern Abend vor einem knisternden Kaminfeuer in einer Orgie des Selbstmitleids vernichtet. Hinterhältig pochende Kopfschmerzen erinnerten mich auch jetzt noch an dieses Ereignis. Wieder und wieder hatte ich mich gefragt, warum ich so lange damit gewartet hatte, Sam aufzusuchen. Die Frau hatte meine Gedanken Tag und Nacht beschäftigt. Ihr Bild hatte mich verfolgt, und auch die Zeit hatte das brennende Verlangen nach ihr nicht gedämpft. Wie hatte ich je nur annehmen können, sie bedeutete mir nichts? Dass sie nur ein flüchtiges Abenteuer, eine schnelle Nummer gewesen war? Ich hatte mir etwas vorgemacht. Mich belogen. Samantha bedeutete mir etwas. So viel, wie schon lange keine Frau mir bedeutet hatte. Melissa hatte es gewusst. Ich liebte Sam. Leider kam diese Erkenntnis reichlich spät. Zu spät. Zur Hölle, Cole Walker.

In einem spontanen Anflug von Zorn schleuderte ich die Whiskeyflasche von mir. Mit einem dumpfen Aufprall landete sie zwischen Büscheln von Seegras in den Dünen. Meine Kiefermuskeln verkrampften sich, als ich einen derben Fluch ausstieß. Am liebsten hätte ich alles kurz- und kleingeschlagen. Die Erkenntnis, dass unsere leidenschaftliche Begegnung sie weit weniger berührte, als ich angenommen hatte, traf mich zutiefst. Obwohl ich mir einbildete, dass es in ihren braunen Samtaugen aufgeblitzt hatte, als ich unangemeldet vor ihrer Tür aufgetaucht war. Ich hatte etwas in ihren Augen gesehen, und einen Herzschlag lang hatte ich gehofft, sie hätte mich ebenso vermisst wie ich sie. Hätte ich nur auf Melissa gehört und Sam vorher angerufen. Die sinnlose Reise nach Chicago wäre mir erspart geblieben, genau wie die Blamage, von Ethan erfahren zu müssen, dass Sam mit seinem Kind schwanger war. Diese großartige Neuigkeit hätte ich sicher auch am Telefon hören können. Meine Mundwinkel verzerrten sich in beißender Ironie. Ich richtete mich auf, rammte die Fäuste in die Taschen meiner Jeans und stieß einen lauten Fluch aus. Aufgeschreckt von meinem Schrei erhob sich der Reiher und flog flatternd davon. Gut für dich, Junge. Am liebsten würde ich mich auch auf- und davonmachen. Abhauen. Weg von den Bildern, die mich verfolgten, weg von den quälenden Erinnerungen. Deshalb hatte ich mich in Gavins Strandhaus geflüchtet. Hier würde mich nichts an Sam erinnern. Hier würde es mir gelingen, sie endgültig zu vergessen. Frustriert fuhr ich mir mit der Rechten durch das Haar, als ich im Augenwinkel eine Bewegung wahrnahm. Ich drehte den Kopf und bemerkte einen Wagen, der den sandigen Weg zum Strandhaus hinunterrumpelte. Um besser sehen zu können, beschattete ich die Augen. Es war ein mir unbekanntes Fahrzeug, das einen leicht heruntergekommenen Eindruck machte, ein dunkelgrauer Camry. Wer konnte das sein? Gavin mit Sicherheit nicht. Er lebte oben in Fort Kent, nahe der Grenze zu Kanada, und kam nur noch selten zum Angeln oder Surfen an die Küste. Mehr als einmal hatte er mir das Haus zum Kauf angeboten. Der Wagen kam zum Stehen, und ich erkannte eine Frau am Steuer. Scharf sog ich die Luft ein. Das konnte nicht sein. Oder doch? Gebannt beobachtete ich, wie sich die Fahrertür öffnete. Zwei wohlgeformte, in Jeans gekleidete Beine kamen zum Vorschein, gefolgt von einem mir vertrauten Lockenkopf. Der unerwartete Anblick ließ meinen Puls in die Höhe schnellen. Sam! Was in aller Welt machte sie hier? Wie hatte sie mich gefunden? Nicht einmal Mom oder Melissa hatte ich anvertraut, dass ich mich in Gavins Hütte zurückziehen würde, um meine Wunden zu lecken. Ich räusperte mich und hängte meine Daumen in die Gürtelschlaufen, stählte mich innerlich für die Begegnung, während Sam sich mir mit zögerlichen Schritten näherte. Gleichmütig erwiderte ich ihren Blick, dankbar dass sie nicht hinter die Fassade meiner vorgetäuschten Lässigkeit sehen konnte.

»Hi, Cole.« Etwa einen Meter vor mir blieb sie stehen. Der Seewind spielte mit ihrem Haar, im Licht der späten Nachmittagssonne tanzten ihre Sommersprossen auf der Nase. Sie wirkte so natürlich, so unschuldig in ihrer Fransenjeans und einer weißen Bluse im Folklore-Look. Zum Anbeißen süß. Mein Herz hämmerte in einem wilden Rhythmus gegen meine Rippen. Unwillkürlich glitt mein Blick an ihrem Körper hinab und blieb an ihrem Bauch hängen. Die Frau war schwanger, verflucht nochmal. Von ihrem Ehemann. Ich wollte – nein, durfte sie nicht begehren.

Wieder räusperte ich mich. Ein Zeichen meiner Anspannung. »Was verschafft mir die Ehre?«, wollte ich kühl wissen. Sie hatte ja keine Ahnung, wie es in mir kochte und brodelte. Dass ich sie am liebsten in meine Arme gerissen und geküsst hätte. Obwohl ich gleichzeitig eine wahnsinnige Wut im Bauch verspürte.

»Ich muss dich sprechen«, erwiderte sie. »Du bist so schnell abgehauen, ich hatte keine Chance, dir alles zu erklären.«

Es war verdammt schwer, diesen braunen Samtaugen zu widerstehen. »Ich wüsste nicht, was es da zu klären gäbe.« Ich verschränkte meine Arme vor der Brust, als könnte mich diese Geste vor dem offensichtlichen Knistern zwischen uns schützen. »Und überhaupt, wie hast du mich gefunden?«, setzte ich schroff nach.

»Melissa ist eingefallen, dass du dich vor Jahren einmal hierher zurückgezogen hast. Sie meinte, ich sollte mal mein Glück versuchen.« Sam bedachte mich mit einem unsicheren Lächeln.

Melissa hatte sich richtig erinnert. Damals, als Amy mich abserviert hatte, war Gavins Strandhaus mein Refugium gewesen, in das ich mich mit zwei oder drei Kästen Heineken und etlichen Schnapsflaschen eingeigelt hatte, um in einem Meer aus Selbstmitleid zu baden. Eine Woche später war ich, bleichgesichtig, bartstoppelig und verkatert, wieder aufgetaucht, um mein armseliges Leben in der Zivilisation fortzuführen. Damals hatte ich mir geschworen, niemals wieder einer Frau den Zutritt zu meinem gebrochenen Herzen zu gewähren. Nun, dieser Vorsatz war gründlich in die Hose gegangen.

»Tja, du hast mich gefunden«, sagte ich wenig charmant. »Und nun?«

Samantha schluckte. An ihrem Hals pochte hektisch eine Ader. Sie war nervös, genau wie ich. »Könnten wir – ein Stückchen am Strand entlanggehen?«

Ich machte eine zustimmende Geste mit der Hand. »Von mir aus.« Was hatte ich schon zu verlieren? Das, wonach mein Herz sich sehnte, hatte ich bereits verloren. Unwiderruflich.

Wir folgten dem verwitterten Holzpfad durch die Dünen hinunter an den Strand. Ich atmete tief die salzhaltige Luft ein, meine Nerven waren bis zum Zerreißen gespannt. Was hatte Sam zu mir geführt? Was gab es noch zu sagen? Ich hatte bei meinem misslungenen Auftritt in ihrer Chicagoer Wohnung alles erfahren, was ich wissen musste. Ihre Erklärungsversuche waren mir reichlich egal. Dennoch konnte ich nicht leugnen, dass mich ihr überraschendes Auftauchen umhaute. Einerseits genoss ich es unglaublich, endlich wieder mit ihr zusammen zu sein, andererseits wünschte ich sie weit weg von mir – am besten in ein anderes Universum, in eine ferne Galaxie! Es war verdammt frustrierend, eine Frau zu begehren, die die eines anderen war. Und dann erwartete sie auch noch dessen Kind. Verflucht. Ich wünschte, die Dinge würden anders liegen. Jetzt, wo es zu spät war, wusste ich, dass ich diese Frau liebte. Ich streifte sie mit einem sehnsüchtigen Seitenblick. Sie bückte sich, um ihre Sandalen von den Füßen zu ziehen. Dabei rutschte der Saum ihrer Bluse hoch und legte einen Streifen zart gebräunten Rückens frei. Ich erinnerte mich daran, wie sich ihre samtweiche Haut unter meinen Fingern angefühlt hatte. Hart die Lippen aufeinanderpressend, riss ich mich von dem verlockenden Anblick los. Vergiss es, Cole Walker. Du hast dein Glück verspielt. Eine Weile gingen wir in unbehaglichem Schweigen nebeneinander her, bis ich mich nicht länger zurückhalten konnte.

»Und? Alles Friede, Freude, Eierkuchen bei dir? Es war ja nicht zu übersehen, dass du dich mit deinem Mann wieder versöhnt hast.« Ich stieß ein misslungenes Lachen aus. »Und schwanger bist du obendrein. Glückwunsch.« Ich rammte die Fäuste in die Hosentaschen und starrte finster auf die schaumgekrönte Brandung. Ein einsamer Surfer, der im Wetsuit gekonnt über die Wellen ritt, fesselte meine Aufmerksamkeit. Ich wünschte, ich könnte ebenso elegant über die Unebenheiten meines Lebens hinweggleiten.

»Cole. Bitte bleib mal stehen.« Unvermittelt legte Sam ihre Finger auf meinen Arm. Ihre Berührung entfachte ein prickelndes Feuer auf meiner Haut. Ich entzog mich ihrem Griff, als hätte ich mich verbrannt. Es war gefährlich, ihr so nah zu sein. Verdammt gefährlich. Ich widerstand dem starken Impuls, sie mir zu schnappen und an meinen vor Sehnsucht und Begehren in Flammen stehenden Körper zu ziehen.

»Cole. Bitte.« Sie suchte meinen Blick und hielt ihn. »Ich muss dir etwas sagen.«

Ich starrte auf ihre Brust, die sich unter einem tiefen Atemzug hob und senkte und dachte an die Nacht, in der wir uns leidenschaftlich geliebt hatten. Würde ich diese Begegnung jemals wieder aus meinem Hirn löschen können?

»Cole?«

Ihre Stimme riss mich zurück in die Gegenwart. »Ich bin ganz Ohr.« Meine Worte klangen hart und unversöhnlich. Mir war klar, dass ich mich wie ein Mistkerl verhielt. Aber ich musste alles tun, um Samantha auf Abstand zu halten. Viel zu nah hatte ich sie an mich herangelassen und dabei einmal wieder im großen Stil den schwarzen Peter gezogen. Noch einmal würde mir das nicht passieren.

»Das Baby.« Sam legte eine beschützende Hand auf ihren Bauch. »Das Kind ist von dir, Cole. Es ist unser Kind.«

Samantha

Gespenstische Stille folgte, als Cole offenbar versuchte, die Neuigkeit zu verdauen. Nur das Wispern des Windes im Seegras und das stete Rauschen der Brandung durchdrangen die Stille, die in meinen Ohren dröhnte. Mir wurde schlecht. Dann fing mein Puls an zu rasen.

»Was sagst du da?« Auf Coles attraktiven Zügen spiegelte sich eine ganze Palette an Emotionen, als er mich durchdringend fixierte.

»Du bist der Vater meines Kindes«, wiederholte ich deutlich. Mein Herz klopfte erwartungsvoll, während ich mich bemühte, seinen forschenden Blick fest zu erwidern. Umwerfend sah er aus, in dem leuchtend blauen T-Shirt, das sich über die Muskeln seiner breiten Brust spannte und die Farbe seiner Augen betonte. Die Jeans im Stonewashed-Look schmiegte sich an seinen Hintern wie eine zweite Haut, und der Dreitagebart unterstrich sein dunkles, verführerisches Aussehen. »Cole«, setzte ich nach. »Sag doch etwas.«

Coles Kiefermuskeln spannten sich. »Ich weiß nicht, welches perfide Spiel du spielst, oder was du mit deiner Aussage bezweckst, aber es interessiert mich nicht. Lass es sein, Samantha.«

Seine entschiedenen Worte versetzten mir einen Schlag in die Magengrube. Mir war, als würde die Zeit stehenbleiben. Als seien wir plötzlich allein auf der Welt. Nur Cole und ich. Und diese harten, kalten Worte von ihm, die mein Herz in tausend Splitter zerspringen ließen. Coles arktischer Blick hielt meinen gefangen. Ich versuchte zu sprechen, doch kein Wort kam über meine Lippen. Wie gelähmt verharrte ich auf der Stelle, während sich meine Brust in schneller Folge hob und senkte. Entfernt nahm ich den auffrischenden Seewind wahr, der mich frösteln ließ, und das ferne, dumpfe Grollen über dem Meer. Ich rührte mich auch dann nicht, als Cole leise den Kopf schüttelte und sich mit einem letzten, abweisenden Blick in meine Richtung abwandte, um zurück zum Strandhaus zu gehen.

Endlich erwachte ich aus meiner Schockstarre.

»Cole!«, schrie ich ihm hinterher, doch der Wind trug meinen verzweifelten Ruf davon. Cole machte keine Anstalten stehen zu bleiben. Er drehte sich nicht einmal um. Um Fassung ringend grub ich meine Fingernägel in die Handballen. Verdammter Mistkerl! Warum wollte er mir keine Chance geben? Zweifelte er meine Worte etwa an? Dachte er, ich belüge ihn?

Heiße Wut überwältigte mich.

Einen Wimpernschlag lang spielte ich mit dem Gedanken, ihm nachzulaufen. Dann aber entschied ich mich dagegen. Schließlich besaß ich immer noch meinen Stolz. Sollte ich mich so sehr in Cole getäuscht haben? Warum verhielt er sich wie ein verdammtes Scheusal? Ich konnte es nicht glauben, dass er mich so einfach stehenließ.

Der Wind blies mir eine Haarsträhne ins Gesicht und erneut erfasste mich ein tiefes Frösteln.

Schaudernd schlang ich die Arme um meinen Oberkörper. Das hier lief schief. Verdammt schief. Aber was hatte ich erwartet? Dass Cole mich mit offenen Armen empfangen würde? Wenn ich ehrlich war, hatte ich mir genau das erhofft. Sein überraschendes Auftauchen in meiner Wohnung hatte einen Funken Hoffnung in mir entzündet. Ich hatte gehofft, dass er auch etwas für mich empfand. Dass er mich genauso sehr vermisst hatte wie ich ihn. Offensichtlich war es ein Schock für ihn gewesen, Ethan und mich zusammen anzutreffen. Er hatte annehmen müssen, dass das Kind, das ich erwartete, Ethans war. Genau aus diesem Grund war ich ihm nach Maine nachgeflogen. Um die Dinge zu klären. Doch warum, verflixt nochmal, benahm er sich so abweisend, nachdem er nun die Wahrheit kannte? Was war an meiner Aussage so schwer zu verstehen? Seine Abfuhr hatte mich zutiefst verletzt. Bis ins Mark getroffen.

Ich verstand seine Reaktion nicht.

Fassungslos verfolgte ich, wie er die Stufen zur Veranda hinaufsprang, die Fliegengittertür aufstieß und im Haus verschwand. Die Tür flog hinter ihm geräuschvoll zu. Wow. Coles Botschaft war deutlich. Nein, ich würde ihm nicht nachlaufen. Nicht noch einmal. Ich würde zurück zu Melissa fahren, ihr von dem missglückten Treffen berichten und mir ein kleines Motel zum Übernachten suchen, bevor ich mich morgen auf den Rückweg nach Chicago machte. Wie auf Autopilot setzte ich mich in Bewegung. Mit den Sandalen in den Händen und den Blick starr auf den Boden gerichtet, trat ich den Rückweg zu meinem Mietwagen an. Spitze Steinchen und zerbrochene Muschelschalen bohrten sich in meine nackten Fußsohlen, während ich dem sandigen Pfad folgte.

Egal.

Es war mir egal.

Verdammter Cole! Mein Herz klopfte so heftig, dass ich jeden einzelnen Schlag an meiner Kehle spürte. Als ich am Strandhaus vorbeilief, bemühte ich mich, nicht hinzusehen. Cole Walker war für mich gestorben. Hilfloser Zorn und Verzweiflung brachten meine Hand so sehr zum Zittern, dass ich Mühe hatte, den Schlüssel in das Schloss der Fahrertür zu stecken. Ich klemmte mich hinters Steuer, schlüpfte in meine Sandalen und zog kräftig die Tür zu, sodass der kleine Camry protestierend wackelte. Meine Wut brach sich in einem Aufschrei Bahn. »Cole, du Mistkerl«, rief ich, »du verdammter sturer Mistkerl!« Wütend trommelte ich mit den Fäusten auf das mit Leder bezogene Lenkrad. Anschließend ließ ich den Kopf auf meine Arme sinken und versank in Selbstmitleid.

Ein energisches Klopfen schreckte mich auf. Ich hob den Blick und mein Atem stockte. Jenseits der Fahrertür stand Cole. Mit einer Handbewegung deutete er mir an, auszusteigen. Langsam, wie in Zeitlupe, öffnete ich die Tür, ganz so, als könnte ich nicht glauben, dass er wirklich vor mir stand.

Cole streckte mir eine Hand entgegen, eine wortlose Bitte. Der Trotzkopf in mir sträubte sich. So einfach wollte ich es ihm nicht machen. Wer dachte er, dass er war? Erst ließ er mich stehen, als hätte ich eine ansteckende Krankheit, und jetzt bildete er sich ein, ein Fingerschnippen von ihm würde genügen, damit ich ihm nachtrottete wie ein treuer Hund?

»Bitte«, sagte er leise. Er musste mein Zögern bemerkt haben.

Argwöhnisch legte ich meine Finger in seine und stieg aus dem Wagen, um mich anschließend von ihm zurück zum Strandhaus lotsen zu lassen. Auf der Veranda löste er sich von mir, lehnte sich mit dem Hintern gegen das Geländer und brütete schweigend vor sich hin, ganz so als wüsste er nicht, wo und wie er beginnen sollte. Das Blut rauschte in meinen Ohren, während ich in seiner Miene nach einem Hinweis darauf forschte, was in ihm vorging. Über unseren Köpfen klimperte ein hölzernes Windspiel im aufkommenden Wind. »Cole«, drängte ich ihn, weil ich die Ungewissheit kaum noch aushielt. »Was wird das hier?«

»Hör zu, Sam.« Unvermittelt fixierte er mich aus tiefblauen Augen. »Ich muss dich um Verzeihung bitten.«

Mein Magen schlug einen Salto. Da war ein riesiges Aber, das in der Luft zwischen uns schwebte. Intuitiv verschränkte ich die Arme vor der Brust, als könnte ich mich schützen vor dem, was mich verletzen würde. Ich rechnete fest damit, dass Cole mir wehtun würde.

»Sam«, fuhr er sanft fort. »Ich bin ein Idiot. Es tut mir leid.« Sein Blick suchte meinen und hielt ihn fest, als ich nach Luft schnappte. »Ich weiß nicht, welcher Teufel mich vorhin geritten hat, aber irgendwie habe ich plötzlich Panik bekommen.« In einer Geste der Ratlosigkeit hob er die Schultern. »Ich konnte nicht glauben, was du da gesagt hast. Ich schätze, ich bin ein gebranntes Kind, was die Liebe angeht. Wegen Amy. Es fällt mir nicht leicht zu vertrauen.«

»Mir kannst du vertrauen.« Die Worte waren draußen, bevor ich nachdenken konnte.

»Du und Ethan – ihr seid nicht wieder zusammen?«

»Schon eine Weile nicht mehr. Hat Mel dir das nicht erzählt?«

»Doch, hat sie. Aber als ich euch zusammen in deiner Wohnung antraf, und wegen der Dinge, die er gesagt hat, dachte ich, dass du und er –« Er ließ den Rest des Satzes in der Luft hängen. Sein Blick brannte sich in meinen. »Ist es wirklich wahr? Ist das Baby, das du erwartest, meins?«

Eine unerwartete, warme Welle des Glücksgefühls rollte über mich hinweg. Ich nickte und legte eine Hand auf meinen Bauch, dem man noch nicht ansah, dass da drin ein kleiner Mensch wuchs. »Das Baby ist unseres, Cole. Wir haben nicht aufgepasst.«

»Ich weiß.« Cole wirkte zerknirscht. »Wir waren unachtsam. So etwas sollte nicht passieren. Aber du hast mich einfach umgehauen, überwältigt, und im Sog der Leidenschaft –« Die Andeutung eines winzigen Lächelns huschte um seine Mundwinkel.

»Wir haben wohl beide die Kontrolle verloren.« Ich knabberte an meiner Unterlippe.

»Du –«, er zögerte, »du wirst das Kind doch behalten?« In seinen Augen flackerte etwas auf. Etwas, das mich tief berührte. Konnte es sein, dass er das Baby – unser Baby – genauso sehr wollte wie ich?

»Nichts und niemand wird mich dazu bringen, dieses Kind aufzugeben.« Ich konnte nichts dagegen tun, dass meine Stimme wackelte.

»Komm her«, forderte Cole rau und streckte eine Hand nach mir aus. Ich flog an seine Brust, und er hielt mich, vergrub das Gesicht in meinem Haar.

Eine Weile standen wir einfach nur so da, hielten einander fest, als befürchteten wir, auseinandergerissen zu werden. Durch den Stoff seines blauen T-Shirts konnte ich seinen kräftigen Herzschlag spüren. Ich sog seinen Duft ein, männlich, herb. Vertraut, und doch irgendwie neu. Aufregend. Ein Kribbeln fuhr durch meine Mitte. »Ich dachte, du willst mich nicht«, flüsterte ich, und hob den Blick. »Willst uns nicht.«

»Verflucht, Sam.« Cole verstärkte den Griff um meine Taille und zog mich dichter an sich. »Ich habe dich von Anfang an gewollt. Vom ersten Augenblick an, da ich deinen süßen kleinen Hintern in meiner Küche erblickt hatte.« Seine Rechte glitt tiefer und umfasste zärtlich meinen Po. Ein prickelnder Schauder erfasste mich und ein leises sehnsüchtiges Seufzen schlüpfte aus meiner Kehle. »Ich habe es mir nicht eingestanden. Ich wollte nicht, dass du mir derart unter die Haut gehst. Es hat mich in helle Panik versetzt, dass ich fortan nur noch an dich denken konnte. Nur noch dich begehrt habe.« Sein Zeigefinger folgte sachte dem Schwung meiner Nase. »So war das nicht geplant.« Um seine Lippen spielte ein Grinsen.

»Ich hatte auch nicht geplant, mich in dich zu verlieben, Cole Walker. Eine Auszeit wollte ich mir nehmen, mehr nicht. Und dann kamst du.«

»Sam«, sagte er leise, als könnte er nicht fassen, dass wir hier beieinanderstanden. Nur Sam. Zärtlich strich er mir eine Locke von der Stirn.

Wir sahen einander in die Augen, und ich spürte die Anziehungskraft zwischen uns. Eine Art magische Verbindung, die mich Zeit und Raum vergessen ließ. Die Luft zwischen uns knisterte wie elektrisiert. Mein Blick glitt langsam über seine Züge, als wollte ich ihn mir für alle Ewigkeiten einprägen. Seine hohe Stirn mit der widerspenstigen Haarsträhne, den Kranz feiner Lachfältchen um seine verführerischen blauen Augen und die Bartstoppel, die ihm ein dunkles, geheimnisvolles Aussehen verliehen. In dem Moment, da ich ihn ansah, wusste ich, dass Cole der Mann war, mit dem ich alt werden wollte. Auch wenn er, genau wie ich, in Sachen

Liebe ein gebranntes Kind war, wollte ich es mit ihm wagen. Ich fühlte, dass er der Richtige war. Er war der Mann, den ich liebte. Die Art, wie er mich betrachtete, ließ meine Knie erzittern. Ein sehnsüchtiges, drängendes Verlangen erwachte in meinem Schoß. Hitze schoss in meine Wangen. Ich wollte diesen Mann so sehr, dass es schmerzte. Es war aber nicht nur sein wundervoller, attraktiver Körper, den ich begehrte. Ich wollte Coles Herz. Seine Seele. »Cole, ich will ...«

Ein heftiger Windstoß kam auf, das Windspiel über uns klapperte lärmend und irgendwo über dem Meer grollte Donner. »Es gibt wohl Regen«, sagte ich.

»Mag sein.« Sein Lächeln schoss direkt in mein Herz. »Solange du bei mir bist, trotze ich jedem Wetter, Samantha Carrigan.« Sein Lächeln vertiefte sich.

»Soll das heißen – meinst du, wir sollten –« Hilflos beendete ich mein Gestammel. Hoffnung wallte in mir auf. Hoffnung auf eine Zukunft mit Cole.

»Ja«, erwiderte er schlicht.

»Oh, Cole.« Ich legte meine Wange an seine Brust und schloss meine Lider. Mein Herz klopfte hart und schnell. Das war mehr, als ich zu hoffen gewagt hatte. Mehr, als ich je zu träumen gewagt hatte.

Behutsam löste er sich von mir, legte zwei Finger unter mein Kinn und hob es sanft an, um mir ins Gesicht zu sehen. »Denkst du, ich gebe dich wieder her? Jetzt, wo ich dich endlich gefunden habe?« Seine Augen funkelten warm. Er legte eine Hand an meinen Rücken, die andere auf meinen Bauch. »Und das hier, das Baby. Denkst du, ich könnte etwas so Wundervolles je aufgeben?« Sein Blick wechselte zwischen meinen Lippen und meinen Augen hin und her. »Ich finde dich wunderbar, Samantha. Witzig, warmherzig, intelligent. Und unglaublich sexy.« Da war es wieder, dieses Lächeln, das meine Knie zu Butter werden ließ. Meine Haut prickelte vor Erregung, als Cole mit dem Zeigefinger eine unsichtbare Linie meinen Kiefer entlang über meine Kehle bis hin zu meinem Dekolleté zeichnete. Zärtlich glitten seine Finger über den spitzenbesetzten Saum meiner Bluse, um anschließend mit dem Silberkettchen an meinem Hals zu spielen. Jedes Mal, wenn seine Finger mich streiften, ging meine Haut in Flammen auf.

»Hübsch.« Er nahm den Bernsteinanhänger in die Hand, um ihn zu betrachten. »Passt wunderbar zu deinen schönen Augen.«

»Den habe ich mir in Angel's Cove gekauft.« Ich räusperte mich, weil ich an nichts anderes denken konnte, als an das köstliche Gefühl seiner streichelnden Finger auf meiner Haut. »Als Andenken.«

»An uns?« Seine Finger spielten weiter mit dem Kettchen.

Ich drängte mich an ihn. »Cole, ich will dich.« Mein Verlangen wuchs in jeder Sekunde.

»Wirklich ein schönes Schmuckstück«, fuhr Cole unbeirrt fort. Sein Becken presste gegen meinen Unterleib und ich konnte seine Härte in der engen Jeans spüren. Ich schnappte nach Luft, als er sanft meine Brust umfasste. Ich wünschte mir mehr. So viel mehr.

»Cole«, flüsterte ich. »Ich will mit dir schlafen.«

»Bist du sicher, dass du das möchtest?« Sein leises Lachen klang belustigt. »Du siehst doch, wohin uns das geführt hat.« Sein Daumen beschrieb winzige, neckende Kreise durch den Stoff meiner Bluse und sandte glühende Hitzestrahlen durch meinen Körper direkt in meinen Schoß. »Aber wenn du darauf bestehst, tun wir es wieder.«

Zitternd stieß ich ein leises Stöhnen aus.

»Auf die Gefahr hin, dass ich mich wiederhole: Du bist unglaublich, Sam.« Coles Atem streifte meine Wange. »Ich liebe es, wie du auf meine Berührungen reagierst. Ich habe mich so sehr nach dir gesehnt.« Er senkte seinen Mund auf meinen und küsste mich. Knabberte an meiner Unterlippe und teilte meine Lippen, um mit meiner Zunge ein sanftes, verlockendes Spiel zu beginnen.

Ein Donnerschlag ließ uns zusammenzucken, doch Cole hörte nicht auf, mich zu streicheln, und ich genoss seine Zärtlichkeiten viel zu sehr, um mich von dem aufkommenden Gewitter ablenken zu lassen. In meinem Inneren, in meinem Körper, tobte ein wilder leidenschaftlicher Sturm, der seinem ganz eigenen Gesetz folgte. Nur am Rande nahm ich wahr, dass Regen einsetzte. Sintflutartig ergoss er sich trommelnd auf das blecherne Verandadach, um anschließend einem glitzernden Perlenvorhang gleich hinabzuströmen. Ein greller Blitz tauchte die Umgebung in ein gleißendes Licht, und ohrenbetäubendes Donnern folgte. Cole und ich küssten uns ungerührt weiter, genossen die neugefundene Nähe. Erst als der Wind drehte und den Regen fast waagrecht auf die Veranda peitschte, löste sich Cole widerstrebend von mir.

»Es ist besser, wir setzen das hier im Haus fort, Liebste.« Seine Stimme vibrierte vor Verlangen, seine blauen Augen funkelten dunkel vor Zärtlichkeit. Bevor ich reagieren konnte, hob er mich in seine Arme, stieß mit dem Fuß die Fliegengittertür auf und trug mich über die Schwelle.

Kapitel 18

Samantha

Jenseits der geteilten Fenster tobte der Gewittersturm. Klappernd schlugen die Läden im Wind gegen die hölzerne Hauswand, und über dem aufgewühlten Meer tanzten wütende Schaumkronen. Drinnen im Schlafzimmer von Gavins Strandhaus brannten Kerzen. Ihr sanftes Licht huschte flackernd über die Wände und ließ die Schweißtröpfchen auf unserer erhitzten Haut wie Diamanten glitzern. Von Glückshormonen durchströmt lag ich in Coles Arme gekuschelt. »Cole«, sagte ich leise, erfüllt vom Nachglühen unserer leidenschaftlichen Begegnung. »Das war unglaublich schön.« Weil es nicht nur Sex gewesen war, sondern eine Verheißung. Ein Versprechen.

Er zog mich an sich und hauchte mir einen Kuss auf den Scheitel. »Samantha, wo hast du nur mein Leben lang gesteckt?«

Ich hob meinen Kopf, um ihn anzusehen. Seine Augen funkelten im Widerschein des Kerzenlichts. »Klingt, als hättest du mich vermisst.«

»Mehr als ich in Worte fassen kann.« Ein Lächeln spielte um seine sinnlichen Lippen.

Mein Herz quoll über vor Freude und Liebe für diesen Mann. Ich drückte ihm einen spontanen Kuss auf den Mund. »Dein neuer Bart steht dir übrigens gut.« Ich neigte den Kopf, um ihn eingehend zu studieren. »Ich könnte mich glatt daran gewöhnen. Wenn es nicht so schrecklich stacheln würde.«

Cole stieß ein herzhaftes Lachen aus. »Du bist bezaubernd, Sam. Süß wie du deine Kritik in nette Worte verpackst. Daran könnte ich mich gewöhnen.« Er gab mir einen sanften Nasenstüber.

Ich kuschelte mich enger an ihn, streichelte gedankenverloren seine Brust und schmunzelte, als ich ihn unter der Berührung wohlig erschaudern fühlte. Immer wieder zu erleben, wie intensiv er auf meine Zärtlichkeiten reagierte, war überwältigend. Ich fühlte mich stark, begehrenswert und wunderschön an seiner Seite. Doch wie sollte es mit uns weitergehen? Ob Cole sich darüber Gedanken machte? Ich konnte unmöglich alle paar Wochen oder Monate nach Maine reisen, damit wir uns sehen konnten. Das würde rasch meine finanziellen Möglichkeiten übersteigen. Insbesondere dann, wenn das Baby geboren war. Unser Baby. Unsicher, wie ich es formulieren sollte, drehte ich mich auf die Seite, stützte meinen Kopf mit der Hand ab und suchte seinen Blick. »Cole«, begann ich zögerlich, während meine Finger sich verselbstständigten und das Tattoo auf seiner linken Schulter nachfuhren.

»Was geht hinter deiner hübschen Stirn vor, Sam?« Cole steckte mir eine Haarlocke hinter das Ohr.

Ich schloss kurz die Augen, schmiegte mein Gesicht an seine Hand und genoss seine beruhigende Wärme. Dann gab ich mir einen Ruck. »Wie soll das eigentlich mit uns –?« Ich brach ab, verwarf mehrere Sätze, die ich mir in Gedanken zurechtgelegt hatte. Es war zu früh.

Ich hatte kein Recht, ihn zu einer Entscheidung zu drängen. Wir hatten uns doch eben erst gefunden.

Erneut glitt ein Lächeln über Coles dunkle, attraktive Züge. »Könntest du dir vorstellen, zu mir nach Angel's Cove zu ziehen?«

Überrascht schnappte ich nach Luft. Dieser Mann konnte nicht nur verdammt gut küssen, sondern auch noch Gedanken lesen. »Cole, weißt du, was du da sagst?« War das der Mann, der laut seiner Schwester emotionale Verwicklungen scheute? Dessen Beziehung zum weiblichen Geschlecht durch flüchtige Abenteuer und bedeutungslose One-Night-Stands geprägt war?

»Ich versichere dir, ich bin bei vollem Bewusstsein und im Vollbesitz meiner geistigen Kräfte.« Seine Augen glitzerten vergnügt.

»Blödmann«, gab ich gutmütig zurück, während das Herz in meiner Brust wild hämmerte. »Ich meine ja nur, weil du sonst eher —«

»… den coolen Macker spielst? Den unnahbaren Verführer, der flüchtigen, unkomplizierten Sex bevorzugt?« Er ließ ein leises Lachen hören und drückte mich noch ein wenig fester an sich. »Du hast recht, Sam. Ich bin – war —«, verbesserte er sich, »ein Mann, der seine Verbitterung hinter einer Maske aus sarkastischem Humor und unbekümmerter Gleichgültigkeit versteckt hat. Ich hatte mir fest vorgenommen, niemals wieder eine Frau nah an mich heranzulassen. Nicht so nah, dass es ihr gelingen würde, mein Herz zu berühren.« Er hielt meinen Blick. »Als ich dir begegnete, zerbrach der Schutzpanzer, den ich um mich errichtet hatte. Keine Ahnung, wie du das geschafft hast, aber du hast mich berührt.« Er nahm meine Hand und legte sie auf seine

Brust. Die weichen Brusthaare kitzelten meine Haut. »Hier«, fuhr Cole fort. »Genau hier hast du mich berührt.«

Ich starrte auf meine Hand, die auf seiner Brust lag, starrte ihm ins Gesicht und brachte keinen Ton über die Lippen.

»Samantha.« Coles Stimme streichelte mich, und die kleinen Härchen auf meinen Armen stellten sich auf. »Du bist mir eine Antwort schuldig.«

»Ich weiß«, flüsterte ich, aber ich brauchte einen Moment, um mich zu sammeln. Ich konzentrierte mich auf Coles Atemgeräusche und den Regen, der draußen auf das Blechdach prasselte, untermalt von auf- und abschwellendem Donnergrollen. In diesem Augenblick wünschte ich, wir könnten hierbleiben. Zusammen in diesem romantisch verzierten Metallbett, das so herrlich quietschte, wenn es in Anspruch genommen wurde. Hier in dem kleinen süßen Strandhaus am Meer. Nur Cole und ich. »Ich würde sehr gern zu dir nach Maine kommen«, entgegnete ich schließlich. »Aber das geht nicht.« Ich löste mich von ihm, schwang die Beine über die Bettkante und sprang auf. Die abgetretenen Holzbohlen unter meinen Füßen knarrten, als ich das Zimmer durchquerte.

Cole erhob sich ebenfalls und folgte mir ans Fenster. Der warme Schein zweier hoher, schlanker Kerzen, die neben uns auf dem Fenstersims brannten, ließen Coles nackte Haut wie Bronze schimmern, und ich konnte nicht umhin, abermals seine schöne, wohldefinierte Brust zu bewundern. Ein tiefes Seufzen kam aus meiner Kehle. Ich kämpfte gegen die Versuchung an, meine Hände über seinen Oberkörper wandern zu lassen. »Unmöglich«, sagte ich leise.

»Warum, Sam? Warum geht es nicht? Was hält dich in Chicago?«

»Mom lebt dort.«

»Mein Haus ist groß genug.«

»Sie braucht Pflege.«

»Wir stellen jemanden ein.«

»So einfach?«

»So einfach.« In seinen dunklen Pupillen spiegelte sich das Licht der Flammen.

»Und wenn es nicht funktioniert?«

»Dann tun wir alles dafür, dass es funktioniert.« Cole griff nach meiner Hand und verflocht zärtlich seine Finger mit meinen. »Hab keine Angst, Sam. Wenn ich nicht davonlaufe, darfst du es auch nicht tun.« Sein intensiver Blick drang bis in die Tiefen meiner Seele.

Konnte es sein, dass ich diesmal den richtigen Mann gefunden hatte? Forschend suchte ich in seinen dunkelblauen Augen nach einer Antwort. Zuversicht durchströmte mich. Zuversicht, dass sich diesmal alles zum Guten wenden würde. Das Kind unter meinem Herzen würde Eltern haben. Vater und Mutter. Eine richtige Familie. Es würde in einem wunderbaren, liebevollen Zuhause aufwachsen. Ich musterte den Mann, der vor mir stand und meine Hand hielt, lang und hart. »Weißt du was, Cole Walker?« Ich füllte meine Lungen mit Luft und ließ sie langsam wieder entweichen. »Ich liebe dich.«

Ein breites Lächeln erhellte Coles Züge, als er mich mit einem Ruck an sich zog. Es war ein atemberaubendes, aufregendes Gefühl, seinen Körper so dicht an meinem zu spüren. Zu spüren, dass er sich ebenso nach mir sehnte, wie ich mich nach ihm. Sofort flutete neues Verlangen meinen Körper. Verlangen nach diesem umwerfenden Mann, von dem ich anscheinend nicht genug bekommen konnte. Winzige, glitzernde Glücksfunken explodierten in meiner Mitte, als er sich im Schein der Kerzen zu mir neigte und seine Lippen sanft und zärtlich auf meine legte. »Was für ein Glück, Samantha Carrigan«, murmelte er mit einem leisen Lächeln an meinem Mund. »Denn ich liebe dich auch.« Und mit einer Hand in meinem Haar vergraben, die andere um meine Taille geschlungen küsste er mich.

Samantha
Ein Jahr später ...

»Guten Morgen, Sam.« Melissas Stimme knisterte fröhlich durchs Telefon. »Wann sollen wir heute Abend bei euch sein?«

Für gerade mal halb acht an einem Samstagvormittag klang Coles Schwester für meinen Geschmack viel zu ausgeschlafen. Obwohl das Baby inzwischen meist durchschlief, schien mir noch immer Schlaf zu fehlen. Erfolglos unterdrückte ich ein Gähnen und blickte durchs Küchenfenster nach draußen auf das Blumenmeer der himmelblauen Glockenblumen und gelben Narzissen vor dem weißen Gartenzaun. »So gegen halb sechs wäre prima«, beantwortete ich Mels Frage. Das Handy zwischen Schulter und Ohr geklemmt, goss ich am Tresen heißes Wasser in meine Teetasse. Auf das Kaffeetrinken verzichtete ich lieber, solange ich stillte, doch ich musste zugeben, dass ich mich jetzt schon diebisch auf meine erste Tasse Kaffee freute. »Ginge das, Mel? Unser Tisch ist für sechs Uhr reserviert.«

»Kein Problem, das klappt. Wohin entführt dich mein Bruder eigentlich?«

»Er hat einen Platz im Brightside gebucht, dem neuen In-Schuppen am Hafen.« Reservierungen waren dort schwer zu bekommen. Zwar hatte das Lokal den Ruf, das beste Restaurant in diesem Zipfel Maines zu sein, doch es war unfassbar teuer. Als ich deshalb Bedenken geäußert hatte, hatte Cole geschmunzelt. *Wenn ich dich nach so langer Zeit endlich mal wieder ausführe, soll es auch etwas ganz Besonderes sein*, hatte er gesagt und mich zärtlich geküsst.

Mel kicherte, als ich ihr jetzt davon erzählte. »Wow. Mein Herr Bruder legt sich ja mächtig ins Zeug. Wer hätte gedacht, dass Cole auch als Ehemann derart romantisch sein würde.«

Es war wirklich kaum zu glauben, dass das der Mann sein sollte, der noch vor über einem Jahr ein glühender Verfechter seiner Unabhängigkeit gewesen war. Während der Schwangerschaft hatte er mir jeden Wunsch von den Augen abgelesen, und als ich nach der Geburt aufgrund von Komplikationen wochenlang das Bett hatte hüten müssen, hatte er sich ohne zu klagen um das Kind gekümmert. Unwillkürlich schlich sich ein Lächeln auf meine Lippen, als Coles sanfter Bariton, unterbrochen von fröhlichem Babygekrähe, aus dem Kinderzimmer in die Küche drang. Entgegen Melissas Annahme hatte sie keinen Neffen, sondern eine kleine Nichte bekommen. Alice Inès Melissa Walker, von allen liebevoll Lizzy genannt, wusste bereits mit knapp drei Monaten, wie sie ihren Vater um den kleinen Finger wickeln konnte. Im Grunde genommen waren wir alle verrückt nach ihr. Vielleicht fiel mir der Gedanke, sie heute Abend zu verlassen, deshalb so schwer.

»Ach Mel.« Ich seufzte tief. »Was ist, wenn Lizzy Bauchweh bekommt und weder Cole noch ich da sind, um sie zu trösten? Und sie schläft niemals ohne ihr Lieblingskuscheltier ein, das musst du ihr unbedingt mit ins Bettchen geben, ja?«

»Entspann dich, Sam.« Melissa lachte leise. »Eure kleine Prinzessin ist fast drei Monate alt. Sie wird es verkraften, wenn ihr mal ein paar Stunden nicht da seid. Zumal ihre Lieblingspatentante ihr vorlesen und vorsingen wird, bis ihr die Augen vor Müdigkeit zufallen. Mach dir keine Sorgen, hörst du? Genießt einfach euren Abend. Du musst doch auch gar nicht viel mehr machen, als hinreißend auszusehen.«

Erneut stieß ich ein Seufzen aus. Nach der Schwangerschaft waren mir leider einige überflüssige Pfunde geblieben. Das letzte Mal, als ich ein Kleid in Größe sechsunddreißig getragen hatte, war zu meiner Hochzeit gewesen. Mit Freunden und Familie hatten wir im Sommer am Strandhaus gefeiert, dort, wo ich Cole wiedergefunden hatte. Niemals würde ich diesen Tag vergessen, als wir einander das wichtigste Versprechen gegeben hatten.

Ich verabschiedete mich von Melissa, nippte gedankenverloren an meinem Tee und beobachtete die zwischen den knospenden Zweigen umherhuschenden Vögel im Garten. Seit ich in Chicago alle Brücken hinter mir abgebrochen und zu Cole nach Maine in die Ocean

View Lane gezogen war, hatte sich mein Leben komplett verändert. Ich liebte dieses Haus mit dem märchenhaften Flair am Meer. Angel's Cove mit seinen Klippen, Stränden und Wäldern war zu meiner neuen Heimat geworden. Noch nie zuvor hatte ich mich so glücklich und ausgeglichen gefühlt. Ich hatte den Sprung ins Ungewisse gewagt und diesen Schritt nie bereut. Ich war angekommen. Bei dem Mann, den ich von Herzen liebte. Auch Mom, die mit uns hier wohnte, genau wie Cole es versprochen hatte, schien wie ausgewechselt. Sie war aufgeblüht, wirkte wacher und wann immer das Baby in ihrer Nähe war, spielte ein leises Lächeln um ihre Lippen.

Ich drehte mich um, da ich ein Geräusch in meinem Rücken vernahm. Mein Herz quoll über vor Liebe und Glück, als ich Cole mit Lizzy auf dem Arm in der Tür stehen sah. Wie jeden Morgen hatte er die Kleine mit frischen Windeln und einem neuen Strampler versorgt, damit ich in Ruhe meinen Tee trinken konnte. »Dein Dad hat dich ja wieder mal fein zurechtgemacht«, lobte ich Coles Bemühungen, den gelockten, hellroten Flaum meiner Tochter mit einer pinkfarbenen Schleife zu verzieren.

Mit einem Strahlen in den tiefblauen Augen, die denen Coles so ähnelten, streckte Lizzy mir die dicken Ärmchen entgegen. Ich nahm die Kleine an mich, drückte ihr einen Kuss auf den Scheitel und sog den herrlich unverwechselbaren Duft nach Baby und Puder ein.

»Mit wem hast du telefoniert?«, wollte Cole mit einem Blick über die Schulter wissen, während er sich an der Kaffeemaschine zu schaffen machte.

»Mit Melissa«, erklärte ich. »Sie und Emil werden pünktlich hier sein, damit wir rechtzeitig loskommen.« Vor vier Monaten hatte Melissa den aus Norwegen stammenden Künstler bei einer Vernissage kennengelernt und sich Hals über Kopf in den feinfühligen Mann mit dem trockenen Humor verliebt. Auch bei uns im Haus war er inzwischen ein gerngesehener Gast.

»Hört sich gut an.« Mit dem Kaffeebecher in der Hand drehte sich Cole zu mir um. Lässig lehnte er mit dem Hintern gegen den Tresen und taxierte mich. »Weißt du eigentlich, wie sehr ich mich drauf freue, endlich mal wieder mit meiner wunderschönen Frau auszugehen?« Zufrieden versteckte er seine Nase im Getränk, wobei er mich dabei so ausgiebig musterte, dass ich fast verlegen wurde.

»Wunderschön? Du machst wohl Witze«, entgegnete ich trocken. Ich setzte meine Tochter auf die Hüfte und vollführte eine Kinnbewegung hin zu meinem mit Muttermilchflecken verunzierten Schlafshirt.

»Es spielt keine Rolle, was du anhast. Du bist wunderschön, Sam.«

Zweifelnd knabberte ich an meiner Unterlippe. »Und meine Schwangerschaftsstreifen? Werden sie jemals verschwinden?«, wies ich ihn darauf hin, dass mein einst so straffer, flacher Bauch vermutlich Geschichte war.

Cole setzte seinen Becher ab und kam auf mich zu. Er legte einen Finger unter mein Kinn, hob es an, um mir in die Augen zu sehen, und schenkte mir dabei dieses umwerfende Lächeln, das mir nach all den Monaten noch immer weiche Knie bescherte. »Sei stolz auf deinen Körper. Du hast uns dieses zauberhafte, kleine

Mädchen geschenkt. Ich liebe dich, Sam. Und ich liebe jeden einzelnen Zentimeter deines Körpers.« In seinen dunklen Augen funkelten unverhohlene Zärtlichkeit und Verlangen.

Überwältigt von seinen Worten legte ich eine Hand an seine stoppelige Wange. »Du bist der beste Ehemann, den man sich wünschen kann, weißt du das?«

Wie zur Bestätigung stieß Lizzy ein fröhliches Krähen aus und brachte uns damit zum Lachen.

Cole legte einen Arm um meine Taille und zog uns beide an sich, um mir ins Ohr zu flüstern. »Weißt du was, Liebling? Ich sollte meinem Schwesterherz endlich mal gebührend dafür danken, dass sie dich letztes Jahr in mein Haus einquartiert hat, meinst du nicht?«

Ich hob den Kopf. Unsere Blicke verflochten sich miteinander, und unsere Lippen trafen sich zu einem sinnlichen, zärtlichen Kuss.

»Ich werde dich immer lieben, Sam«, raunte Cole, ehe er mir Lizzy abnahm und sie behutsam im Kreis in der Küche herumwirbelte, sodass sie vor Vergnügen aufjauchzte. »Was denkst du«, fragte er sie anschließend mit einem Zwinkern in meine Richtung, »würde Mommy dazu sagen, wenn wir ihr verraten, dass du unbedingt einen vierbeinigen Gefährten zum Spielen brauchst?« Er richtete seinen Blick auf mich. »Da gibt es einen sehr niedlichen, sehr einsamen Husky im Tierheim von Angel's Cove, der auf seine Familie wartet ...«

Lachend schüttelte ich den Kopf. »Du bist unmöglich, Cole Walker«, sagte ich. Innerlich hüpfte mein Herz jedoch vor Freude. Denn genau das hatte ich mir immer gewünscht: Ein Haus erfüllt mit dem Getrappel kleiner Füße, Kinderlachen und fröhlichem Hundegebell.

Ein Heim, in dem die Liebe wohnte.